蜕

[马来西亚] 贺淑芳 著

上海文艺出版社

推荐序
近距离与远眺

张亦绚（作家）

贺淑芳的《十月》讲日本女人菊子十岁被卖到山打根，爱上从基隆去的牧师。时间是孙中山革命的年代。或许因为我留意过相关历史，小说让我惊艳无比。在"圣与非圣""洁与不洁"中的梭巡，丝毫不做作，那真是功力——尽管小说可能有点晦涩。赖香吟早期偶也晦涩，我也不觉得不妥——有些东西就是晦涩保得住浓郁——有天突然就敞亮了，也有敞亮的好。过去的贺淑芳也并不掉入文艺腔，但还是保有不少书面语的特质。《蜕》令人感觉是巨大转折。以往只是内容的野性不羁，这下在语言上也放开了。活得不得了。有时甚至感觉到人物就在面前呵气，非常血肉之躯。

强烈的生命气息——使用这种热烫风格处理"历史"，颇有艺高人胆大的味道。因为原也可以走黄碧云《卢麒之死》的路，更冷眼旁观些——结果没有。两者各有所擅，黄的优异比较好懂，但我感觉贺淑芳在伦

i

理上也做足了非凡功课——因为，不经深思熟虑，很难"纵身跃入"向来噤声、连研究也半空白的历史事件。写作者常问，对于真实历史事件，小说家到底何处可写？何处不可？我以为这没有铁律，但原则肯定是有的。

"'五一三'是马来西亚历史的分水岭"——我读完《蜕》再回去看历史书，"五一三"并非完全没被提及，虽然有些只说"一九六九年的种族冲突"——但史书存在若干问题：有从反殖民或国家治理角度出发，只把该事件视为首相东姑·阿布都拉曼任内的污点，赞许之后"新经济政策"安抚了马来人。另有尽力逐日还原经过的，但作者似也感到官方资料太占比重，即使力求完备，也难"秉笔直书"。"五一三"事件后，马来西亚出现过明订禁止讨论的法律，对言论自由与学术研究，自有靳伤。二〇〇〇年后，都还有人因与官方观点不同而受罚。历史书都表示"五一三"有其严重性，但严重在哪，偶尔语焉不详。读过《蜕》我才懂，因为"华人移民"在这段历史中不怎么被当成记忆主体，也几乎不被赋予视角。——国家主义或民族主义不知道怎么思考移民，移民好像历史中的模特儿或假人——被推倒或送命了，还是不痛不痒——有部影片多年前揭发法国的丑闻，有个政策宁可付钱给北非移民后代令其"归乡"，也不愿接纳他们。然而，这些移民当年之所以来到法国，完全是因为法国缺工而主动大量招募。《中英北京条约》的签订，使英国可以将中国的劳动人口运往其殖民地马来半岛，一八五一至一八七五年就估计有三十五万契约华工构成"移工潮"[1]。另外，也有前来依亲者。

割胶、洗锡米等华工写照中，贺淑芳除了带入了"奇迹写实"的色彩（如同"母亲挖坟"一场），也深描了参与其中的女性与儿童。《我父陈亚位》里，陈亚位到吉隆坡时才六、七岁，从没上学，不会听讲马来话，但会制鞋。"五一三"时，十岁儿子失踪，夫妻关系也生变。多年后，在车站巧遇前往应征新职的女儿桂英，不欲拿女儿钱，谓女儿钱要养女——后接桂英想起弟弟与清明。

父女一向疏离，却非无情——这段文字无甚奇，但除了写出受难家属如何一生为伤痛萦绕，在写亲情上，几也是万中选一。桂英"外婆家屋被烧了，没有人逃出来"，老人小孩无幸免，烧死前遭劈砍。例外是出门工作的阿清阿姨与三舅，后者受马来人保护躲过。官方公布有七百多房屋受损，流离失所的人也上万。[2] "外婆家"只是众屋之一，但就家族来说，却几近灭族。受

---

[1] 陈泽宪，《十九世纪盛行的华工契约制》，转引自张义君，《英属马来亚霹雳州怡保镇华人社会的形成与发展（1888—1941）》，2017，台湾师范大学历史学系硕士论文。
[2] 陈鸿瑜，《马来西亚史》。

难的单位不只个人与家族,还有"爱人们"。楔子里就开宗明义,记忆也与求爱相关,两者要跨越的困难都必须承认自身曾有真实"坏情欲"。贺淑芳的大宗记忆者,除了是女性,也是爱欲者。边洗衣服边哭丧子的桂英母亲叶金英,有情夫阿良叔叔。桂英与阿斑在一起欲火高涨。然而,"五一三"那一日才"为恋爱铺远路"地,特去拿鞋的阿清姨,在路上失去又是密友又是情敌的友梅,还"全家死那么多人"。感觉到与死亡深连,阿清觉得"我不能再恋爱了"。死亡的威吓能阉割多少?小说哀悼死于暴力,但并不与死亡连成一气阉割人物,这是爱欲立场能够带来深刻人性的表现。

马来西亚史很复杂,最忌以其他历史"以此类推"。史上固然出现过歧视华人的种族政策,但要化约所有马来人皆信此道,也很可疑。《蜕》面质也扭转了历史刻板印象,但先于一切的,还是"以文学技艺转变记忆基模"的批判与实践。血脉、族群或国别,是十九世纪遗留的长期记忆基模,亲属世系以及与族群有关的年代,至今仍是强势基模,经常牺牲其他基模或作为其他基模的"遗忘机器"。譬喻而言,贺淑芳的记忆之屋,不是家祠,更近万应——它补缀连补缀的"百衲被"组织,容纳了更多族群二分外的感怀与见证——《宋红欢与宋万波》是较鲜明的例子。小说一方面近距离地拥抱了爱恋与生活的肉身痛楚,另方面,也不忘远眺历史

（或对或错）给定的身分与包袱。两者的高反差交错，带来极其繁复的冲击。既形成小说家独特的"五一三"文本，也深切地对应近年艺术文化领域，对于"后国家之必要"的思考。

推荐序
小说的在场

童伟格（小说家）

《蜕》摹写记忆，既事关人对往事的重述，也事关重述者，对记忆本质的体感。记忆的本质，如辞典里，简洁却深邃的定义：记忆，是"一种将事实保留在意识里，并自由调用的权力"。记忆即权力。深邃，因为辞典的简洁，也许，暗示了现世之中，多数时候，保留的不可能，或自由的不被允许。大概因此，关于记忆，我们已有许多表陈事实禁制的讨论。如小说家昆德拉，阐述记忆与遗忘的斗争；历史学家托尼·朱特，则论证"记忆责任"，与"记忆自身"的不同——几乎没有例外，国家，总会以集体责任论述，规训她的公民，对个体记忆的调用方式，从而，以再制记忆，来成就失忆的正当性。

上述阐述与论证，亦可用以扼要界定《蜕》，所思辨的规训框架。小说近尾声，贺淑芳借萝（小说主角之一）的发现，为读者捻明：关于"五一三"事件，这个集体之殇，是国家，"制作了一张面具"，且"认为只有它给的版本是对的"。国家档案局里，一九六九年，整年份报道档案的"缺席"。如小说最后所述。然而，贺淑芳书写的独特，倒不在向导读者，直面国家已做成的，如斯澹然、近乎无耻的抹消；且让读者，再度同感义愤。独特的是：早在抵达上述"缺席"以前，小说家已以全部可能的篇幅，为我们，专注复现了不同个体，各自记忆自身，可能的繁然。也许可以说，这正是整部《蜕》，明确的书写意向：背向集体系年的悬缺，小说里的重述者们，乃以个人生命史，来合力系年；背向历史档案的真空，这部小说，则让事关历史的书写，有了如实存有的可能性。

虚构小说因此，是事实意识的重新在场。独特的亦是：在贺淑芳书写中，那些虚构的个体们，毋宁已为悬空的理想主体，预习了"深刻蜕变"的苦痛历程。如小说里，这同一位萝，对生物蜕皮之致命性的查察。历程是：一个个体，从呼吸器官深处，撕扯出一层内膜，"从体内脱到外边，一个差错，就会堵塞呼吸，窒息，死"。然而，倘若能幸存，则蜕去的旧我，将成新我的食粮；新我"喫掉它，活下来，恢复力气"。倘若记忆的重述者，能从被重述所召还的苦痛体感中幸存，则脱蜕的内伤，将亦可能是新我，未来的养料。

一种对主体修复的犹然深许。记忆的重述，与记忆的实感如是，在《蜕》里密切相关。两种力学也因此，在小说里悖论冲决。其一，是关于"五一三"事件，所固着的受难现场，小说家，以叶金英、叶阿清、陈桂英，及更多角色，各自的见历来分述。其二，是关于那般绵长的受难其后，小说家则由萝，这位并未亲历现场之人，来重证受难的实然——它的后效，它对"整个国家、种族、关系"所造成的难明伤损，可能是什么。前者，系连起历时近半世纪的线性叙事；后者，却令小说自身的线性逻辑可能翻转，也使《蜕》里的众声叙事，有了叩问同一缄默的严峻色泽。

翻转，因为我们将会发现：也许，是因最后，萝的梦境里，那位困居地底的长发画家，才有了由最初，"楔子"里的作画女人所带起的，这整部体感"五一三"事件的小说。也因为，如母亲陈桂英等幸存者，他们，以各自生命史，去碎梦一般留挽的受难事实，最后，在萝这位迟到之人的见历里，首先，已是"希望之谷"（麻风病院名）左近，遍布双溪毛绒乱葬岗，卒年，同归一九六九的坟冢群。

萝的"在场"：她的生命有多长，"五一三"其后的时光，具体就有多绵长。严峻，因为对萝而言，记忆如墓碑，是符征，无记忆，却已是符旨。也许从此，如母亲等人，那般缄默过尽的生命，无法，不形同她必须单独一身，叠纳于内里的膜衣。对她而言，缄默者的步行，总也昭示未被声张的创伤，一再地如履。这是说：也许，对迟到者而言，"记忆责任"与"记忆自身"，确切相互索引。记忆的责任，求索记忆自身，自湮灭死境中穿渡。

严峻，也因为就上述，对主体修复的深许看来，我猜想，"希望之谷"里的"希望"一辞，在小说里，并非反讽语相。希望，亦是确切的，一如自觉承担责任的记忆者，坚定所想修复的记忆自身。相似希望，智利小说家亚历杭德罗·桑布拉，亦曾在《回家的路》里思辨。这部小说，回顾两次强震间，历时二十五年里，国家，对个人记忆的禁制，并重省一名迟到者如"我"，自觉的书写意义。"我"认为："放弃一本书，是因为终于明白它不属于我们。我们如此渴望读到它，以致一度坚信我们该亲自去写。我们厌倦了等候别人写，然后我们再读的过程。"

与此相反，则纵然艰辛与困难，却不放弃去完成一本书，必然，是因书写者仍然坚信：死者被封印在缄默里的生命，与我们有关，就是我们，应当清偿的记忆债务。就此而言，小说的在场，体现为对"缺席"的执着穿视。小说寄存的希望，因此，总也深许着某种不可能的归返。只有虚构能为的归返。

相似的不可能，贺淑芳显然琢磨得更深切。我也猜想，关于历史书写，这正是《蜕》里，最独特的实践：面对真相空阙的冷硬现状，一位必然迟到的虚构文学创作者，不放弃去干预，必然，还会更愈迟到的，所谓"历史自身"。也许，可以更简单说：无论历程如何艰难，《蜕》的落实，就是果敢的宣告——我们不再等待，有人来允许我们，成就死荫之谷里，记忆的破土，生机的赎还。

目 录

推荐序　近距离与远眺（张亦绚）　　　　　i
推荐序　小说的在场（童伟格）　　　　　　vii

楔子　　　　　　　　　　　　　　　　　　1
一　虱子　　　　　　　　　　　　　　　　9
二　青蛇　　　　　　　　　　　　　　　　65
三　蝴蝶　　　　　　　　　　　　　　　　137
四　螃蟹　　　　　　　　　　　　　　　　189
五　蜘蛛　　　　　　　　　　　　　　　　233

楔子

在她过往的习画里，世界和祥宁静，瑕疵不外是芒果表皮上的腐斑或者树干愈后的瘤痂。

五月过后，不再是了，血洪水会刷走画布上的水果与胡姬花。火地狱。那日她逃进沟渠，两尺深，在一堆盆栽、尸体、三夹板之间匿藏，从黄昏到天黑，至到红头兵出现，生死由命。

年轻男人的躯干斜跌沟渠里，白衣瞬变红衣。他脸紧贴渠壁，空睁的一边瞳孔异常漆黑，没有光，那张脸封住了最后一刻，跟她相对。肩膀刀砍处，可见白骨带筋突出，伤口凝血转黑。

黄昏乌鸦飞入坑渠啄抢死人肉。

在过往和祥的日子里，裸体大都写意，画到腿根之处便留白。这个国家很保守，学校偶尔请来的女模特儿都得穿上比基尼泳衣。后来安排裸女越来越不方便，就只能请男模特儿了。一个二十几岁的年轻原住民男人，最裸时，他也得穿着黑色的紧身泳裤。年复一年，他好像也习惯了,从领津贴转成领月薪,兼打杂,管理教室,当版画师助理。年复一年,学生摹画的对象也只有他,从起初的方刚血气,一直画到他五六十岁,松弛多皱软柔的身体。

那些年里,在为食街小贩中心,她去吃早餐时,看别人,也曾胡乱遐想。他们还会有情欲吗?老年,六十,或七十,肉欲不再重要了吗?在她前面,有个极瘦极瘦的老男人捧着一杯热咖啡,一个有垫碟的瓷杯,好像它是这早晨罕有的山泉缺口,啜饮得小心翼翼。瘦瘪的脸与肩膀,细瘦的手臂拘谨地贴紧胸腹,但衣服干净,还能掏出钞票付钱,如此他至少还会被视为一个有尊严的人。那么除却作为一个人之外,倘若他也同时希望被视为一个(有点吸引力的)男人或女人,难道这希望会太奢侈吗?

有时他们像听到她心中的问题,会转过头来,对她回眸赧然一笑。

去夜学班教课时,也曾遇见过一些令她心动,想为之画画的女孩男孩。

只是刚有这念头,街就毁了,变成地狱。

她报读的美术学院,在端姑阿都拉曼路与苏丹依斯迈路的十字路口,马路后面。她租的房子就在秋杰路后巷的孟加拉屋,靠近河边,那里常淹水。

三十多年过去了。有一天,有人访问她,给她带来一些旧照片。看看照片,起初并没有什么感觉,直到她认出有一条蛇被钉挂在篱笆刺上痛苦扭动的那个路口,每天出门时走过的一株杨桃树,其枝干捆绕着一圈圈黑色的电话缆线,横拉过马路。

她想起曾经为某个人沉迷,情不自禁超出预算地花钱,买化妆品、烫头发、长时间走一间间店铺只为了买一件裙子、找鞋子,想把自己变成另一个,她知道他会喜欢的那种形象。

打开的大门外边一片白昼之海。六月酷热,几无一丝荫蔽。一觉醒来,在无法去爱,也无法被爱的痛苦中,连皮肤都是疼痛的。

墙壁上挂着的解剖图,身体的神经丛束、血管,总让你觉得可怕。

光明所不能修复的,便交给黑暗来修复。应该要动身去往太阳下山后的地平线下,找某个可以使死人复活的治疗者。你望入镜子,像看记忆的痂皮剥生。

痛苦,恐惧,恐惧着恐惧,慢慢忘了许多事,一天天,忘掉创伤,也连带忘掉各种各样彼此相互关联,像给蛛丝连起的事物名字。世界遥远某处有个缺口,你心如空壳。

起初他们一前一后地走,他们经过一座高脚屋独立别墅，听说二战时曾据为日本宪兵拘留所。东边，有棵老榕树给它覆荫，雕花的木板窗扉像脱臼的手臂般，再也阖不上。二楼木板剥裂处，白昼里看起来也像蚀齿黑洞。

不管一楼的水泥墙还是二楼的木板墙，都有涂鸦。那红漆写上的"血债血偿"尤其触目分明。他们都知道屋子的故事。二战结束后，原来的业主没有收回自住。这里变成了仓库，囤收港口上下货，还有一些变压器之类的机器。四年前，那贸易出入口的老板，杀死老婆孩子，自己吃除草药自杀，工人也没拿到遣散费。它从此变成废墟。

剩下他们两人时，她总是有点紧张，心里好像有只小鸟不停找话题，快点，快点，时间要结束了。只要一个就好，但那话题藏在哪里呢？一个轻轻松松就能打开心房交流的话题。

猫头鹰在榕树上啼叫，她还在努力想，他却很沉默，似乎想着什么重大的事件。

哎呀。"怎么啦？"拖鞋胶带竟然断了。"没办法就只好慢慢走了。"那男人说。

她以脚趾夹着拖鞋，一步夹一步拖地走。

现在这条巷子很长，只在进来的巷口处，有一盏街灯，苍白的灯光只照亮底下一小圈。

"穿我的鞋子吧。""那你穿什么？赤脚吗？""对，赤脚。"

她觉得自己也可以赤脚的，穿那么大的鞋子很难走路。她除下右脚上胶带断了的拖鞋，提在手上。路好暗。直盯着漆黑路面，什么也看不见，就算有人陪你走，也无法消除每步像踩入虚无的感觉。也许地上有猫狗屎，有酒鬼摔破的玻璃樽、锈铁钉。除了睁大眼睛，看，你也没有其他可在漆黑中帮助身体觉察危险的感官，直到眼睛适应黑暗之前。

有些年份特别缓慢，日复一日，在烧开水打破寂静时就过去。沸腾了，白色蒸汽一波波渗淌壶盖。沸水总以相同的方式松开深绿色小团的冻顶乌龙，茶叶再度舒展填满茶壶，常喝不完就凉透。沸腾，又冷却。洗茶壶，扭干抹布，干后复湿。

她确实需要这样度过每一天。

她曾经很多年很小心地坐在一个小角落，因为教务处办公桌很窄小，免得一不小心碰跌自己和别人的东西。在这座小卫星市里，她每天重复同样的路线，去同样那几家餐馆，去一家开车十分钟就到的大型超市，一次买过整个礼拜所需要的东西，十数年如一日。

突如其来的意外，像暗钩。来了一个意外的访客，她难平静。她开车回去那条街，相隔数十年。她在一家从前没有的汽油站后边小巷内停车，下车，沿着一根根电线杆走。从一端走到另一端，半途就泪流满面。阳光亮得仿佛能直透脚下几万公里深处，阴影却界线分明。好像会路遇过去的脸孔，那个心碎的女子，当日身体还完好，走路时总是看着橱窗，渴望自己的另一个模样。

悲伤是有酸蚀强烈的汁液，它烧灼，从胃里开始，疼痛没有舒缓，睡觉，醒来，睡觉，醒来，洗澡，更衣，一天天，身体里有别的细胞在重生，在争夺。

有些日子，总有猫跑来躺鞋架上睡觉。一次她停下来看猫，猫的耳朵上有个折痕，耳朵内毛须极浓，脖子柔软。她还未有勇气，把这样的柔软挪抱胸腹。它突然醒了，她吓了一跳，移开几步，回头再看，猫已经坐起来舔洗自己。小下巴，花纹脸，看着猫的动作，忽然怜惜，仿佛它是十年前过世的母亲，或者更久以前死去的孩子，轮回变成的。

一 虱子

桂英和阿斑

床褥长虱子，我母亲每隔几天就拿烧水，把被单、床单、衣服都烫过，也只能平静睡两晚。几天后，跳蚤又出来咬人，咬到清晨四点多，才喝饱血回巢。每晚虱子咬大腿、咬腰，时间越久，越杀不死，非常可怕。

那阵子，我母亲异常烦躁，骂我，也骂父亲。他其实有抓虱子，一只只抓，但臭虫很会跳。每成功打死一只，他就很高兴。

为了找虫卵虱巢，得花许多力气，徒劳无功。又白花钱买药，欠药店钱。我们不得不丢掉许多东西，那些有跳蚤的草席、床褥、枕头，全不要。才搬来这栋半山芭烟铲巷里的沙丁鱼楼，换过一批新的寝具。我十七，陈桂英，在吉隆坡文良港[1]出生，到现在已经跟家人一起搬家过五次，到处都遇见像我们一样的人。一

---

[1] 马来文地名 Setapak，位置在首都偏北，直译其意，可为"一个地点"或"一步"。

家大小，拎着盆桶、衣服、枕头，全家出动，搭车，包一辆车，找人借摩多，跑上跑下来来回回，都习惯了，聚散浮萍。

我母亲又得拼命工作，日忙夜忙，得闲死不得闲病。收工回家还要洗衣，有时洗到凌晨一两点，真的很想哭，每天头一碰到床就立时睡死了。她常说，七个孩子，连一个不见都不会知道。

母亲去打散工，我也跟着去，像小工人，忙着洗琉琅[1]、摘黄梨[2]。

黄梨场在吉隆坡郊外的大马路边，有辆车载我们去。很阔，无得遮荫，头顶太阳热，从地面也有热气往上烘。

身体在高温里，汗滴睫眼，常看不清，刀一挥就割伤手，手套用不到三两天就给割到破破烂烂，手脚伤痕累累。

洗琉琅洗到屎忽向天[3]，钱还是左手来右手去。手停口就停，要自己做自己食。我如果不去做工，在家要负责炒菜，跟二妹桂凤一起，炒豆芽豆角炒虾米，两钱素

---

1 洗琉琅是指人在水中，淘洗出锡米的工作。双手捧着一个"琉琅"，琉琅通常是木材制成的大盘，形状像锅。工人掏起河沙，放进这锅盘状的琉琅里，连沙带水，在水里轻兜旋转。由于轻的杂质会浮在水上，水力就会把杂质甩掉，剩下较重的锡米沉淀盘内。
2 黄梨，即菠萝。
3 屎忽是屁股。人在水中洗琉琅，得弯腰上半身俯近水面，臀部翘高。

鱼，拿555簿子[1]去杂货店赊账，买米买酱油，欠多了，很丢脸，不想去，就换三妹桂丽去，桂丽十二岁，她再不能，还有四弟国豪与五妹桂秀。

我十五岁就去饼干厂工作，日薪才一沟八毛钱[2]。搬来沙丁鱼楼后，某日我送洗烫好的白布去红欢阿姨的理发店，那边有个男人，问我，要不要去麻将馆工作，薪水一天三块钱，冲茶扫地，外加开桌抽佣。

我就去了，为什么不，不用扛汽水，还可以穿漂亮衣服。留在家，我一直只是当小保姆，桂云才刚学会走路，爬上爬下，怕她自己开门，摔楼梯，怕她被坏人抓。我很闷，想往外跑。

父亲却老跟人说我是去那边做帮佣，他好像觉得这不是正经的工作。

但生活很难正经，尤其在这栋沙丁鱼楼里。三更半夜，跟母亲一起洗衣、晾衣，有时可以清楚地听到两个玩到很迟才回家的杂工说话。他们常说嫖妓的事，说妓女怎样毛黑黑，奶几大。下楼冲凉时，还大声唱歌，哎呀呀，宝贝心，我抹除你衫，帮你除邪魔。

---

[1] 一种巴掌大小的单线簿子，封面上印有555字样，20世纪60、70年代间仅售五至十仙。商家推出时主要给顾客记录赊账。
[2] "沟"：广东话发音（kau1），有时也写成"扣"，与闽南语"箍"（kho）发音相近，华文"块"，马来西亚货币"元"的单位，在20世纪70年代中期以后始规定为"零吉"（ringgit），2004年后又改为"令吉"。"毛"是分、仙（cent）。

无论住哪里，我们都只有夜里才得空洗衣。衣服尽量晾三楼的大阳台或二楼墙外竹竿，不够位才晒后巷。不过，天亮后，后巷总有人经过，倒霉的话，会有烟鬼故意烧个洞。另一个麻烦是阳台堆了很多杂物，常常有老鼠。三更半夜、凌晨一两点，我们常得一边晾，一边抓扫把和哩哩骨[1]扫帚赶老鼠。

暴动前一晚，青蛙很吵，深夜，从未听过蛙鸣这样响，蛙鸣盖过了鼾声，连楼上楼下的说话声都听不到了，像山雨欲来，好像整条烟铲巷前前后后的草丛沟渠里，都有青蛙在出门，我们整夜好像睡在蛙池荷叶上。

十三号，星期二，我照样去上班。我弟弟陈国豪十岁，骑脚车去我们外婆家，途中曾停麻将馆，喊一声，家姐家姐，我就出来，看他在店前路旁的泊车空位，滴溜溜回转圈。铁马很高，他很瘦小，如羽毛般轻盈。

什么预感都没有。

那天傍晚，发生暴动。我提早回家了，麻将馆不知为什么，才三点多就说关门收桌算钱，不做了，回家、回家。接着就戒严。

我们家，起初只有我，和妹妹桂凤、桂丽、桂秀、

---

[1] 哩哩骨是椰叶骨做成的扫帚，这俗称来自马来语（lidi）。把椰叶收集了，削叶取骨，扎成一束，就可作为打扫工具。

桂莲和桂云六人。母亲去工地还没回。我们吃完了那天早餐买的椰浆饭鸡蛋糕，之后，整天就没别的吃。第三晚，父亲像贼一样，从后巷爬上二楼，乌索索，又很臭。我们看到他回来，总算有点开心，松一口气。他说，一直躲沟渠，躲木板锌板后面，躲工地，跟老鼠蟑螂一起，差点给咬烂脚趾，现在能回来算幸运。

后来他问，国豪呢？

我们答不出，他就脸色一变，慌了，糟了，糟了，第三第四晚，气氛又很紧绷，听到枪声，我们不敢靠近窗口。跟我们同一层楼，有个做三行工[1]的阿哥，死了，尸体掉在楼下五脚基大门口，他老婆跟孩子，只来得及看一眼，都来不及搬进屋，军人的枪柄就啪啦啪啦拍打过门，宣布戒严。第三天早上，外面声音稍歇，她才偷偷下楼去，从门缝边偷看，外面已经空空一片，什么都没有，尸体被收走了。一直在哭，压低声音，半夜里，外面一旦安静，就能听到，丝线般幼细的啜泣声，凉透心底。我们本来一直努力不去想，没事的，没事的。桂凤一直这么说。晚上，我梦见整家人都在逃，一路上有断臂，有断头，突被一堵墙挡着，我爬呀爬，抓到手指出血，痛彻心扉。看见底下有个认识的人，剖腹跌肠血淋淋，我大哭，但幸好有看到观音，不知怎地那堵墙又

---

1 建筑装修业的俗称，包含木工、水泥工与油漆工。

变成悬崖,我人在窄小山径上,背靠陡峻险壁,前面则雾气缭绕,深渊无底,观音浑身白白,有莲花一枝,说保佑你,送了我一枚桃子,我想接手,就醒了,那桃子好像沉入我枕头底。

醒来,口渴肚饿。沙丁鱼楼租户尽管平时吵架,这时候,倒还是能分粮食吃,向来在庙里工作的两个老姐妹,在楼下厨房煮大锅粥,她们刚好前几天从庙里带回来,收了一大袋人们拜神留下来的糯米糕、大大粒的红色面龟,配粥吃。你们够吗?一直问。我们说够,虽然还想要多一点,粥很稀,很难饱,饿得昏昏沉沉。桂云那时嘴唇出疹,蜘蛛撒尿,脱皮很严重,看到血丝,感觉她肚腹大大,四肢瘦小,睁开眼时,也眼神黯淡,只能啜粥水。她躺在我们之间,我很怜惜她,觉得自己其实根本无法保护她。

蕉赖外婆家屋被烧了,没有人逃出来。除了阿清姨和阿安三舅。三舅刚好在马来甘榜[1]修理电视机跟看天线。那家男主人,五点多六点时出外买餐回来,神色紧张,说有华人男孩子在路口被杀,很多三星起阿莫[2],你别出去。几分钟后就戒严了。

阿安三舅在马来人家里藏了一星期。到第八天,

---

[1] 马来话,乡村。
[2] 三星,马来语(samseng),流氓的意思。阿莫,马来语(amok),意指疯狂、杀人狂,失控且危险。

收音机播报吉隆坡上午解严放宽两个钟[1]，他才出来，回到蕉赖。

没有家了。塌落的锌板下，阿姆[2]坐的躺椅侧翻，人窝在木扶手边边，烧过的身体变得很黑很小，她在火中，也许是窒息昏迷中去了另一个世界。其他人聚在客厅里、橱柜旁边，有九个家人，除了排行第七的阿清姨没看到，都被砍过，烧过，即使手无寸铁，很幼小。两个外甥女，大宝九岁、小敏八岁，跟舅母，三个人紧紧抱着。大舅倒在前厅，最近大门，手跟腿，支离破碎，好像凶手最憎他，剁过烧过，焦肉翻起露出骨骸，骨头还是白的，都靠他手指上的婚戒才认出他，拳头紧握，移动时，手指剥落，指环竟哐啷掉出来。

三舅想找仵作佬来埋葬，都说不行，得报警，一报警，军人就来收回了，不会给回家属的。

又多几天，三舅舅又去，他想找照片，看能不能找到重要文件、纪念物什么的。满地灰烬。他在屋外大沟渠，看到一只不知谁掉的，十号半蓝带白色拖鞋。在我们租来的屋，坐在我们房间里一张张叠起来的床褥边，跟母亲相对，说，为什么，不过都聚在屋里，从来都不曾做过什么坏事。

---

1 两个钟指两小时。
2 广东话，母亲。

有个女人，拜菩萨的，会给人烧灰水顺便看掌相，她说那个走了的孩子，已经投胎了，你不要担心。倒是孩子的妈，你这一生有三次灾难，尤其要防五十一岁，还会有一次伤心的事，但过去之后就可以平安如意，一直活到八十岁。

阿斑瘦小黝黑，天生卷发，浓眉大眼，颧骨也大，不大像华人。胡须满脸，脸长得有点像猴子。

第一次看到他时，还是三月初，我正背着母亲洗烫好的干净衣服，要去交还顾客。

途中经过一辆停在人行道上的啰哩[1]，忽有沙土掉落。我昂头看见一个男孩子在啰哩上耙泥。耙泥这份工，是得把啰哩载的泥沙给拖平，稍后要盖上防水帆布，啰哩才能开车上路。我就喊，喂，弄脏我衣要赔的。他停了，居高临下望我，咧嘴一笑，满嘴牙尖尖。

四月，我转做麻将馆后，帮顾客买烟买水，常去三岔路口大叶婆树下的冰水档，那里有卖椰水甘蔗水ABC红豆霜[2]。又遇见耙泥仔，一双眼布满红丝。很多人，得等，我一直看他，他发现了，也回看我。

今天没送衣？

不送了，你对眼怎么那么红？

---

1 载货卡车。
2 ABC 来自马来文 ais batu campur，意思是加了碎冰沙的红豆霜。

烧焊，给焊屎弄到眼。

没有眼镜吗？

老板没给。

他瞳孔好黑好黑，睫毛又浓，天生的眼描线，像女人的桃花眼，只可惜满眼红丝。

我有，我说，麻将馆以前的看场留下来的，你要不要？

我找上他工作的铁厂，亲自送去给他。

他同事很会说风凉话。比如烧焊时给什么东西溅飞入眼，其实很严重，他们却会说"焊屎罢了，有什么大惊小怪"，"笨蛋连烧焊都会烧到眼"。

不过那些人眼睛都很难看，长得跟屁一样。

后来，大叶婆树下发生了捉奸事件。卖冰水的女人趁丈夫不在时跟德士佬[1]幽会，被一群男孩子骚扰。冰水档关了。我们转往正华茶室买奶茶买咖啡买烟买包，仍然会碰到对方。

偶然走在路上，发现他不知何时跟上来。街场路总是一下子就走完。他天生卷发，看见他发脚像鱼尾贴在颈项后面，我说，你头发很长了，他就知道我注意他。

你是哪里人？我问。他说，哪里有工就哪里人。有什么特别，我们谁不是这样。我住过怡保路、士拉央

---

[1] 出租车司机。

新村、增江新村、甲洞森林局前面的甘榜，住过高脚屋、菜园屋、孟加拉屋，一直搬来搬去。屋子要拆，有虫灾，火灾烧光一年不到盖起新的我们又搬回来。你呢？

他说，他们家也是搬来搬去，抱几件衣服几个盘杯，在山芭地，绕着森林搬家，最后一次是在乌鲁冷岳，帮私人农地工作，种木薯香蕉花生。父亲是广东人，出生纸母亲种族那栏放 lain-lain，其实是原住民，父母以前在霹雳州认识的，但她确切来自哪里却不知。阿斑六岁时，妈妈就跟人跑掉了，之后，更加不知。母亲讲的话，阿斑只记得一些些，赫，是你，嗯，是我，波，是美丽。跟马来文不大一样。

一九六八年，雪兰莪州务大臣拿督哈伦说森林边的农地都是非法占用。六月，县长下令用铲土机推倒这些非法农场，没了工作，他们父子俩就离开，来到吉隆坡。

来到吉隆坡，他老豆[1]就踩三轮车，住暗邦木屋区，鸡寮屋。鸡寮屋不养鸡后，那业主把它改成锌板屋出租，给人住。屋子矮，不通风，又热，只有后半部才铺西敏土[2]，屋前方是泥土间，踩到硬硬实实，但雨水一湿就变回软绵黏黏。

---

1 广东话，父亲。
2 水泥地的俗称，来自英语（cement）。

那栋冰水小贩的屋子，也搭在大叶婆树下。前面近路边的摊档卖红豆冰甘蔗水，桌上有一台刨冰机，隔多几步在大叶婆树后面，就是他们一家人住的亚答屋[1]，只有一边是木板，三侧都是薄藤墙，墙是那么薄，好像一推就会倒。不知怎么防雨，一洞一洞。枯叶落下来，覆盖遍地，地上还可以看到黑泥土，有几块大砖大石板嵌在泥中，求其让双足可以在上面走来走去。早上他们会用长柄扫把扫走落叶，开始做生意。

捉奸的那群少年，当中最小的才十岁，最大的十七岁。他们窥伺她动静很久了，那晚终于等到契家佬[2]德士停树下，而她丈夫不在。他们就出发。一堆人都在找位置，眼睛凑近薄墙，边偷看边笑。

有看到什么吗？什么也没，乌乌暗暗，徒给蚊子咬。后来听见屋里传出骂他们的声音，等我出来挖你眼睛，他们就作鸟兽散，钻过新村小路，一路喊，抓猴啊、抓猴啊，一直笑。

有些女人说，这班男仔很坏呀，做了过分的事还到处去讲。其实很少人站在他们那一边。有个送煤气的男人说，当然要教训一下，峇鲁[3]知做人要有 law，不然想做就做好似猪公猪乸。有个杂货铺的女儿，十四五

---

1 以亚答（attap）叶盖成屋顶的房子，常见于东南亚。亚答树属水椰科。
2 广东话，契家佬指已婚女人的情夫。
3 峇鲁是马来语（baru），意指"才"。

岁，一副很懂的样子，不懂学谁，说，我们华人是不会这样的，马来女人死了老公还可以再嫁，华人哪里会。

大叶婆树下的刨冰机从此收起来。冰水小贩离婚了，搬去淡江新村，继续跟啰哩南上北下。他老婆跟契家佬一起，双宿双栖，住半山芭后面的木屋区，搬来搬去，全都住不远，说不定还会在哪里遇到的。女人本来在大华戏院外面，摆档卖ABC红豆霜波波喳喳，才做一礼拜多就戒严，不见踪影。到七月，有人在歌梨戏院外面遇见她，还是卖ABC红豆霜波波喳喳。两个女儿跟她。

说和平如常，其实一厢情愿。气氛变了。有好几周，沙丁鱼楼的许多租客不跟马来人买椰浆饭。到了七月，榴莲出来时，又说不知榴莲有没有下毒。收音机的播报员与报章新闻，千篇一律。救济多少钱、多少米、多少斤的干粮面粉。救济品已经送达哪里、谁捐款、哪个中心接收。

在咖啡店，在药店，大家谈的，就像盖在底下的阴影撤翻上来。听说，有十个泥水工人，有男有女，在八打灵酒厂附近工地，戒严第一晚，急着回家，刚好来了一辆巡逻军车，纷纷排队上车，想让军人护送，之后，人间蒸发，从此没人再看到他们。

又听说，秋杰大路上，有个女人，看到自己的家，像纸屋那样烧，舍不得走开，一直哭一直看着，就被开枪打死了。

一个从班台英达来的华人警察，在暴动后第二天，去"六间店"屋的废墟地，他看到冲凉房水池里，四个老人小孩，抱在一起。眼睛在水下还是睁开的，想帮死者盖眼睛，伸手进水里，水都还是烫的。

七月里，纵火案此起彼落。

大白天，早，晚，有时一日数起。烧空屋，烧住屋，烧工厂，烧街边水果摊，咖啡档。有时连鸡寮也烧。烧停放路边过夜的车，到天亮只剩下个空焦黑车壳。

犯人总是捉不到，到处都是木板屋，一个人静静地走过，把点燃的椰衣、浸火水的碎布，抛上屋顶，就会烧起来。怡保路，蕉赖路，瓜拉冷岳双溪浪，整个吧生谷，到处都有火星飞上屋顶，烧巴刹[1]铺位烧理发店，鬼火蔓延全国，这么多单[2]，容易到真像是举手之劳。

七七四十九天，叶金英梦到火。金黄色的火舌从门缝底下窜入屋，烧掉了衣橱跟衣服，火烧到女儿们的脸、发辫与裙子。烧着阿妹的小说，烧着哥哥的帆布椅，他就整个人跌进火焰里。火吞噬饭桌。

国豪好瘦，好苍白，好像没吃饭，他说妈妈妈妈不要担心，我会回魂转世。

---

1 菜市场。
2 广东话，"件"的意思。

去煮饭，煮到一半，一片燃火冥纸，在屋里飘来飘去，怎么都抓不着，竟掉到手臂上，心一颤手臂本能一挥，火焰就烧着窗帘。妈妈、爸爸、妹妹和弟弟，全都在楼下，一眨眼就换成旧家，等开饭，外面劈里啪啦，有刀，戮进戮出，在烧屋砍人。桌上一盘血胎膜，炉上烧开水，刚接生。

声声沙哑，所有的人喉咙都被割破了，说，你回去呀，回去呀，别来这里。

叶金英一睁眼，还是得爬起，点火，吹火，煮水，煮饭。这里一家一个炉坑。各用各的。不开伙食的那些租户，要付的租金就少。

每隔几天听到火烛消息。你有什么可以依靠，如果火落屋顶。以前，叶金英一碰到枕头就会睡死，现在，她睡不着。脑海忙碌碌转，家里有哪个起床下楼上厕所了，她更加睡不着，睁眼等，等到上厕所的回来，叶金英就起身，去查门锁，看有没有关紧，查了又查。

看见丈夫猛抽烟。想骂他烧钱，却不知为何恍惚起来，看着他走进走出，也不知为何反应慢半拍。好像心跟身断了，好像灵魂被斩，魂魄不齐。看着他人影开门出去，话才终于浮出喉咙，是要叫他出去外面抽。不知为何，他越抽越凶，抽得两颊发黑，好像被烧的是他自己。到晚上，他伸手过来摸她奶，她就拨开他手。他转身躺回去，整夜张大口睡觉，很重烟味。

叶阿清

不要睡，他抓我手，又轻拍我脸。你起来。

我头晕目眩地给他背，手臂被拉到前方环绕他脖子。我身上的衣服吸饱了汗，散发恶臭的味道。到了医院，他背我爬楼梯。

不晓得吃错什么，我下屙上呕，发高烧。阿烈送我去医院，我给关在隔离病房几天，一星期后退烧康复才出院。

那个时期，霍乱症是会死人的。谁跟霍乱症患者接触，给政府点到名，都要去做检查。我没打过预防针，阿烈也没有。确诊了，整栋楼都得喷药消毒。

姐姐说，阿烈人很好。

确实，如果跟阿烈一起，我可能可以忘记阿海跟友梅。

我去华人大会堂上夜学班，每周二周三上课。上完课后，跟友梅一起去工会。劳工党抵制五月的全国选举，工会里有十来位年轻人，或伏或蹲在地板上挥墨写布条,"假选择,假民主"、"要真实的民主不要假象"。

我在那里见到阿海,阿海也跑去油印室做传单。

阿海大概只比我们大几岁,手长脚长,笑起来很好看,没有一点歪牙。我身高只够他胸前,站在他旁边,可以感觉到他呼吸起伏。

或许我其实是羡慕友梅跟阿海,我以为是他改变了友梅。有时我觉得,人在现场,好像突然变得像另一个人。工会里有个领袖,叫萧思莲,她很会演讲,跟我们年纪差不多,或许年长一点,个子小小,声音却很大,带许多人工作,在新村里,办幼儿园,办自学班,还会用打字机,她后来当林顺成出殡葬仪的委员会主席。她本来也是割胶工人,说从早做到晚,薪水太少,非常苦。

"每天割胶、洗琉琅,做足十小时才得收入二块半,我们要把资本家夺去的江山给争取回来!"

她每次来,我们都会去听。友梅尤其开心,我看得出来,那声音使友梅身体里头,扩展了,好像空出了自我,成为了忘我的容器。

但有时,我又觉得,跟着阿海友梅他们一起抄传单、转动油印机时,我并不会变得更大,而是变得更小,像灰尘一样,也忘我。

蹲着趴着的身体忘了酸痛。即使经过八九个小时工厂劳作,进到工会,不知怎地,写写画画,就会恢复活力，可以继续在这里，忙到将近十点才回家。

生活多了一种让我期待的新规律。每周四周五我跟友梅过去工会帮忙，就算没有事也会去一趟。之后，我们，即我、友梅与阿海，就会一起开始我们仨的夜行巡逻，以工会门口为起点，沿着富都路、五支灯、火治街、苏丹街，一路相送到回家。

阿海忙着开会又做传单。整个四月，他只有空跟她们结伴看露天电影一次。

阿清的车衣厂，这份工是计件算薪。为了车多点，每个人经常是一进厂就抢衣车，食物还在嘴里咬嚼，手脚就已经在缝纽机上开工了。

阿清车完了交出去的裤子，那天有好几条，检查后给踢回来，得执死鸡[1]，得拆线车过。虽然没有扣薪，可是所欠的就累积下来，最好在一周内做回补返数。

本来，做得那么累，应该回家睡觉比较好，然而她不想。至少九点前，在父亲睡着以前，她不想回。她不想待在家里忍受父亲骂她迟归，死女包[2]参加什么工会。她又睡不着，她宁可真的迟归，跟友梅和阿海一起去看戏。

---

1 车衣工专用语。衣裤车缝好后，必须检查，如查到车线歪了、纽扣扣不上等问题，得拆线再修补。
2 广东话，指糟糕的女儿、坏女孩。

十公尺外的银幕，那银幕花得，整个钟都在边打蚊子边看蚊子，有影[1]就是看下雨。

虽然如此，阿梅与阿海两人，却能够心无旁骛，神态一致地，专注投入望着远远的银幕。

她很纳闷，这么花的银幕，那两人在看什么。

与花银幕比起来，周围的脸孔更吸引阿清。她起身走开去买凉粉。车摊招牌下方的小灯泡，照亮了摊档旁少年与少女的脸庞，年轻，羞涩，快乐。阿清饶有趣味地看这些人的脸，慢慢地从一张脸，移到另一张脸，像欣赏同时登场的几出小剧场。最后又带着一袋冰冰凉凉的凉粉，走回到阿海与阿梅身旁。

远远地，还没走到，她忽然发现，当自己不在时，原来身旁这两个朋友，并不只是在看电影，而是秘密地，沉浸在一种极为珍贵的，他人几乎不能插足的和谐氛围里。

她又把视线调回十公尺外的银幕那端，想专心看但不能。

好像有另一个自己还在脑海里拆线，挥剪刀，好阵子才想，也许这片银幕上，一直出现的叉叉、圆圈与蚊子舞，就因为她情绪的干扰。心妒忌，不想看了，才去注意那些叉叉、圆圈、蚊子舞。原来情绪早已放送出去，原来情绪这么有魔力，扰乱了远处的放映机。中断

---

[1] 福建话，意思为"真的、真实的"。

了！黑暗暗。没有了。对不起，对不起。放映的人说，好像机坏了，要收了。够力的真是，观众一边起身提椅子一边抱怨，看到爽爽就没有，有头没尾。

他们三人默默地持手电筒，继续走着长路回家。友梅在中间。阿海又比上次，视线停留看友梅更多了一些。

打从十岁开始，叶阿清就会和友梅一起洗澡。家里人多，洗澡间却只有一间，两个女孩一起洗，省时间。

上学前早洗，清晨六点半，第一勺泼到身上会让人冷得发抖尖叫。洗澡时，脱光衣服，似乎特别能说话。

有一天，她问友梅。你喜欢阿海是不是？

才没有，他一点都不吸引我，友梅说。阿清就笑了。可是，隔几天，她又不安，觉得友梅或许隐瞒了真心话。

两人搓肥皂，抹身体。有时她们也会互相帮对方擦背，手指轮流洗过对方的耳后。斧头标肥皂只能搓出一点点泡沫。

你喜欢他吧？阿清再问。

不是，友梅依旧否认。

早上得洗很快，因为有人上工前要洗澡。除非是下午三点，没什么人抢浴室，早班工友还没回来，下午班的则大都出门了。她们那时若钻进浴室，会忘形地洗上很久。互相给对方泼水，袭击冷不胜防，但外面总有人在叫,磨咩豆腐仲唔快催出来。

很久很久以后,阿清还记得,"五一三"前一晚,青蛙叫很响。一直叫,好像屋外沟渠的青蛙都在开会。天色还黑,她开门到屋后洗脸时,分外冷。那天的清晨五点似乎比平常的五点要更早,平时倒出热滚水泡美禄吃隔夜面包时,她至少会看到同屋租客工友也出来洗脸,会低低地跟她说声早啊醒了。但这天没有,厨房里只有她一个。

吃完了,已经五点半。在路口等车,车来了,停停载载。在小灯泡的微弱晕黄光线下,叶阿清看见车厢周围每个人的脸,模糊得好像浓雾侵入了车厢里一般。

阿清没想要友梅跟她一起去拿鞋子。她甚至想要隐瞒起来,自己竟然会这么挂心一对鞋子。因为劳工党的人大都豪迈,不会被这种芝麻绿豆影响。那是一双白色的尖头低跟鞋。一吋半跟,前些日子左边鞋跟剥裂了,她就带去给陈秀莲路的鞋匠修补。人家说那鞋匠手工很好,可修得跟新的一样。

下班前,她们车间的小组长还特地过来说,今天车厂的小 van[1] 会多走两趟,送大家回,千万快点回,不

---

[1] 小巴士。

要逗留路上。将近五点,友梅来催,快点,一起坐车厂的 van 仔走。

阿清说她想过去陈秀莲路拿东西。

"还拿什么?改天才去!"

"我快快去拿一下,我去拿鞋,我还欠那师傅钱的。"

"为什么?那么急吗?"友梅问她。

"很急。"

"什么事那么急?"

她心里忽然懊恼。

"我要去做伴娘。后天,我表姐结婚。"

友梅打量她模样,忽然伸臂抱她。她吓了一跳。

"那我跟你去。"

"嗯……"

她感觉到友梅肩膀与脸颊传来的烫热,一团暖晕,好舒服。母亲、姐姐,都不曾这么抱过她。

从半山芭去陈秀莲路并不很远。只是巴士难搭,巴士一来,人潮就一拥抢上,还有人吊车尾的。她们却怎样也挤不上。

"不如你回去吧。"阿清说。

"你不用赶我。"友梅说。

她们抄捷径走过去。小罗弄[1]里竟还有人摆摊,有

---

1 小巷,音译词汇,来自马来语(lorong)。

卖袜子的，有卖水果的。有这么一家矮棚，架上层叠摆放一桶桶菊花、百合花、胡姬花、康乃馨。她停下脚步看了一会儿，听到友梅说，好香。那卖花女人就讲，是呀是呀，今天才来的呀，三枝百合花才两块钱，要赶收档赶回家才便宜卖。

爆炸般的巨响从背后传来，听起来像是啰哩爆胎。之后就是好一阵耳鸣。

接着整条街上的人群就炸开了。

她跑得腿与踝都快断了，摔跌进沟渠里。转眼就回到金山沟。

水位特别高，天空与水都深灰，她返回十四岁那年，摇一摇手中的塑料盆，水就浸到大腿，再摇一摇手里的盆，水就上升到腰了，好快。

水位继续高涨，脚就踩空。金山沟变成了大海，打雷，浪很大，漂呀漂，感觉自己快沉了，上空，乌云铺卷，风利如刃。后来听到有一把声音说，你看你名字在这里，她往下看，不知怎地，人变成浮在天上，居高临下看见地上一块石头底下有她名字，难道是墓碑，一好奇，心一悲戚，啊是轮到我了，不，这不能够，我只是想要休息一会儿，睡一觉，身体不知怎地，变得沉重落下来。只觉得地上的石头好硬好冷，就醒了。在医院床上。

二姐三哥都来看她,姐姐哭得眼睛发红。姐姐说以为她也走了,因为听见仪器长长直直鸣一声,以为心脏停了。

死过了,怎么不是,从地狱回来的。但即使如此,姐姐也没像歌台做戏的人那样紧抱她,没有抚摸她头发和脸来安慰她。他们家是不会这样的,没有人会去拥抱谁,又不是小孩子了。一个人过了五岁就不会被大人抱了,等着要抱的小弟小妹陆续有来,每年一个,来过了,热热闹闹,又走了。隔壁邻居,所有人,都是这样,至少她没见过,那种家人之间的拥抱,连阿爸阿妈之间也没有。除了电视机里,那些做戏的人,或者有钱有闲的人,才可能这么做。他们家,是不会有这种闲情的。

那之后,心里空空的。

好像有一部分的她还在金山沟水下。

姐姐说,以后我们家,只得我和你和阿弟了。

四姐叶金莲,五姐叶金珍,六哥叶财发,都没有了。母亲翁亚玉,五十六岁,也没有了。父亲叶有义,六十岁,很少待在家,向来都去找他拉三轮车朋友抽烟赌博,那天却不出门,也没有了。

友梅呢?不知道。

叶阿清哭不出。

很长时间,她不能说出一句话。起初以为,她也许哪里还受到震荡之故。但除了耳朵、肩膀、大腿有些擦损的皮外伤，医生说她身体无甚大碍。

出院以后，友梅的妈妈来问她，知不知道阿梅那天去哪？有工友说你们一起走。她答不出，肠胃里有着奇怪的抽搐感，酸酸苦苦地逆涌到喉头。

跟友梅妈妈，要从哪里说起。

她没有跟任何人说，跟姐姐也不说。从此她成了不义的人。

友梅妈妈说，阿梅头脸都是血污，半边脸磨完。友梅母亲去警察局看照片夹，一看到那半边脸就抓着那文件夹，不会动。是不是你孩子？叫什么名，警察问。

友梅妈妈，从椅子上晕滑倒地。

阿清没有回答友梅妈妈的问题。友梅妈妈没有听到答案。后门泼入的日头光很亮，阿清闭眼睛，喉咙依旧热痛，黑色煤屑好像吐不完。只听到友梅妈妈讲，就算化成灰，我都认得。

夜行十一英里

这是在一九六二至一九六九年间的事情。

那时，胶价很好，很多人去割胶。胶树越老，割过越多，工人就要越爬越高，往枝干高处割，一天割上两三百棵，得一直不停上上下下楼梯，有时整个清晨摸黑爬上爬下一两百次，搞得满身大汗，又饿又累，轻飘飘像仙。灯戴在额头上，烫得头好痛。

如果听话地把胶汁还给园，得钱很少，一天才得两块多。但偷出去卖，一斤可以卖四仙[1]，很多人就半夜去偷。

起初要部署，一人出一点钱，买通本加牙[2]，要他一眼开一眼闭。白天割胶时，每次割下的胶汁，倒进一个圆桶里，淋醋水，就凝结成胶粒了。盖好，包起来，埋土里。到夜里，再来挖，坑洞要填回，拉草盖好。

---

[1] 仙，马来西亚货币最小的单位，口语称为"分"，一百仙（或一百"分"）等于一令吉（一元）。
[2] 本加牙，马来文 penjaga，意指守卫。

黑魆魆，从义山去甲洞胶林，五位胶工，有男有女。出发时，要节省体力，合资一辆私家车，载到各自负责割胶的那区，"八英里到了"、"九英里到了"，听到司机这么说，就在各自负责的那区跳落车。

每个人割胶的区，很大，彼此相隔，从一区到一区，也许都一英里、一英里，一点都不靠近，要走过去，脚力要很好。抵达了，独自走进林里，找，埋藏点。把白天埋在胶林泥土里的凝结胶汁（就是胶粒），挖出来，放进麻布袋里。

一个人可以挑百来斤。

挖出百来斤重的胶粒，就不能坐私家车了，免得给司机看出来，去报警。宁可挑着它，摸黑走十一英里路回家。

黑麻麻，走回到火车轨道天桥下，等着跟其他人会合。不可开灯，免得巡逻看见，漆黑一团，看不到脸，有暗号，一个人学鸟叫，咕咕咕咕，咕咕咕咕咕，就算巡逻听到，也不会起疑，还以为真的是鸟。其他人，各自接头尾，第一句老虎，第二句豹。会齐了，就要跳上火车轨道。中间有个土墩，要小心，别扭到脚。摸黑走火车路，要避开火车过的时段，有时，突然有巡逻警察过，得闪躲一旁。步行十一英里，在火车轨道上，一路要避警察，又要避开共产党。

脚要踩在枕木上，不能开手电筒，只能就着月光走。别扭到脚，别跌倒，别勾到铁枕，万一扭到，脚踝受伤，就不能再背了，百多斤，就得分给友伴来担，别人负担就更重，走起来就更危险。

凌晨一两点，踩着火车轨道木枕，一路走十一英里路回到乂山。有的人到了乂山，就能直接到家，有的，像她，家在乂山另一边，还得跨过整座山，要从这一边爬到另一边。人家说，在乂山里很容易迷路，鬼会在你跑过时，绊人跌倒。她就一路走，一路唱："吊颈鬼也好，饿鬼也好，水鬼也好，拜托你，脚不要伸出来，因为我也是穷鬼。"

她没有被鬼绊倒过。只是在坐了十一年牢出来后，老了，经常腰骨痛，觉得，应该就是十几二十时，被这百多斤重量弄伤了脊椎骨。

走甩袄

（生行瓩就死财甫，卡巴拉就走甩袄[1]）

十二岁，她够高了，五呎二吋，手长脚长，她就跟哥哥姐姐，妈妈，邻居大人小孩，一起去偷洗锡米。

去甲洞森林路士拉央，去文良港淡马鲁路，或去沙登和双溪威的锡矿场，进金山沟，忽琅塘，给本加牙钱。十几个人，带着琉琅、锄头、铁桶和麻袋在湖边，洗洗挖挖。洗到屎忽向天，浸出沙虫脚。洗锡米的琉琅很贵，有木的有金的。初初，第一个木琉琅，买来三四块。五年后，在她进车衣厂之前，木琉琅涨到最便宜都要十几块。没钱买琉琅，小孩就拿塑胶桶，在水里，摇摇摇。从早上八点多一直摇到日头顶。

水深至大腿，有时深至腰。这样弯着腰，提着重重的琉琅，摇着摇着二十斤重的平底木盆淘洗。买了十

---

[1] 这是洗琉琅工人常说的广东话俗语。账目表面上是死的，然而账簿书记在采购买办菜肉等各种项目，总有办法吃钱；后半句的卡巴拉，译自马来文 kepala，锡矿公司的督务职员，他们经常是"滚班"站岗的。

几块钱的木琉琅，一定要坚持做下去才能回本。好运的话，锡米胆黑市一斤可以卖到六十元。

这工作，是要让人做到可以炼出铁铜身的。体质热就不怕。体质寒就怕。月经来时她就做不了，腹部疼。

有一年，端午节刚过。她跟母亲，二姐四妹，同村的大人小孩，十个人，在湖边，给抓个正着。其实本来有十多人，本加牙来了本加牙来了，大家慌张跑。有的人往山上跑，男人都跑很快。一个小弟弟只有八岁，没穿鞋，跑到一半跌倒，他妈妈回头扶他，一拖一拉，就被抓了。

后来出庭，他们当中有人，只穿一条裤子。有人袖子与衣角勾破，有人没穿鞋。去法庭，路很远，走到脚长鸡眼。

阿姆说，她只是在旁边看。大姑姐也说，她们只是看别人洗，自己没下水。轮到印度人嫲嫲，那个本加牙，不知为何忽然心软，跟法官说，他当时只看到有一大群人跑，但没有看到这十个女人小孩洗锡米。

一天都光晒[1]，这就脱罪了。

到处都是锡矿挖空的地表，每天出门，放眼望去，湖水，土地，好矮，好低，天很大，无遮无掩。

雷会打进水。有个男人，阿顺的爸爸，阿娇姐老

---

[1] 广东话，形容烦恼都解决，令人松口气。

公，做汽水厂，晚上八九点下班，踏脚车，大风雨，过矿湖边，被雷打。留下孩子七个人。

洗锡米，也会被泥沙压死。

水冲岸，泥越来越软，突然崩沙，把人活埋。夜里有鬼哭，狗也不敢吠。鬼若很悲，狗也无声。

宋红欢与宋万波

他去了理发店,享受那双手在他头上按摩,那块围拢脖颈,直盖到膝盖的大白布,洗发后,凉凉剪刀沿着耳朵。走出门,焕然一新。

大都会理发店,那女人叫宋红欢,跟他同姓。红欢本名宋妹仔,十四岁就当学徒,手势纯熟。给他剪发,边剪边问。你也在峇都律做工吗?

是啊。他说跟承包商做,装电线装电话线,修换烂螺丝烂电线,爬高爬低,一脚踢。

听她说闭眼就闭眼,个性真腼腆,怕剪落的发掉进眼里。

"我跟你洗头,洗旧尘,接新年啊。"

宋说他以前只在骑楼下给人剪头发,剪一次一元。

你是哪里人?

宋卡,暹地南部那边。你呢?你又是哪里人?

她说,算是本地人吧,文良港。名字有港,却不是港。

我以前出生的地方,泰国南部的宋卡就是港。

新年怎么不回家？

我没有买到票，今年的票很难买，太迟买。

他笑声很低，跟别人不一样，不像那些大声公，趁过年，就成群结伙到处开台[1]，但他样子也很体面，脸有点方，面目端正，皮肤晒得很黑，跟马来人一样。个子不是太高，说话不多，跟人吵架不能赢。他凑不进那圈子，就退出来，看来蛮老实的。不过事实如何，也很难说，毕竟她还不认识他。

他说他父亲以前也是帮人剪头发的，到处去剪。后来吸鸦片，做仙，如果不穿衣你会看到他胸整排骨可以打吉他。要是起得了身，他就会想去咖啡店后面赌博。

里面有个有轮子的白板，可以拉来拉去，用来遮赌桌。赌起来三天三夜不回家。我也忘记哪一年，阴天，傍晚，我阿爸被赌场踢出来，听到有人说要打他，就跑去躲在车站旁边的工地里。大人叫我去喊他，我去叫，爸爸，爸爸，他却不认得我。第二天，就没有了，下大雨，他溺死在工地，刚做好，那沟渠不能通水。

啊，她吃了一惊。他那时才十三岁，以后就自己吃头路。

她本来不觉得自己跟他同姓，宋是养父的姓，但真正养大她的人是养母洪亚喜。养父有第二头家，生了

1　开赌。

六七个孩子，就无暇顾及这头家了。打从一开始就不太理她，连给她取名都懒，跟注册官报名时就说她叫"妹仔"。出来工作后，她给自己取名红欢。她跟店里的人说，不要叫我密斯宋，叫我红欢，我无姓。

养母这生并不好过。大概是在被英军驱赶，随着整村人颠沛流离的那些年里，这对夫妇在无意中收下了她。可是养父毕竟不喜欢她，照料她的始终只有养母。她真不明白何以一定要让她跟那人的姓？如果可以改姓，她一定要改成洪，跟养母。

她常不明白这世界，到底是什么道理在给人排序？有的人注定被爱，有些人明明拥有许多东西，却老提防像她们母女俩这样什么都没有的人。

一颗橙切成六份，摆在桌上，别人很快就伸手拿走。其他兄弟姐妹争着跟父亲说看见什么、听见了什么、吃了什么种种，她也想找机会插嘴说，努力了几年，想告诉父亲自己也遇见什么、学会什么，一次次，养父脸冷得跟冻鸡屁股一样。其实也没什么，不是不能受，起初她不知自己是养女，知道后，懂了，就省回力气。倘若以养父平时凡事以利益和成功定论的观点来看，她不过是不重要的妻子养的无血缘孩子又是女的，故此，更是三倍地无相干。那以后就彼此彼此吧，她也可以切割关系，没什么大不了。

某天宋万波来，跟她说了个笑话。

他讲一个人，某个先生非常斯文，喜欢把东西弄得很整齐，还喜欢把一切都调整得规规矩矩。他瞧不得一点肮脏，规定佣人要每天把家里抹到一尘不染。不过有那么一天，他脱下鞋子，脚臭，嗅。一嗅上瘾，以后他就开始嗅自己身上每个地方的气味，嗅异味。

她听了噗嗤笑出来，宋万波似乎也很开心。大雨敲屋檐吵耳聋，他们得大声说话。他好像不太想走。当然因为这是雨天，雨大得天桥上的招牌字都蒙了，马路上都是水，从天空湿到地上。

你喜欢吗？剪头发，洗头，挖耳朵。他问。

不做这个还能做什么，十几岁学到现在，她说，我都不会做别的。

天色越来越暗，才三点钟，阿娇姐冒大雨，从银行赶回来，都要淹水了，阿娇姐大声说，一边收雨伞，肩膀衫袖湿透，没客的了，开灯也是浪费钱。说着就把唯一一盏亮着的柜台灯都关掉，整间店灰暗下来。又说，阿生你今天不用做工呀，我们不做生意了，老板娘说不要浪费水电，叫我们关店，万一吧生河淹水了，我们搭不到车回家。

她看着他在大雨里跑过马路，像只牛跑起来那样过，竟没用行人天桥。

孤男寡女你不怕吗？阿娇姐问。

新村地很平，没有需要爬坡的，只有去割胶时走山路才需要。一路上有电灯杆，一支支，很多年都是空的，没有接上电线，好像只是给州政府插了伫立那里，不知为何遗忘了，有那么一个角落，被世界遗忘。她记得有一次割胶，快天亮时，割胶割到胶林边缘，靠近马来甘榜，突然听见奇怪的动物叫声，走近去，看到羊，是马来人养的羊。羊的眼睛从木板栅栏板缝里盯着她看。

看到那羊栏，就觉得自己已经出了平日的范围，到了另一区丛芭，像是世界的另一边。新村养鸡养猪，就是没有人养羊跟牛。

她就好奇地看着羊，羊的眼睛很大。她没想到羊是食物，因为小时候养母带她去算命，观音说她不可吃牛羊。想到羊原来可以吃时，那只羊突然朝她咩，很响，好像很愤怒，一直叫一直叫。

九岁那年，她们家搬回新村，一路睡睡醒醒，睡前还在一处，醒来后已经在另一处了。好像有梦跟现实融合在一起，决定你人生要处在这还是那。

新村都有寺庙，观音济公大伯爷。我们烧香，到底是在求慈眉蔼目的观音让那梦快点醒，还是求祂不要揭穿，让我们继续做着舒适好梦？

天公诞之后连续几天雨。过桥时往河面望，河水像一条朱古力色大蛇在翻滚，听闻有些地方已经淹水。

宋有六根手指，多出的一根从拇指底长出来，很短小，好像没有什么力。

一个在附近工作，常来店里的女招待莲花与她男人小刘，一个德士佬，逐渐混熟。四人一同聚在理发铺后院，吃榴莲。宋抓巴冷刀，那根多长出来的拇指，轻轻搭在刀柄上。持刀一劈到底，好像还蛮轻松的。

我真是好欣赏你这把刀，莲花问，哪里找来？

偷来的，厂里面的，宋说，只是顺手拿来用。

刀用好几张报纸包着，然后装在一个纸袋里。他就提着那纸袋，沿着人行道与骑楼下方走过来。虽然不是很远，走路大概只十分钟，但也可能会给警察叫住检查，总之没碰到算是好运。

三月里，傍晚七点多，宋万波独自穿过巷子，被烂铲莫名其妙殴打。警察来到，把所有人不由分说都捉上车，到了警局，他忍着痛直到写完口供签名，才送去医院。

起初她不知这件事。知道时，他都快出院了。听刘说，对方总共有三个人，他们跟他到巷子，就忽然凶神恶煞，拳打脚踢，他从后巷穿过茶室一直逃，逃向大马路，向十字路口人多的地方跑去，不然玻璃樽什么都用上，就没命了。

宋那天没有把刀带在身上的，因为切过榴莲后，他就把刀留在理发院，不知怎地忘了带走。

也许是刀引来的杀气。这把刀不懂以前是谁用的呢？一直留在铁厂里。真有些诡异。也许是刀找人。有些物件就是会有那种能量，阴森杀气。说真的，宋说，那天我怕的时候，怕死，还真的有个冲动，要拿刀斩人。可是一摸，原来没有刀，就在心里一冷，觉得无望时，忽然好像眼睛反而变清楚，突然看出旁边有出路，就跑出去。

年初五，她跟莲花出门，宋和刘也一起。孩子找不到鞋。鞋子哪里去了？"刚才脱放第三格的，"孩子说，"不知给踢到哪去了。"新买的鞋子，有点心痛。"都叫你要放进房间。""才一下子，"孩子抗议，"哪里知道突然来那么多人。"他们租房的楼下，二楼有个老人家，刚从医院载回来，隔着木板墙，听得见男人女人大声问，阿爸你还想见谁？你要找谁？三哥三嫂在路上了。有人小声说，他从昨天就看见叔公叔婆来叫他，时间到了。里面没有阿公？我都没看过阿公，人死落地生根。殡仪馆，哪里才好又便宜。给阿爸穿什么衣服呢？好鞋都没一双。声音陆陆续续从板房传出来，听得见啜泣声。她和九岁孩子继续在阶梯上，一层层找，看了又看。男孩的脸颊很红，满脸头发脖子都是汗。那是一双棕褐色的塑胶皮鞋，里面有小熊图案，鞋侧边还得扣鞋带。一排排阶梯都是鞋，奇怪他的小鞋子就是不见了。宋本来远远地在路边等，看看就走来，蹲下帮她找。

鞋是怎样的？给穿走了，孩子快哭出来。有熊仔。是黑色缚带那双吗？我自己找可以。她说，心里烦躁。她想放弃了。孩子蹲在最低的梯级那格，往上望，往下望，极力远望，四处都是别人的鞋。泪珠往下滑，落到草尖上一点晶亮。泪大颗大颗地冒出，草尖上那点晶莹泪珠模糊了，蒙了，他用手背抹泪，草尖上明明灭灭，原来是一只萤火虫。他看着那昆虫，趴在草叶上，衰弱模样，没力了，翻个身，四脚朝天，无法抓着任何东西，但腹尾那点光还在闪，大白天的星星。孩子一直看着直到那光不再亮为止，萤火虫死了就成为一只普通的虫，手指一碰，虫掉到泥土里，被草叶遮住。孩子满脸的泪痕汗痕彻底干了，现在他是一张猫公脸。找不到，死心了。

他只好穿旧拖鞋出门，不见了就是不见了。他失去了一双鞋子，被穿走了。母亲说不会买新的，你以为我很有钱。你妈骗你的，其中一个男人说。他们一伙人去大排档吃面，茨厂街的云吞面与咖喱鸡面，士思街的叉烧面跟冬菇鸡翼面，填饱肚子。不找可能又会出现，另一个女的说。

孩子给她读了一则奇怪的故事，后来回想，就像预兆一样。"发生了大件事……一个黑衣的人，巡过了整条街。"刚上二年级的小孩，读出的声音，像水一样凉爬上脖子，好像有积雨从屋檐漏下来，一阵寒意。也许只是昨晚睡不好，早上又没什么客人。

她问他，你刚讲什么？孩子说，不是我讲的，是这里写的，一个小故事，就说城镇上发生了一件大事，大家都关上门，不敢出声。只知道，来了个穿黑衣的人，巡过整条街，不久市场就变得萧条，可是没有人敢说，到底发生了什么事。

那些天，理发店没什么顾客。选举刚过，反对党大胜，街上游行亢奋了整整三天，顾客就不进来了。五月十二号理发店照常开工，但提早关门。五月十三号，阿娇姐说要早关店，因为下午有另一班人示威，人家说会是巫统的人，有人说会烧屋，有人说这无影的，谣言。阿娇姐说宁可信其有，午后四点，阿娇姐跟她一起拉下铁门。

从那天开始，一直到戒严结束，她都没再见到宋万波。

再见到宋万波，是九个月以后的事了。

他背后挨了鞭笞，痛得发抖。泰式酸辣面之类都不能吃了。呛咳得厉害。咳到严重时会漏尿。他不说，太丢人了。她装着看不到床单上的尿迹，只说，是不是太勉强了。

有什么需要帮忙的跟我说,痛的话跟我说。她说。不过他不会说。其实若换成是她,也可能不会说。

见到宋万波那日,云层很厚,是个阴天。她提着许多东西,走在骑楼下方,大老远就看到他,他也走在骑楼下方,而且面朝她,可是,他却没有看见她,似乎在想什么,头发没有洗,好像几天没洗澡,嘴唇动一动的,像是在自言自语。

即使那么远,她也看得出来,他不一样了。

他似乎想过马路,可是刚好来了一辆大啰哩,他又退后一步,视线跟着那辆驶过去的啰哩,头转过来,表情怃然,她不忍心了,心想,他可能看到她了,只是假装没看见。她就举起一只手,朝他大力挥摆。

她奔过去,提着一大袋米粉、罐头。靠近了,才看见他脸上那划长长的疤痕。

你好了?回来开工了?

差不多,他说。

差不多什么,她不明白。她不敢看那可怕的疤痕,就望进他眼睛。你要去哪里?

他没有回答她。他不知道要去哪里。

他搓搓自己的眉眼之间,以一种怪异的方式搓自己的脸。他的手指,上次殴打过后扭伤发肿的食指与尾指,造成的扭曲看来像是永久的,再也不会恢复了。当他把紧握着的右手掌摊开来,她明白了,他以后再也不能好好装电线、敲钉子或做细功夫了。

去我那里坐一下吧,她说,陪我走一下。

他一拐一拐地走在她旁边,双肩一起一伏。她看着他投落地面斜斜的影子,也是这样一起一伏的。她叫他来,只因为她想不到别的理由。很多我们以为可以安慰的话,不要想太多、留在家里耐心等,全都是废话。他当然会一直在心里烦这烦那的,再回去建筑地盘做水泥工也做不来了。得去找人,得再去拜托人。

他们慢慢走过杂货铺,一个员工扛着一篮蒜头,从通向人行道的阶梯砰砰踩上来,啪的一声放落店门口。经过一间土产店,有个男人正昂头上望,伸长手臂,把什么一包包的东西挂吊上方的钩子。在炒咖啡豆的店里,一个年轻女人正持铲搅一口黑黑大锅,像下雨沙沙响。一间中药店。一间堆满砂煲罂罇[1]。转弯处有个马来修鞋匠,蹲坐小凳子,用支小槌子咯咯敲掉一双皮鞋的后鞋跟。

她觉得他们两人像刚复活回来还不适应身体的小木偶人,小心翼翼地踩下楼梯,越过小巷,又踩上另一边的三级小楼梯,走上另一排店屋骑楼。终于走到理发店前。

---

1 广东话,指锅碗瓢盆。

推开那两扇小门扉,今天店里只有一个中年女顾客,阿娇姐正给她剪头发。一边剪,一边转头望他,跟他打招呼,哎,阿宋,坐一下。店里的年轻女学徒把报纸拿给他,不晓得他要不要抽烟,还是给他递一支。他叼着了,手不顺,还是能夹着烟。点着烟时,就把报纸搁放一旁。

她的孩子一直站在厨房门边,孩子却没有靠近他。那具身体令孩子感到陌生,还有他脸上的疤痕。一会儿,孩子又稍稍移前一点,走到柜台旁,脸侧靠柜桌,以好奇、陌生、考虑着什么的目光望着他。

才不过关了八个月,他变得很瘦弱,脸的轮廓突显,多了一条疤痕,可是整个人已经像给撤换掉了。身体坐得弯弯的,仿佛从前的他从胸部凹陷落去,换了另一个陌生人从内里露脸出来。

来了一个顾客,她就去给对方理发。才剪到一半,听见有人推开门。再转头看,宋万波已经不在店里了。

一整天给人剪发,不知为什么一直弄跌东西,成天都得跟顾客道歉。不是弄跌人家放在柜台的钥匙钱包,就是弄跌本来插在腰包上的梳子、指甲剪。握着剪刀,给顾客修刘海,剪耳上鬓发,忽然手就颤抖起来,手冷冷的。

这种害怕,这些年来不曾停止过。去年年底,英镑贬值,连累旧钱币也跟着贬值。她很迟才知道,立刻挖出铁罐里衣柜的钱钞钱币，连同印有英女皇的钱币，大概百来块，立刻拿去杂货店买牛油罐头白米。那几天，巴刹里，有人捶心肝跺脚大哭，因为她知道得太迟。有个女人才四十几岁，大家就讲她是个"绝望的老姨"，丈夫早早死了，有六个孩子，存的储蓄全都是英女皇旧币。

三十岁就被唤阿婶，五十岁就老姨。她觉得很不甘心，女人生命好像早早就给强硬地截断，当成养孩子做保姆做女佣。中秋节茨厂街又有火烛光顾。不知怎地，一连三年同处失火。木屋最易着火。跑出来的人只剩身上一套衣裤，什么都没拿，很多女人把钱存在罐子或扑满里，一无所有。

一直到七月，各种零星冲突，殴打，火烧屋，都没有停过。峇都路、怡保路，好靠近的地方，一直都有人在放火烧屋，烧住屋，烧店铺，烧仓库，烧工厂。

她租住殖民旧屋楼上，几乎每间房都很多人。她跟四个女人一起合租一间大房，再加上各自的孩子，总共有七个人同睡。每天上工，尽可能把孩子带着，楼上楼下共有十七八个人，共用一个厨房、两间浴室。留在宿舍，孩子好易被人虾[1]。把孩子带在身边，做上整天，回到家就累死了，洗澡后才跟孩子说说几句，很快就睡着。

1　欺负。

偶尔也有难睡的日子。天气热。夜里屋内街上，什么动静都听得分明。听得外边狗仔长吠，远处也有另一声狗吠呼应。不晓得真是有幽魂骚动，抑或流浪狗仔也寂寞凄凉。连街灯下有飞蛾昆虫扑火声音都听得清楚。每次有人走动，屋子就像水上船一样，浮吓[1]浮吓。

戒严过后的一个月，警察到处扫荡妓寮、按摩院、赌窟。整个吉隆坡的中南区，尤其是惹兰拉查劳、怡保律、峇都律一直到何清园，天天都有警车咿呜咿呜进出。

五月底，莲花上班的夜总会，才刚开工，很快又被检查了，她说天天吃西北风，等拾苤[2]。

金巴黎，警察好像只是作势冲进去，不用拼搏也不用开火，顺顺利利押一堆人出来，关进警队囚车。很多人远远地从对面骑楼下看热闹，大家说他们捉的都是小鱼仔和未成年少女，重要的台柱与大佬早就避开了，全都是做个样子交差罢了。

报上说有五千个黑社会被抓，这数字里面，宋万波被逼当了一个。鞭笞过后，他说每逢雨天他就关节痛。有时候严重起来，握不住碗杯，就从手中滑脱。

天还没亮，她就下楼洗脸。孩子要去循人中学上

---

[1] 广东话口语。
[2] 倒闭。

课。车来了，学生排队上车，异常乖静。她去买早餐，走过成记酒楼对面，突然看见宋万波在过行人天桥。她不禁大老远叫了一声，车水马龙，他没听见。她跟着追上去，楼梯两边都有乞丐，不是麻风残缺，就是年纪看来老大。也有女人带着孩子行乞。近日，每座天桥都是这般景象。

看着宋万波背影在楼梯上方，看似辛苦地上楼梯。她心里忽地没了勇气，几乎想转身回家。可是宋万波不知怎地，好像感觉背后有人一样，一转头，就看到她。

他的眼神似乎很惊讶。他脸颊上那道从左眼角斜划至鼻翼的长长疤痕，已经褪色了，不那么触目惊心。她从下方看着他，奇异地觉得，那种过往看到他，莫名眷恋的感觉又回来了，便走上去，问他，你做什么？近来好吗？

我哪还能做什么？我要来这里打地铺。

她有点不知怎么回答。

开玩笑的，他说。

他们来到天桥中间了，很高，即使不挨近桥边往下望，也能感到天桥高得让人畏惧。铁栏杆之间透风，两旁的乞丐，就靠着那铁条坐。那空隙还好，不至于让一个小孩钻过去，但一只猫是可以的。她极力远眺，别往下看，就能把这里想象成平地。桥上的乞丐都不怎么害怕，可能麻木了。当中有个印度人，恤衫卷起，露出大肚子，对天躺卧，呼呼大睡，似乎不在乎自己什么也没有。

她常看到这种景象，车站、骑楼下，无论看多少次，都觉得无法坦然，然而又不得不硬着心，仿佛无动于衷似的过去，因为实在帮不了。她觉得自己算是幸运的。到头来，免于流落街头的命运，总是幸运。

后来他们慢慢下了天桥，宋万波才告诉她，他小时候也没有地方住的，只是跟阿爸一起。

他到哪，我就跟到哪。

他们睡三轮车，巴士车，有时候去他阿爷睡的鸦片棚。马路边，天桥，打地铺。

她不太想跟他分手回家。

孤独，使她渴望走在人群里，在车站、在骑楼，被许多人围绕，有人在身边来来往往，就不那么寂寞。她说不上什么东西让人孤独，大概是害怕，仿佛很多年前的阴影还追着来。人不知何时，就会再度陷入不幸里头。其实都没什么可以保护一个人，免于灾难的。

讲多错多，讲多多人家不喜欢的，母亲常说。不只母亲，大部分她认识的人，想要过着安定生活的人，都沉默苦干，免得不想要的事情找上来。

以前，她也曾经跟母亲走远路，几乎一路求乞。不是求乞，是逃难。避水灾避穷困，露天睡卧街头，睡巴士车厢。某夜惊醒，看到一个影子在她身前半蹲。

他凑得很近，在观察她，一时之间，她惊呆了，想喊，却没有声音，声音不知怎地出不来。那人可能觉得她不会怎么样，伸手掀她衣，手探入内，像水蛭般恶心的手指，捏她乳头，她才终于喊出声，尖厉地叫，那人一下受惊，退后，啪嗒啪嗒，跋着拖鞋跑掉了。

整条街上，像他们那样困着窝在一起睡觉的水灾难民很多，有几个男人醒来，四处睁望，哪里？坏人在哪里？黑漆漆的夜里一阵乱骂。

她没有哭泣。无法置信刚才制止了可怕的羞辱。坏人逃走了，背影消失在漆黑的天桥上。只是这个人尚未被抓到，也许还会回来。

她总睡不着。睡意一来就惊醒。即使后来终于住进灾民救济中心还是如此。

人们的眼神又令她懊恼。我没事，我没事！如果大叫可以驱走那诡异且污蔑意味的视线，她就会继续喊。但不能，越喊越像给人看戏的女主角。真讨厌，真可怕，心口像有一把刀。但她又记得，先前大喊时，心脏跳得很激烈，连街灯都像放血变白，那刻有个新的你出生，也有一个旧的你死去。

她现在忽然想起这一切。

他们在行人道与骑楼之间进进出出，一起看见一只母鸽子占据了对街一家矮店屋梁下的通风口，那里有个用干枝枯叶做成的鸟窝，好像在准备孵蛋的地盘，鸽子在小小的方寸之地，踱过来踱过去，只要看到有鸟飞来想落脚就驱赶。

满载沙丁鱼乘客的巴士，在马路上歪歪地缓慢地驶过。这下午，街道并没有很多人，感觉特别悠闲。屋檐下方囚在笼里的鸟忽悠鸣叫。人潮是怎么涌出塞满路巷，又是怎么藏起不见呢。每次示威，整个地方，茨厂街周围的五支灯、火治街[1]、苏丹街，给挤得水泄不通。简直落不到街，在公寓的楼梯口就被堵住了，只能从楼上窗口往下看，敲锅敲杯大声喊。一旦这结束，我们好像又可以恢复过往如常的生活……

如果有熟人看到她跟他这样并肩走，也许也会说话的，但她不想理会了。讨厌活一生，行动总是被人干涉。他们从火治街走向五支灯的巴士站。下午三点钟，阳光灼晒路面，很静。

他回答问题总是很短。你吃了吗？吃了。几时出来的？两个月了。怎么出来没有跟我讲？我自己可以搞掂[2]的了。你吃了什么？饭。你怎么有钱？

我跟阿顺借的。阿顺是他的前同事。

她曾听小刘说过他的近况，首先是他接了份油漆

---

1 金铺街或五支灯是旧称，现为西冷路（Jalan Silang），也有俗称"死人路"，或英语克罗斯路（Cross Road）。火治街（Foch Avenue）是旧称，现为陈祯禄路（Jalan Cheng Lock）。
2 解决。

工，去油漆盖好的公寓走廊，可能是适合他的工作很少，高的他爬不上，天花板、站板高架，他也不能做。后来，又听说他竟然去了夜总会，是莲花介绍的。至少那里工钱还比医院的好，只是出入的人复杂。那地方哪里适合他，收收大衣、顾顾帽子、钥匙，短期可能还好。但欺负他的人也许还会回来，只判刑一年，可能还会更早释放回来。她觉得这消息一点也不让人释怀。难道不是这样的吗？坏人总是会回来欺负他们所欺负过的人。

你是不是患上神经病？她问他。

你才神经病，他说。

阿顺没有了。

这是车厂事头婆[1]讲的，她说修车佬在路边修车，修到一半被人从后面斩，放火。

太阳照在万波的头发上，油亮黏腻。眉毛还是很浓，一皱交叉。眉中心的皱纹看起来更深。路旁的榕树缕缕，树荫幽深，他的眼睛里有一团恐惧阴翳。

宋万波说他现在有驾德士了，执照是别人的，能顶多久是多久。不然，还能怎样。

在他停德士的地方，街道对面本来有一间光辉相馆，现在已成废墟，整排店都给大火夷成平地，后面

---

1 广东话，老板的妻子。

的夜总会却露了出来，花绿眼录[1]，无穿无烂，继续伫立原地。

剪落的头发掉落水泥地上。她给他剪发时，他们的目光没有接触，失败的余绪还藏在他眼睛里，如果她想看进里面，他就闭上眼睛。"你头发真像十号线那样硬，"她说，想尽量表现得轻松些。凭直觉，她感到，若然他不用看人，他就会更轻松些。她蹲下来，假装专心收拾掉落的头发。有些落入隙缝的头发竖起来，像针，硬、尖又乌亮，他真年轻，她想。谁知道眼下的沮丧还得持续多久。有些破坏，永远不会再恢复了。阳光还在地上跳动，他在等她。她站起来，把塑胶编的折叠躺椅打开来，让他头往后昂。用一条白毛巾围裹他脖子。她左手持着勺子，倒水倾注洗他发上的肥皂泡沫。他闭上眼睛，好像十分享受，又很紧张。

他额头因为水湿而发亮，闭着眼睛时，好像里头有梦。

她听见他的鼻息声音很重，竟然睡着了。她把手伸出去，稍稍停在他的椅背后。她想知道他从前的事，他做了什么？去了哪里？遇到什么事？他如果准备好了要说，她会聆听。但如果他还不太想说，那么，她想象

---

[1] 广东话，眼花缭乱。

着，其实也可以静静待着。

他睁开眼，太阳使树荫移动了一点点。街声像海水流入。有一团温暖的空气，随着拂动的斑驳叶影在我们周围跳舞。有时候，我觉得这时间就是这样了。早晨黄昏，去了又再来。

他帮我搬椅子进屋时，我们似乎又可以过回同样的生活，那在这一年里被剥夺的生活。他帮我把门掩上，拿两个杯，在水龙头底下冲洗，他还记得哪个是我的杯。好像什么坏事也没发生，什么也没取消。如同这间屋子厨房里的锅盖、桌椅板凳、晾晒的毛巾，洒进室内的午后光线，跟一年前他初次进来时，一模一样。

以前他会跟我说，哪，你姓氏很好，跟我一样，我们都是宋跟宋，就是狮子跟狮子。真是傻话，我却很开心。表面上我们的肉体是这样平凡，这样难看，但骨子里，我们是两只狮子，非常威风，而且只有我们才看得出来。至少，我可以不用再像以前一样耿耿于怀，这个姓。

我以前很不明白，为什么我得在这姓宋人家里，像个多余的人凑在里面讨父亲的爱。

也许遇到谁，落在谁家，遭遇就是要这般经过的。掉落哪里是哪里，腐皮烂骨，也能变成别的，像花换水。想到这样，我也很快乐。

宋万波的童年

他跟着父亲的脚步，走过了好几座城镇。父亲驮着很多东西，一把小凳子，以及装着梳子、剪刀、剃发刀的硬皮纸盒。每天早上醒来后，他们沿着街道、巴刹或者店铺骑楼行走，一路问人要不要剪头发。

他们把旧报纸中间剪开一个洞，可以让头穿过。要剪头发的人就给旧报纸罩下。头发剪完后，这孩子就负责捡拾落发。他有时可以跟人借扫帚与畚箕，有时必须用硬纸皮和报纸，或者徒手捡扫这些头发。总之不能任凭头发留在那里。

他以为生命理所当然就应是这样的，父亲到哪里，他就到哪里。每天他们挤在人潮中行走。力气好像用来挨饿走路，有时候还得露宿。

他不知道母亲在哪里，父亲只说她生下他不久，就走了。走了，是去哪里了吗？是逃走还是死了？问多了只会挨巴掌。

情况好的时候，他们可以租个床位，那床位跟抽屉一样小，又矮，上下相叠的有两三格，他们得跟十几或二十几人同睡一间大木屋，或店屋楼上的大房间。情况糟糕时，他们没钱交租，就露宿。外面很多地方睡，更好，风凉水冷。三轮车、没上锁的巴士，偶尔也去睡鸦棚——当三轮车和空巴士都满座时，鸦棚就是一号位，跟那个小孩叫祖父的老老男人一起睡。

城镇里总可以找到几处这样的鸦棚。大部分都靠着建筑物的泥墙或大树搭盖，以防水布和锌片为屋顶，底下床架以水果箱、木板、木材钉桩拼叠支撑，常是找到什么就用什么材料来搭盖。

小孩几乎是一躺下来就睡着了。在棚顶上方，大榄仁树在夜风中沙沙作响，与棚下的鼾声混织如潮。

稍后父亲会帮他父亲剪头发。老头子很瘦，由于常晒太阳，他皮肤还蛮黝黑的。剪完后，照例是小孩蹲下来收拾老人的头发。

小孩无聊地，像玩耍一样慢吞吞地弄。在这布满石子泥沙的地面上，斑驳树影中，刮扫收拾他祖父的头发，连带枯叶，好像在收拾另一个世界仍未能回收的残余。

他只坐过一次火车。窗外飞逝的荒野似乎没有尽头。梦境对他说话。从泥土里，从树荫斑驳的影子里，展示给他看，这个他们一起走了很多路的世界，如何是一丛黑色的、灰白的、不知起头与结尾的发丝，而他们是寄居其中的虱子。

二　青蛇

无梦

那之后，有好几个月，阿清发现自己醒来后，对做过的梦一点印象也没有。她向来多少总能记得一些。打从童年时期，她就开始跟大人说梦。睡醒后，伸手抹掉嘴角干了的唾沫，从床上爬起来，走到屋子后方，在有一群女人开始洗洗刷刷的沟渠边蹲下，那时厨房里已开始煮食，一丛炉火毕剥燃烧。总有人问她，今早做了什么梦，有一个姑姑想听小孩的梦来买万字[1]。那经常是她吸引他人注意力的时刻，即使口齿不清地说着她那一丁点零落残梦的记忆，他们大都会趣味盎然地听，从她的语句里寻找下赌注的暗示线索。比如，梦见一个裸体女人（裸女）。梦见火车赶不上（火车）。梦见一只狗不知怎地丢掉了找不回来（寻找失物、不见，或者小狗）。她偶尔也会困惑，到底为何他们会认为她的梦境可以开

---

[1] 买万字是指透过写四个号码来下注的赌博，人们通常在合法的彩票店柜台买，但也常跟地下赌庄买，开奖号码依据彩票公司宣布。

出发财号码？那些恐怖的妖怪，长有獠牙的吸血鬼，或不知羞耻脱光衣服露奶露屁股走来走去的女体（她觉得那裸露的女人经常就是自己），何以能变成会开的万字？梦到死去的亲人，他们的脸在梦里异常苍白，即使她还是个孩子，也能感觉得到这些人已经死去了，因为他们表情很少，说话时嘴唇也不会动，如果这些亲人都是鬼魂了，那么这些鬼魂竟然那么靠近她的睡床，还一直看着她，不是有点恐怖吗？（"他报什么字啊？"）

说着这些残缺不全的梦时，她从大人的表情领悟到什么。不穿衣服的女人咸湿吗？一个阿姑问她。她抿嘴微笑，对，色色的。做什么呢？姑姑就打开万字簿，是不是这样啊，亲嘴呀，姣姣的。一边手指图。

除了问她的梦，大人也会去拜神求签，或去坟墓问惨死的人。如此看来，她的梦，和坟墓上的鬼指点，力量或许等同。

或许不只是她，每个人的梦，都有点惊人的力量，像是接通另一个世界的路，看清楚这个世界，即将来临未知的，以及过去给遗忘的，秘密。

尽管万般不解，她也渐渐希望自己是能带来幸运奇迹的那个人。但愿她那些零落的、诡异的、混乱的梦，会比其他小孩的梦，更能接通好运气。

然而，自从暴动以后，阿清在医院里醒来，她就一直无梦。无论在救济中心，或后来搬去姐姐家里，或更后来的女工宿舍，这干枯的情况一直没有改变。

不知为什么，她想也许是因为太伤心。身体不能承担忧郁，脑袋不能记挂过去，也连带就不能再接通梦的通道。自动落闸关掉了。

因为伤心的事跟梦，光是记住，就会耗掉力气。

她想，也许心已经患上了无梦病，为了要继续在这，跟别人一起生活，得阖上黑暗，好在明亮的生活里熬下去。

现在，轮到她成为梦的听众了。

比她小上六岁的外甥女对她说了一个关于蜘蛛的梦。

"蜘蛛在衣柜与墙壁之间的阴影里织网。我和你一起往阴影里看。它每钩一下，我们的眼睛就跟着眨一下；好像我们的眼睛也是蜘蛛织的。"

一只白头翁伫立在窗外横过的电缆线上，啾咔啾咔地对整座天空呼叫。从房里看得见它。

它可能在对其他鸟宣告吧，嗨嗨，这里是我的了。

起初她没发现自己无梦，只在听到外甥女谈梦时，她才发现原来已经整整三个多月，醒来后不记得任何梦境了。

每天早晨醒来，拉开窗帘，开始新的一天。晚上睡觉，就拉上，结束一天，去入眠。

69

解严后，六月初，她离开收容所，搬去姐姐家。

姐姐一家八口只租一间房，昼夜吃饭坐卧都同一个大房。姐姐与姐夫睡近门那侧，她则睡近窗处，在她与姐姐姐夫之间隔着七个睡得横七竖八的外甥子女。

墙角上方悬一盏黄色灯泡。呼吸与鼾声在四壁间起伏如潮。外甥女常在半夜里把她当枕头紧抱，热乎乎的脸抵着她的，一条腿跨过来压着她腹部。她有时忍耐着不动，静躺着感受那压着她的少女重量，直到身体再也受不了，才推开她。少女翻过身压碎连串梦呓，背对小阿姨沉沉睡去。

她不讨厌与外甥们挤烧的这间房。因为在她胸肋底下有只幽灵螺贴着心口，日以继夜不停地吮吸她，吮吸她，好空，好痛。她不再像以前，可以在孤独中怡然自得。她开始害怕起孤独的时刻。

小小的室内空气异常暖热，姐姐的孩子们发出的鼾声，几乎跟旧家里兄弟姐妹的鼾声几无二致。

每天晚上，当所有人睡着后，她给自己练习道别。（再见。再见。再见。要默念三次。）

她也开始在脑海里想象这样的一座岛。岛上遍长白色芦苇与红色的彼岸花。死去的家人们，也许都坐上了有莲花的观音船，去到这座彼岸岛了吧。他们共同的记忆也将永远封藏于岛上，因此不会被夺走。只要她还有呼吸，呼吸声就是她与这座岛屿之间的联系，吸气时生，呼气近死。虽然痛苦，但时间未到，她绝不会登上那岛屿。

她会继续活着，活到可以再度大声迎接记忆回来的那一天。

这样，暂时，只要把记忆寄放在那岛上。她就可以生活。

那里有不逝的时间，只要我想，就像旋开腌渍物的罐盖，寄放的记忆，就会重返。

这样练习完以后，她就闭上眼睛。

有什么正在掉落。有什么正在分离而去。

死亡，死亡。

死去的不是我母亲，不是我的姐妹兄弟，不是友梅，死亡就在我里面，像颗种子。有只僵冷的死鸟张开鸟啄通向了小小的深深黑洞。

全家死这么多人让心很凄苦。我再也不会快乐了。

我不能再恋爱了，我不能再恋爱了，我不能再在那些可以追求爱情幸福的人群里了。

到底是什么鸟一直在窗外执着不懈地啼叫？

透明的晨乳注入房间，窗帘拉上又掀开，我的记忆就又死去一些。

举目四望，蜘蛛的白色丝线任意地，给风吹到哪里就是哪里。

蜘蛛会修复世界上每样破碎了的白色东西，它能不能修复我胸肋底下的洞?既然骨头都是白色的。

在阿清似乎无梦的日子,她外甥女却在天亮醒后记得更多的梦。比如有这么一天,外甥女跟她说的梦,内容如下:

我梦见自己在路上看到一只鸟,它跌在我脚前。我想让它躺好一些,小心翻动它,怕太粗鲁会加剧它的骨折。我不知该把它放在哪里,楼梯上?石灰栏杆上?哪里比较好呢?每处都好脏。后来我决定还是把它放在地上,却发现它胸前的骨头不见了。

我回到原来的地方找,只找到断了的鱼骨头。

我把鱼骨摆进它胸腔里。

这是一只鸟,它身体里面有鱼的骨头,它就活了回来,不痛了。

它身上的疼痛,似乎流淌至别处去了。

洗涤

姐姐家住在烟铲巷店屋。楼上楼下给屋主用三夹板和水泥分成几十间房。住了十一户人家。

六月，炎热的端午节。阿清蹲在浴室里洗衣，一下子就听到有人骂，到底是要洗几个人的衣服几粒钟。

在后巷，蹲在公家水喉下洗，刚蹲下把裙摆收折胯下，露出浑圆大腿，很快就听到轻薄话，有男人骑车过时喊：靓女来我屋帮我洗衫呀。

吉隆坡市区排屋拥挤不堪，卫生不好，屋里浴室只有两间，为了冲个凉成天吵喧巴闭[1]。姐姐说，不久前，离她们不算太远的另一条马来街，就有人为了争洗澡间杀人。一个怀孕了好几个月的马来女人，只不过是因为洗衣很久，就没了丈夫。杀他的人，是同屋住的皇家士兵。因为她洗衣很久，士兵叫不开门，就在外面骂

---

1 广东话，指非常喧嚣。

大肚婆。丈夫听到老婆被骂，也出来骂架。本来两个男人只是绕着厨房桌子追来逃去，那个皇家士兵，不知怎地，竟把刀真砍下去，把男人砍死了。

城市里，马来人印度人华人住的屋子，说近不近，说远不远。跟姐姐租房同层的，隔壁房是一群女工，当中有个水泥工阿陀。二十几岁，接近三十岁，大家说她是老小姐。阿陀在工地扛泥灰，一包四五公斤，托在腰间，四五层楼梯都爬得上，也不用休息。某日阿陀接到梳邦的工，连做几天几夜没得洗澡。终于回家那日，就洗特别久。外边有人敲门，她也充耳不闻。

门外的人就骂洗你老母。

我老母那份还没洗，你慢慢等，阿陀说。

那扇薄薄的木门几乎给撞破，六个女人持木凳水盆砰砰打。六国大封相[1]之后，还得同住爬同座楼梯。

这世上没什么地方是平静的所在，"暂时"寄居亦不懂会得持续多久。旧的生活，无论如何已经挥别了。

半山芭店屋二楼开了很多家车衣厂，可是踩缝纫车要用脚力，阿清不想去。她看见有家做塑胶容器的广告，就进去问。

老板说，一个月一百五十块，店铺楼上有女工宿舍得住。

1　广东话俗语，指混乱、冲突、大打出手。

她说好，立刻开工。其实这工作也得常常走走站站，双腿会很累。

但她需要工作占据她的时间。她需要忙碌终日，认识不同的人，学新的手艺，跟过去做的事情越不一样就越好。

刚洗好的衣服堆满三张床，我们的房间总是这样皱皱的，衣服像小山丘一样堆到淡黄色碎花窗帘下摆。

母亲说，不如杀了我吧，死掉算了。

我记得他们怎么来的，我的孩子。母亲又说。

我就默默地折衣服。把弟弟的小衬衫纽扣给扣上，把衣袖折叠在衣襟前方，把衣服对角折叠好。

在睡满了九个人的房间里，弟弟经常半夜里爬起来梦游，走得跌跌撞撞。他的小脚高高低低地踩过床褥、地板、床褥、地板，时而踩着我们的腿。

据说梦游的人不可强硬唤醒。别叫，他的灵魂会无法回到身体里。有时他会微微啜泣，我们只得轻声哄他，回去睡回去睡。重复又重复，这通常会持续上好一段时间。

好几年后清明节时，应该要去双溪毛绒那里祭拜，我们忍不住会想，小喊包[1]会不会想要什么东西。

---

[1] 广东话，指爱哭的孩子。

打从两岁开始,就总有人会喂他吃榴莲,他吃得满嘴与手指都是黏答答的淡黄色果肉。

婆婆和妹妹拥有过的东西,我们一件都没能保留,不管是鞋子、衣服、身份证还是照片,全都烧光了。他们在底下也不会收到这些东西。因为那种在暴力中烧毁的东西,完全没有办法抵达黄泉去让死者的灵魂收下。

尘归尘土归土

她每日在塑料厂里，制造各种形状大小不一的容器。这世界上的容器，从来不曾那么多种类，工人们每隔几周就轮换组别，从做手套，到一支支塑料管、塑胶瓶和洗衣桶，它们全都不会被打破。

她有时负责收检送来的塑胶粒，有时负责清洗、包装放箱，有时整整两个礼拜坐在矮凳上除塑胶渣。一手持小刀，另一手抓紧水桶、盖子或其他塑胶瓶，削掉外边一排突出的、不规则的塑胶渣，就像削鳍刺。动作要快，什么也不用想，感觉暂停，只要逐个逐个削平，时间就过去了，完成了。完成的容器给堆在一边，小组长会来计算。经常被刀子或塑胶渣划伤也不觉，大不了挤出那点血，起身去水喉下冲洗，也有人差点给削掉一个手指头。但损失总不至像做汽水厂或鞋厂的，记得家里姐姐们说，她们声音还在耳边回荡，多怕人，一个还未嫁人跟你差不多大的女孩子，搬抬汽水箱时反应稍慢，手就被卷进机器里了，都没来得及看清，整条手臂就溅血断掉落地。

女工们都年轻，才二十多或三十几岁。年纪较长的一个姐姐，负责带新人，对她们很好，从不骂人。她们彼此熟悉，偶尔会说几句笑话，偶尔拉一下脖子上的毛巾抹汗，但手上功夫利落不停。阿清不想跟别人说话，她越来越静，越来越瘦，其他人也不会来跟她开玩笑。

在工厂里，有个新搬进来的机器，去年才开始用，工人叫它作菠萝鸡，吹胀鸡，从早到晚，都是同一个印度大叔在操作。大叔看来四十几、五十岁。个子不高，肩膀很宽，脸孔黑黑的。大概因为周围女工多，他从不脱衣赤膊。一天下来，八九个小时，满身大汗做着重复又重复的工作。对着一台模铸机，手动操作两大块厚厚的铁模，让它一开一合。当它打开时，可以看到一片薄膜般的塑料袋，从上端机械口的细缝里，吐出来，缓缓垂下。那个大叔就会伸出手，拿块布，擦一擦那块下垂的薄膜，像托一托什么东西似的。接着按一下按钮，让两块铁模阖上。等到铁模再打开以后，里头被夹住的薄膜，沿着铁模，经高温塑成了圆滚滚的容器形状。他就把它摘割下来，就像切果子。只是它不是活的，不是食物。果子切下来以前，早就已经是死物，是可以使用的死东西。

九月里，工厂经常加班到八九点，因为越战开打，得赶出货。大家一直不停地做、不停地做。某一晚，太阳才刚下山，天花板的日光灯闪一闪，厂内啪的一声跳电，暗了，伸手不见五指，机器的嗡嗡声都停了，厂内嘈嚣，小心火烛，有人喊。不准用蜡烛！只准用手电筒！小组长阿姐也说。但手电筒只有两把，投出的小光圈，在厂内探来照去，异常微弱。

菠萝鸡死火了，阿叔说。小组长阿姐说，你们别动，全部这里等着，我去问一下阿头……小组长摸索着往厂后方去了。

阿清一手抱着塑胶桶，另一手还握着刀子，从凳子上站起来，感到双腿麻痹，却不敢走动。

一阵子以后，阿清觉得眼睛渐渐能看得到更多东西。那锌板墙剪开的几个洞，镶着几片玻璃，投入了街灯的橘色光线。

橘色的光线从窗户里流入，投落在正中央的大机器上面，又沿着桌面、气管线和电线，镀上微弱的光。每当工厂外边，有啰哩碾压过路面，路旁遮蔽街灯的柚子树叶，随风晃动，墙壁、天花板和梁柱也在光影中轻轻缩涨，微微闪烁。阿清觉得这一切似曾相识，但又跟记忆毫不相称地，飘浮着机械油味与塑胶气味。厂房的锌板墙，像以薄薄铁皮做成的巨大器皿那般，把各种气味，连同从院子外边飘入的垃圾馊味，淤积厂房内。

在机器与墙壁之间，垂悬的电线当中，有一条电线特别新，很白，特别亮，阿清一直看着那条白线，它斜斜地划过灰脏的锌板墙，特别瞩目，好像不属于这个地方。

一辆巡逻警车咿呜咿呜呜响着，由远而近掠过。厂房外边，那头被一条链子拴在院子角落柱子那里，养着给工厂看守防贼的狗，忽地吠叫起来，狗吠声听起来很焦躁。

外面有几个马来人，只是孩子而已，大声说着什么话，在这片墙壁外面的马路边跑过。他们到底说什么？听不清楚。

阿清绷紧了，她想起厂房外面，靠着这片锌板墙，油污黏腻的地面，堆着一袋袋塑胶渣，还有那些很容易就燃烧起来的木板杂物堆，都只草率地以防雨帆布随便盖住而已。

小组长还没有回来，没有指示，工人们继续在漆黑中等着，细而低的话语声，没人说话响亮，连笑话也没有了。整件衣服汗水湿透，怀中还有一个削到半途中的塑胶桶，刀子也还抓在手中，阿清继续一动不动地看着这昏暗中的动静。不知道这是安全或者危险，只听到此起彼落一下两下的抱怨，真是闷死了，至少打开扇窗，透透风吧。但始终没有人前去开窗。

却有人划了火柴，点了蜡烛，那朵火焰微光，在窗面上反射。阿清看着那烛光及其倒影。茫然中想到，这岂不危险吗？不知怎地，烛光倒影闪了一下，好像窗前走过一个人。

你等下怎么回?

一个女工挨近来问她。是问她吗?阿清转头看对方,昏暗中,女工的脸很模糊,她想不起来这人是谁,只轻声回答,我也不知道。这些日子,有临时工,有散工,人都来来去去,她也认识不完。

这样下去不知拖到几点。那个女工说,他们会一直拖着,我们不如自己先回家吧,不要加班了,又不是卖身。

阿清想看清楚身旁的人,那女人的脸虽然朝向自己,却很难看清。这女工的及肩中长发、姿态、身形,奇怪地熟悉,但又好像少了什么,阿清总有一种感觉,只差那么一点点,就能从脑海里翻搅出记忆,想起对方是谁。

虽然不安,但阿清心里又同意她说得对,只是这女人,怎么嘴巴不动,好像话不是她说的。前面的工友,声音窸窣传来。有人说空气真闷,但尽管一直抱怨,窗却一直没有打开,恶臭气味还在弥漫。昏暗中,可以看见,每个人多少都会伸手捣一下脸鼻,但眼前的女人却恍若不觉,不怕那股胶臭空气似的。阿清屏着气息,尽量在这一口与下一口呼吸之间,拖长时间,却难受地咳了起来。

怎么啦,你怎么还抓着刀,小心别割到手,那女人说。阿清放下了手中的刀子，再转头看对方，现在那女人垂下脸，头发遮住了侧脸，更看不清楚她模样。是不是很难受呢？对方说，我先出去透口气，你要来吗？说着她就起身，沿着工厂墙壁，走向那个在锌板墙上给剪开，权当是出入口的门洞，但这时候它是锁着的。

阿清心头一阵瑟缩，因为她听见，那女人的声音虽然很近，就在她耳边响，可是那女人已经走开了。如果没有安排车，你要早点回去，对方说。阿清身边已经没有人，仿佛声音与人实际所在的位置有了差错，只见女工的人影隐没在闭锁的门后阴影里。那扇门刚好挡住了光，那里最暗了。虽然她觉得有点害怕，但同时她心里有一把声音在催促自己，要快，快点走。

阿清起身走过那些机器与电线交错的影影绰绰，那女人穿过去时，她也穿过了那扇门。

穿过了那扇门后，阿清以为外面会是那只狗吠叫的院子，但一跨过门槛，却置身在熟悉的旧家里，不知怎地，旧家竟然恢复了，一切都好好的，还是那几张小凳子、吃饭的木桌子，叠起来靠墙的床铺与帆布床架，以及放置水杯水壶的小碗橱，只是全都给移到靠墙一边摆放。本来区隔父母与孩子睡觉空间用的衣橱，都不在了。本来感觉很窄的，像置物柜般的家，变得几乎空荡地宽敞了，现在她可以坐在地板上，双腿舒展伸直，脚尖离墙壁还有一大段空间。

先前的那个女工不见了。现在陪她一起坐在地板上的，却是另一个跟自己差不多同龄的男孩子。这个男孩脸孔看起来也有点熟悉，但神情阴郁，甚且有点气息阴森的。虽然这男孩有点可怕，但阿清心里不知怎地，直觉就晓得，这人是个目击者。她知道，唯一能够告诉自己家人是怎么死去的，只有他了。

坐在旧家里，阿清不确定这股沉沉压在背后的感觉是什么，到底是悲伤，还是害怕。无论是亲人的鬼魂，还是前面这个男孩子，都有点不祥的混噩感觉。

他真恐怖啊，阿清想，但我为何怕他呢。她注视这个男孩一阵子以后，忽然懂得了，这个男孩子，只是一个经历失败、想要找个巢穴来隐匿的人而已。阿清心中涌起一丝怜悯，这怜悯克服了恐惧。毕竟如今我唯一能问的人，就是他了，因为他是一个目击者，他可以告诉我家人是怎么死去的。由于这个家发生了可怕的事情，连她都不想住了，这个作为目击者的男孩子，才住进了这间无人想回归的空洞旧屋子，他需要一个栖身的地方。

你知道发生了什么事情吗？阿清努力克服内心的恐惧，就问他，我妈妈爸爸、我姐姐哥哥、我的亲人，他们都是怎么死去的呢？

男孩子看着她，他说话时嘴巴一点也不动：我知道他们全都是吃错了食物而死的。食物中毒，他们吃了许多毒烟。

83

就这样？阿清心头感觉很空，很空，很失望。她想知道更多，但男孩能说的，就只有这些，他不能说得更多了，也不知是因为他的语言匮乏，还是因为他看到的就这般局限。但他确实曾经在场过。只是，不知何故，阿清觉得这男孩说得并不准确。

她心里有点嗒然若失，她依旧害怕身边这个看起来很凄凉的男孩子，她也害怕自己的旧家，仿佛这个家不再是以前那个温柔的家了，充满怨气的幽魂随时会出现。但只要注视着他，这个人似乎也就没有那么可怕。

于是她提起勇气，继续问他，你可以继续住在这里的，毕竟这里没人住了。但是这里死了这么多人，你不害怕吗？

男孩说话时，依旧嘴巴不动：其实你家里并没有鬼魂，只是你家的镜子，每到午夜时分，不懂为什么，望进去，里面的倒影会慢慢扭曲起来。

阿清就望进镜子里，屏息恐惧地望着。很快地她就亲眼目睹，镜中倒影，墙壁、凳子、电线、橱柜和床架，每一缕倒影线条都在慢慢扭动，像水面倒影扭曲的模样。寒意猛然刺透心底，像有个冰霜锤子从胃里提上来。走，快走，离开这房子。她觉得自己必须告别，必须离开，走得远远的，哪怕得去天涯海角，像其他还活着的家人那样，全都逃得远远的，好抛掉这种打从背后穿透腐蚀心脏的痛苦。

她没有去到天涯海角。厂中央的机器停滞不动时，那本来吐出塑胶容器的铁模，中间像漆黑的空洞，让她想起不久前去过的一家庙里看见的小神龛，里面有个雕像，狭长脸，细长眼睛紧闭，黑长下巴，像从树身剖切出来的阴神脸容。从柜台处她拿到一张宣纸，上面以红墨水写姓名、年月栏目。庙里的人告诉她，只要填上亲人姓名与出生年月日，就能够给死去的亲人打斋，使他们黄泉下安息。由于她不知道，他们是怎么走的，没有任何一个人能给她回答这问题。她想偿还，想做这件事，想从这个阳间为他们做些什么。但抓着这张宣纸，她却什么都写不出来，原来就连他们任何一人的出生日期，她都不记得。

她觉得所有人都是为她而死的。全都是因为，某些更秘密的缘故。那些日常生活忽略的累积，即使同桌吃饭，都说不上话。不懂从什么时候开始，她就无法跟姐姐妹妹弟弟哥哥和父母，好好地交谈。她挪了挪位置，不知道该把怀中的空桶放哪，它装着蒙蒙一团灰。

要等很久以后，她才有第一个孩子，可以在眼前跟她说话。

你每天进工厂做什么呢？那个孩子问。

我是去做一个一个的桶。可以装东西的桶、盆、罐。

一边解释时，她用两手比一比。比出那个隐形的东西，比出那形状，有大，也有很小的，有很高，也有小腰状的瓶子。这样比着的时候，就像手掌之间，或臂弯里，生出了眼睛看不见的东西。可以装水，装糖果蛋糕，也可以装饭菜。

它们是怎么来的？

她可以跟他解释，物质是怎么从一样东西变成另一样东西。从一棵树的乳胶，变成一些塑胶片，经过火、给机器压过、被烫过、被吹胀、变硬，最终成为一个个空的、凹陷成袋的容器。

这容器的材料是从一种树上取来的。树木的根须伸展到土壤深处，从地底下的漆黑里抽起水、矿物质。树开花，树身流出乳汁。人类以它造成塑胶容器。

其他容器，不管是玻璃、陶瓷、铁或铝，也全都是从泥土来的。

我做出它，它们就是空。这就是我的工作。这些东西连续不断从机器里产生，制造速度越来越快。从机器上面摘下来，它们起初像一种果实，但不是真的果实，没有这么浪漫。它们起初没有颜色，有时候是白色或透明的，搬动它们时，她常想起没能给亲人办的葬礼。

世界已经毁灭过了，如今只是佯装一切如常。花香味是没有的。也许不好的是花粉，会使她呼吸痉挛，咳个不停。说不上什么地方气味会少一些。她走过许多家仓库、车衣厂、修车厂，一路往前走，一直走到油污气味结束的地方，看见在廊柱之间，绑着几条铁丝线，晾着的湿毛巾沉沉垂下，她站住了，在弥漫着熟悉肥皂香味的空气里，读柱子上的一张招聘广告。她推开门，看见一个女人站在墙壁两相对的镜子之间，两手抓紧白布大力拍一拍，白布扬起落下，甩掉白布上的发丝，地上却没有什么头发。从理发室内涌出来的，只有烟味、发胶与刺鼻的茉莉花香水味。

孖尾

来了一个男人，边看边抽烟，我觉得他一直抬眼看我，似乎特别注意我。等到赌完一轮，我去算钱，他就说，你变漂亮了。这话很奇怪，因为我不记得看过他。他可能认错人。

在我看来他很老，老油条，三十岁扮二十岁。

要不要去看戏？我说不。一起去喝咖啡？我说不要，我又不爱咖啡。

你以为我是坏人？他问。我喜欢你，我不会害你。

无端端为什么会喜欢我？

喜欢不用理由的，他说，一会儿，身体往前倾。我应该立刻退开，但当时没有，仿佛退出就是输。我心脏怦怦跳，紧张起来。

等到他又喷出一口烟，我才往后退。就这么一犹豫，他就误会了。他一定以为我是可以得手的，尽管我觉得我不是。

陈叔说赌馆需要好看的女孩子上班，他们说我的脸很甜。每早晨进到赌馆，前晚的烟味还没散，要到正午才好些。孖尾最初出现那天上午，赌馆门可罗雀。只有一桌老人家，两个阿婶和一个老男人，烟也抽得很厉害，鸡肤鹤发，看起来就像一般常来的赌鬼，不抽不赌不能过日子。

我去后边冲茶。有个男人走到后面问找厕所，我抬头看他，颈项戴条粗金链，眼睛骨碌碌，不曾见过。我冲好茶出来，那人也跟着出来，径去大门口跟另一个男人会合，两人同坐凳子抽烟，貌若等人。

不久来了一个似乎他们都认识的人，边聊边等，在柜台登记了，说三缺一，谁来都愿意凑成桌。

到将近一点半时，我吃自己带来的隔夜面包。那时我有远远看了一下赌桌客人，那个先前去屋后方问厕所的，粗金链，眼睛骨碌碌，加入了那三个老人家，人齐开赌。奇怪怎不跟他自己认识的人。

我看着他，觉得异样，他姿态特别怪，胳膊、左臂时不时往上提，又摸耳朵，摸袖口。

是不是在打暗号？可跟谁呢？虽说这毕竟不关我事，亏钱的又不是我。但我有点担心，经常有老人家被障眼法骗走一生辛苦储蓄的血汗钱棺材本，赌馆平时很少有老女人，老千通常很喜欢骗老女人。

89

平时陈叔跟阿皆讲授经验，我在旁边偷听。

陈叔从来不跟我谈那么多。他很愿意跟阿皆讲。阿皆，当然很灵活，阿皆在咖啡店里捧咖啡，这里那里送咖啡，认识了许多人，从布庄店、电器店到巴刹卖鱼的、炒米粉摊档的老板，上上下下都熟，赌客也熟，赌馆的人就问他要不要来抽水[1]。

他跟我同年，都十七，不过他是男孩，所以陈叔让他做到夜班，下午五点接手到凌晨，有时还通宵达旦，入夜赌客满座又豪赌。他抽佣比我多很多。

我们在赌馆工作，除了固定工资，还可以每桌每圈收佣金三巴仙[2]。白天赌客不多，但好过没有。这收入比车衣好，有些客赢钱后心情好，很愿意给我拿尾数，五分两毛的，一天下来，有时也能收到沙尾渣[3]一两块钱。一个月下来，佣金、跑腿甘先[4]，我会拿到百多块。

所以我又继续做下去，即使只能做早上。每早进来扫地抹桌、泡茶水煮咖啡、洗杯洗盘、给每张桌子钉麻将纸，还要收拾一大堆色情杂志。

他们说因为你是女人，不到天黑就得回家，这里

---

1 抽水，是抽佣金的意思，这里是指负责打理每桌赌桌，可抽佣金。
2 巴仙，百分比，译自英文 percent。
3 各种找钱项目零碎的尾数。
4 甘先是佣金的意思，来自英文（commission）的口语。

男人世界，又不能留你做久。

陈叔对阿皆跟对我是不同的。他搭阿皆膊头，分他烟抽，有一次我听到他们聊天，陈叔对阿皆讲得好详细，谁是老千、谁以前扯皮条，如何观察出千。陈叔还把这区黑名单上的赌徒，一个个跟阿皆细说。比如来自何清园叫郭牛的，以前曾经拐带未成年少女去到关丹按摩院，后来被抓落网在监牢吃咖喱饭七八年；此外还有一个样子长得像李翰祥、左右手十指都有戴戒指的，曾经被人告过出千。要是有人一直赢钱，就要注意了，看那桌的骰子和碗是不是给偷龙转凤，必要时介入清场，叫看场的阿三阿龙去查桌子上下。

我发现老板跟阿皆说得比较详细，简直像是在传功夫；什么赌客的袖子可能藏磁粉、要怎么用磁盘藏握掌心，要怎么若无其事地检查免得还不确定就开罪人，而对我，他总只说一句，"知道了我会解决你不用担心"，"对，有可能，看到可疑你就报告，阿三阿龙会去应付，你不用管"云云之类。

我不知原来陈叔心里会这么偏。他头脑跟眼睛一样，发鸡盲[1]，他其中一边眼珠看不到，是人造的。

真奇怪我做了这么久，陈叔从不主动跟我讲这些。

1　口语，盲目的意思。

难道他以为白天赌馆不会出问题吗？老千白天就不来吗？我觉得陈叔真是矛盾，又常话我做工要醒醒定定，不要只顾扫地。

自从我进了赌馆，把书本放一边不再看之后，我渐渐投入到这份工作去，想试着把自己变成另外一个人。一个能够确实地，实际地估衡利益，好好活在这个世界上的人。

发现那男人可疑的搔姿后，我就走过去，假装拉拉隔壁桌的抽屉和椅子，一边望。

他点支烟叼着，边洗牌边斜睨我。他尾指与无名指指甲留得老长，刮他那剃后腮青的脸颊下巴，嗞嗞声，像刮橡皮般不会痛似的。

他忽然问，小姐，你对眼真桃花。有没有拍拖呀？

同桌那个穿旗袍领、画眼线很黑像李丽华的阿婶就叫我，小姐，给我们的茶壶换热水，顺便帮我买包烟回来。

我便起身拿走旁边小架上的茶壶。是的，要我走开还不容易，点我做事，我就会当跑腿。

这么短短十五分钟，赌桌局势竟已然不同。那点我去买东西的阿婶，先前一直赔的，这一铺竟然大胜，神情还很淡定从容，像平常事一般。

那先前戏弄我的男人，现在则像泄了气的皮球。奇怪，那么多双眼睛看着，却没有人明白她是怎么赢的。

没有可疑的痕迹，我当然不会管，收佣金，走出去，给自己买好吃的下午三点出炉的包点。

我听见陈叔对阿贵和阿皆说，要小心，最近内政部抓人很厉害，"五一三"过后，他们一直在抓私会党。

"五一三"当局报死亡人数两三百人，后来出动的警察五千人，到处乱抓人。搞到这阵子，帮派内斗也很猛烈，天天听闻有人斗械，许多人都不知道谁会出卖朋友。结果，两个月后，本来私会党人数都没那么多，经过警察与政治新闻部的一连串行动，很多人都要找枪来自我保护，黑市交易的枪械火器变得比以前兴旺。

走在路上我有时会遇见孖尾。他从啰哩驾驶座上喊我，喂，靓妹。我就转头看他。

"上来。"他说。

我转过头去，继续往前走。

"上来啦，你要去哪里我载你。"

我没有理会他。

他想要跟我说话："你真的要做这个工？我介绍别的工给你。比这个更好。"

"不用，我满意这里。"

"一个女孩子家，做么喜欢赌馆？你也真奇怪。"

我带了妹妹去空地上，抱一个拖两个，去那里看人打篮球。其实也不是为了看人打球，主要是找空旷的

93

地方待着,玩耍、跑动。不过那边通常被男孩子占据。我常常看着他们怎样得意,又怎样彼此欺负,看不起的人,他们就笑对方是娘娘腔,叫对方婆弹(pondan),这个词汇经常嘹亮地在空地上回响。另一个人追打过去,最后所有的人扭打在一起。

在那边

我长期营养不良,来月经时,一边工作,总感到腹部抽搐一阵阵,手脚发冷。没到中午,带来的面包就吃完了,可是肚子还很饿,就只是喝热水。

那个寄宿楼上的林伯正好下楼来,坐在后方的帆布椅,叫我,阿妹,帮我买两粒包,我还没请过你。这边我帮你看一下。

我就出去了。回来时,看他人在睡觉。

我洗了手,坐在煮热水的炉子旁吃叉烧包,一边等水滚。林伯还在帆布椅上睡,一动不动的。

我就去看他。他嘴巴微微张开,像鸟喙一样张开,下巴是后缩的,仿佛被脖子往下拉,而脸上的肉是紧紧的。

我心里一阵麻,走出去,走到柜台前,看见那个看场的阿贵哥,就跟阿贵说,林伯死了。

林伯的葬礼草草结束了。送去吉隆坡广东义山的火葬场火化。

这件事冲击了我,让我有份仿佛从纸醉金迷的烟雾世界里，剥离，苏醒过来的感觉。

赌馆里依旧砰砰声，说的依旧只有几点、几点，从来不谈吃，好像肚子不会饿。有时我怀疑，是不是因为常跟他们待在同一屋檐下，我也渐渐地，对饥饿麻痹了，感染了不会饿的病，常忘记吃东西，即使肚子很空。

一天我不小心打破了一个茶壶，陶瓷片与茶叶在赌桌旁边撒了一地。我就拿扫把过来扫地。

你做么会这样笨手笨脚的？老板骂我。

我没回嘴。精神不好了几天。那天起来，确实很疲倦。某日我等冲茶的水煮滚时，靠着桌边休息，竟然忍不住睡着了。听到砰一声，一声叫喊，妹头，我就立刻惊醒。

我在天桥下面遇见她，那个很瘦的阿婶。大家都说她奇怪，说她嘴含金，像哑巴那样不说话，听说她想跟她丈夫离婚。我跟她并不很熟，不过她忽然对我打招呼，喊了我名字。

她站在大马路边，一棵榕树下，脸看起来很白，头发剪得很短。我就走过去，你认得我吗？她问。

我就说，当然认得。

她每天都在帮她大伯顾猪肉档，以前是我的邻居。

她问我，你可不可以陪我去我姐姐家？我等下想去一个地方，要去我姐姐家换件衣服。

我说好。我们过桥，越过吧生河。桥底下河水传来浓厚的腥味。

"以后我不会再去巴刹顾猪肉档了。"

"为什么？"

她没回答我。交通灯转绿后，我们继续沿着大马路边走，经过歌梨城戏院、几间大酒店，一直来到巷子里的新店屋楼，我以前不曾来过。它看起来是新盖的，底下两层都是店铺，再往上就是住屋。我们爬楼梯上去，到四楼就出来。我眼前是一条笔直的走廊，走廊上有一些地抹、扫把之类。旁边扶手水泥墙外，有人拉铁线晒衣。

我们走过去，她没敲任何一扇门。

我问她，她要找的姐妹到底住哪一间？

"应该是住在上一楼，不如你先回去吧。"

"我尿急了，等下想跟你姐妹借厕所用。"我说。

她就转身，不再赶我。我们来到五楼，这就是最高的楼层了。五楼的走廊看起来也跟四楼的一样。

她跃上水泥扶手墙，坐在那宽不足半尺的墙头上。

我慌起来。我想抓她的手和肩膀，她脸色惨青，我脚一软，扑跪下来，只能抓紧她的双腿。

"干什么？"

"婶婶你不要想不开。"

"我都没穿鞋，你去帮我拿回鞋子。"

她的鞋子掉在走廊上，是她跳坐栏杆扶手时踢落的。

我就转身,去把鞋子捡起来。

等我一回身,栏杆水泥墙扶手上已经空了。眼前只有多云的天空与树梢。

天空白白的,水泥墙也灰白色的,中间只有一条线。我探头从天空与墙之间的界线,往下望。

我见到那女人躺泥地上。起初她眼睛闭着,像睡觉一样。一会儿,她睁开眼睛,看见我。也许不是我,也许只是看着她刚跳出的那层楼,而我只是刚好站在那边。

我父陈亚位

以前，当我们还住峇都律木屋区时，经常从一家到另一家，赌扑克牌，二十一点，十点，三公[1]。我们赚来的钱，就在吆喝声中，从一个人手中流到另一人手中，在木屋之间流转来去。输钱让人心痛，不玩又闷。我们什么都能赌。抛骰子。赌赌冰水小贩与她的丈夫能持续多久；等到他们分手后，又赌冰水小贩与她契家佬可以耐多久。

冰水小贩跟她契家佬注册去了，在天后宫华人大会堂，以后我们就不再押赌他们了。

五月暴动一事却没人开赌，当初有赌谁上来，反对党会不会胜，还有席位，没想到选前就有林顺成在甲洞被警察开枪打死，之后，就爆出来，原来子弹孔在林顺成头壳后面，终于真相大白。几天后就示威、投票、游行、示威，暴动，戒严。

---

1 每个玩家分三张牌，比牌型大小，计算赔率的扑克牌赌博。

赌局散了。警察开始捉"共产党","滋事分子"跟"坏人",连派传单的人也捉,接着就是私会党和可疑的工人。

五月过去了,暴动却没有因为上面讲"平静了"就平静了。

变平的只有木屋区,秋杰区南边的鹅麦巷木屋区,峇都律歌梨城戏院后面的木屋区,一年内都没有了。六九年十一月,中华巷与苏丹街后巷卖吃的小贩摊被拆,一天之内就拆完。听说接下来就会轮到何清园、甘榜地里与甲洞木屋区,有的一两百间,有的几百间木屋,全都要被拆除夷平。

这期间我父亲曾在一家家具仓库做看守。仓库近马路,墙壁是木板与锌墙拼贴凑成的。

父亲说他本来躺帆布椅睡觉。半夜惊醒,听到杂声,扭亮手电筒在家具之间探照寻找,却什么也没看到,起身出去小便,就这么短时间,里头家具就着火了。仓库里不只木材多,还有一捆捆铺地板用的塑胶垫。一发不可收拾,冒大烟。

很多人从木屋区跑出来,开公家水喉提桶装水,拉水管救火。消防车来到后射出大水柱,射不到,因为救火喉那时很少,得接大马路,拉到来很短。仓库狂烧,没烧光的家俬也被水毁了,不能卖了。

老板说要告他，说他看守不力害仓库大损失，后来有人讲这仓库危害员工安全问题，老板就不告了，把五十元钞票丢地上叫我父亲捡，早知你这样没用，当初就不请。又去跟别人说，他够倒霉，请到一个没用的员工。

五月暴动才不过两个月，我们家变化大得仿佛已经逝去十年八年。

父亲本来是制鞋匠。早在两三年前，他还有点收入。那时还没那么多制鞋工厂。

他名字叫陈亚位，广东兴宁人，一九三四才来到吉隆坡，来到时才六七岁，住了几十年，没有上过学校，不会讲也不会听马来话。他每天都跟广东会馆的人在一起，那些人每天抽烟，打牌，讲咸湿笑话，在车站、巴刹聚赌。他学他们怎么讲话，可是他不会讲咸湿笑话，他也不喜欢赌博，他只会做鞋子。

他不理地球转。

他有一把非常锐利的制鞋刀，无论多厚的皮，都可以美美利落地切割。前几年开始，他接的工越来越少，有时一整个星期没做到一双鞋，闲得发慌。他最后一次做鞋，是在一年多以前。到后来，他就变得无事可做，可还是经常回到往常做鞋的高脚屋地下室，磨他的刀。

房东的小孩有一次跟我说，你爸一直磨刀，像杀人狂魔。

做完最后一双鞋子他等很久，整整一年没有新的生意，上门去跟原来的老板吵架也没用。他就转去帮他最讨厌的造鞋厂工作。在他们的缝制部，鞋子都是机器造的，一天可以造出许多鞋。做一整天日薪两块八。

他老是想不做了，不干了。

如今不知那把刀去了哪里。

回想起来，他那把刀，既然这么锋利，如果转行去杀牛杀猪，说不定也很好。

他烟抽很凶，但很少待在屋里抽。他出外面，下楼，在巷子里站着或蹲在沟边抽烟，他回家只为了上厕所大便、冲凉跟睡觉。

半夜里，他会突然大叫一声，那喊声也散发着浓浓的烟味。然后，又继续睡到像死了一样。

我们房间算是大房。摆得一张吃饭兼做功课用的木头桌子，靠墙壁放了个衣柜、几个纸箱装着杂七杂八的东西。我们有些人睡床褥有些人睡草席，醒了以后，床褥与草席就全部叠起来，空出地方来吃饭、坐、接待客人、折衣服和拔江鱼仔。所谓拔江鱼仔，就是把江鱼仔分开，拔掉里头一些乌黑肮脏的东西，我们称为拔鱼粪，煎吃起来较可口，但我经常同时也把鱼骨鱼头扔掉，要做一整天才能做完两大包，有五岁小孩那么高的麻袋，给回杂货店，赚两块钱。

有时候父亲心情好，他会告诉其他人，他有几个几个孩子，孩子多少岁了，再等多几年，他做父亲的责任，也就了了，总算能够把孩子养大。那时候的他，又亲切又愉快，变得跟以前一样，仿佛他心里头的天气那日清风明朗，就有点像以前的个性。

母亲不再去割黄梨和洗琉琅了。她转去餐厅写菜单，只要一见她梳头发，他就问，"去哪里？又要出去姣。"

如果他们吵太久，隔壁或楼下就会有人抗议，"穷光蛋老不死整夜吵。"

母亲开始养鸡，她跟住蕉赖新村的朋友一起在靠山芭那里，围起一块地，做起养鸡卖鸡的生意。如果母亲回来说什么高兴的事，说今天赚了多少钱，或买了酿豆腐回来给全家人吃，他就说，"一点点小钱就虚荣。"或者，背对着她，低声地说，"你的钱咩，还不是勾男人的钱。"

他说的，是跟她一起养鸡的人。他们一起在巴刹开档，其他人都是夫妻、兄弟姐妹合伙，只有他们不是。我去帮过她，我没待很久，能帮的都是小事，比如把鸡块装进塑料袋交给顾客收钱找钱。一切都要实际点，我不会去想那些给自己难过的事，我不可能看好我父母的婚姻了。

阿良手臂很壮。个子不高，肩膀很宽有点厚肉，据说是以前在码头扛货扛出来的。

头发又多又厚，很少洗头，母亲笑他都不用去买头发油，自己分泌。

有一天父亲忽然过来,就在鸡档那里,跟母亲吵架。问她为什么卖掉他的摩多车,其实摩多车卖掉已经很久了,因为父亲根本不出门,是他自己说不要骑了。"你有阴谋的,你害我不能出门,然后现在就用我摩多的钱来养佬。"我是姓赖的是不是,母亲大喊大叫,你没鬼用你。

"你们还抢我的孩子!"父亲大叫,后来就推倒鸡笼子,抢刀,杀死了几只鸡。鸡毛乱飞。剩下的就巴刹满地跑。

我半夜醒来,蒙蒙中,看见母亲坐床头。她手拿菜刀,举着。

父亲昂起头看着她,没说话,只是呼吸很大声。

不知道妈是想杀死他,还是自杀。我身体好像麻痹了,不会动。脑壳很硬很硬。

母亲后来提着刀开门走出去。我听见她下楼到厨房。

不久传来冲水声,水声泼了两下,她在楼下哭。

母亲离开家里好几天,没有回来。

她不在以后,父亲爬起来,像竹竿复活一样。第二天他就出门去,到晚上才回来,他还爬上凳子,举起双手,踮起脚,把什么东西往通风口高处挂。不知道是什么朋友介绍他的一个茅山符包。他说可以化掉那种一直纠缠他的怨气,以及一些诅咒。

这之后母亲也不卖鸡了。她说自己不想杀鸡。

她继续去餐厅写菜单，却越来越瘦。她有一次说想换别的工作，不要杀生，好让家人来世好一点。不过要到八〇年代，她才开始和阿姨一起吃素。

阿良叔叔偶尔会去餐厅找她，下午三点，他点一杯酒，在店里坐着，吃花生，点豆豉排骨下酒。

我永远不会知道原因。以前，他虽然不怎么热衷跟人参，但还是会在心情好时，跟我们姐妹说话。暴动那天，他一整天不在家，听桂凤说他像往常一样带着鞋刀、修鞋工具箱出门去。在他回来之后，我记得起初家里还有制鞋刀在。但不知自何时开始，那整个工具箱就不见了。

也许他只是因为没希望了，所以把鞋刀卖掉了，应该可以卖到好价钱，但他怎舍得？难道是碰上警察被没收了吗？我们听说有些地方，有军人进屋搜查，找到"武器"就没收。

我带回来的大伯爷符呢？父亲问。

没人看到，我说，桂凤桂丽也这么应和。

可能是掉在楼下了，刚才爸爸不是在楼下找火柴吗？桂凤说。

于是父亲就跑下楼。

隔着薄薄的楼板，我能听见他一边找一边大声地抱怨，唉唉，唉呀，搞咩啊，搞边忽啊[1]。发神经……

"阿伯你念什么经？"就有人开门跑出来问他。

到天亮，我去沟渠边开水喉洗脸刷牙，看见父亲整个人躺倒巷子里。我还以为他晕倒或死了。我走近喊他，却看见他脸上冒烟，原来他在抽烟。

---

[1] 广东话粗口，可直译为"搞什么，搞哪一边啊"。"边忽"是哪一块、哪一边、哪个部分的意思。

冲凉房里的蛇

浴室里来了一条蛇。她冲出浴室直奔上楼。水池边，靠近水喉头处，那青蛇闪着碧绿幽光，盘蜷，竖起，昂头吐嘶。

楼下租客阿烈从灶口旁边抽出一把火炭钳，进浴室，伸到咝咝吐嘶的蛇头前，那蛇给激怒，爬上，还待在蜿蜒曲进，猛然就给火钳夹住。

他抬着那把火钳，"闪开！闪开！"一路飞冲出门口。

厨房里嗡嗡吵了好阵子。

她肩膀还裸着，只裹着毛巾。幸好此时房间里没人。

听到楼下那人在喊，闪开、闪开。她屏息倾听，头发湿，滴着水。毛巾用旧了，很薄，不太能吸水。不久结果从楼下传来："蛇丢出去了。"

在这屋子里，每样东西都是要与姐姐一家人共享的，没有一个地方与东西是自己专属的。一进门就是床。所有人的床都这样铺开来，躺哪里睡哪里。只有被单是分开用的，每个人有自己的被，每张被单有自己的气味。枕头也是。就连毛巾，包括这条现在裹身的毛巾，褪色了、脱线了，平日总是悬在铁线上，是和姐姐、外甥女们一起共享的。

她小心地坐着，碰一碰床沿轻轻坐下，毛巾是会吸水的，也许，不至于把床褥弄湿吧。脚在木板上，已经没有什么水迹。小心地坐着，竖耳听，没有声响了。

这天回来，她好冷，肚子抽搐着疼痛，去煮热水。一定是大姨妈就要来了。

她下厨房想煮点热水，拿起火钳拨灶里的灰，手禁不住发抖。火退到灰烬里去了，可能她还在怕火，划了三四根火柴，三番四次，手不由自主地颤抖，火光刚亮起，火柴就掉入灰里，熄灭了。哪怕只有手指头烘暖，腹部也会觉得好过的，手脚却好像在跟身体作对。阿烈刚好进来，他又来找炉坑用，看谁家能让他用。看到她脸青唇白，就说，有鸡汤。阿烈在苏丹街酒楼厨房做学徒兼打杂，时不时会带吃剩的回来。

鸡汤从塑料袋倒进锅，在炉灶上，炭红了，加上切小的柴薪起火。汤滚热了，总比光喝热白开水好，净水又没什么味道。

她只是在旁边看着他弄，自己什么也没动手。这感觉真奇怪，很舒服，第一次觉得自己被人照顾。

阿烈五官端正，说话好少，但人好细心。炉子的火焰倒映在他眼眸里，那眼珠是琥珀色的。

酒楼很多女招待，他一定看惯了。旗袍开衩到腿上，腿很滑，就连膝盖也很美，头发梳髻。又不用每天弯腰在水里。

她有阵子常在公共水龙头前面遇到阿烈，他一屁股蹲下来，几乎挨着阿清的胳膊蹲下来。

起初她怕他，浓眉大眼，个子又大。

大雨天，阿烈有时从酒楼带回剩肴菜尾，偶尔也有凤爪香菇。那时就会问她，这碗是很香的，你要不要？我分给你。

一天他帮她找钥匙，从厨房到处找，找到马路边。

七月大雨倾盆的某日，她从理发店下班。那天帮一个顾客挖耳朵，他骂她笨手笨脚，弄得他难受，还说不如用剪刀把我刺死算了。她骑脚车等红青火[1]，想到那顾客的脸，突然自己笑起来，就唱歌，陈宝珠，个个称我女杀手，一路上越唱越大声，在汽车喇叭轰轰声中，继续唱，踩着滑过百乐门跟超级市场。

巷子里，晾衣服的铁丝网上，大半都空了。

如果有人看到，一定就会说她疯了。是，她疯了，骑着脚车，任大雨淋得潮湿透，后来拖鞋一滑，她差点

---

1 交通灯，各籍贯方言均有的口语。

翻车。

打老远,她看到一个人,那人从路上,伸出手,拦住她,阿清,阿清。她停下来,是阿烈。

"你为什么不穿雨衣?"他指指车篮子前面的黑色雨衣。

雨水从发尖、鼻尖落下,满脸是水。裤子、腿上一片泥污。衣服是湿湿的贴在身上。

她望着他,他望着她,她可以说句,关你屁事。

不过她没有这么讲,这一天她非常沮丧疲倦。

赊账簿

我们每逢大选都要囤粮，米、食油、罐头、面。我们害怕告诉别人婆婆、外公、舅舅、阿姨是怎么死的。弟弟下落不明，不知道应该当他还在，还是他不在了。我们怕给人注意我们的创伤。我们不敢哭。我们怕老师提起。我们恨老师不敢在班上提起。

妈妈说这辈子永远还不了了，欠死人的，比555簿子上记的赊账更多。

她欠外婆一大扎粽子、鸡蛋糕跟一双新木屐。外婆外公应该要吃到她弄的猪脚醋或六味药材鸡汤。

她欠舅公三十五元，下一世还。

有一天，有人带米、面和一些救济品来慰问我们家。来的人，是一个地方华人执政党M党的干部，他来看她，耐心听她抱怨。走以前，仍然不忘告诉她，别跟记者、别跟什么人说你们家的事情。

政府给的补偿：

一包米。一匹布。二十五令吉马币。有的人前前后后总计领取三千令吉马币。

暴动几个月以后（不能讲结束），开始有抽签，抽到就有机会拿到为弥补受难者家属兴建的廉价屋单位。

至今，仍然无法说，它"已经结束"或"已经事过境迁"。

心 跳

有个鬼魂一直跟着我,叫我触摸一个人。我碰到他背后、握到他手掌,忽然意识到自己在靠近某颗跳动的心脏。我不是听到,而是感觉到,他的心跳,和我自己的。天气很热。

我买了一包冰豆奶。咬着水草[1],就站着,等。

蚊子变少了。野草已经给清理了,沿着马路边露出一大片黑色的砂质泥土,我没想过这片地的泥沙原来是这么黑又这么粗粝的。不久,他们就会在这里铺水泥,砌砖做人行道。这里将会盖新的超级市场。到时候,冰水档捉奸事件,就会被人忘了。

他来了。没梳好的头发松蓬,衣服手指黑黑的,眼睛布满红丝。

很烦,他说,老板不信我,我也不信他,我们互不相信。

---

1 水草,即吸管。

上次在篮球场有两兄弟给抓上车痛打，那就是开始。这事我听说过。接着，工友阿男在九玄宫庙附近，被几个陌生人用玻璃樽打了，差点死掉。这是第二件。这之后就开始有"那边"讲"这边"，说不够团结，有人搞鬼，出卖，害无辜的人坐牢。

"太可怕了。"我说。太闷了，为什么要这样。

大叶婆树的影子在我脚底下晃着。太阳在树叶上方爆开了。即使在树荫底下，我们两人的脖子、脸上都是汗，赤道阳光正把我们融化，我们的身体简直像从海里爬出来似的，稍微动一动，汗水就从发心、脸、脖子渗出来，这就是我们对海的亏欠；但由于我们也亏欠了陆地，所以我们流的汗得先滴入泥土里。

我把豆浆递给他，"喝一点。"他就喝了，一边看着我，一边微斜着嘴角，叛逆的样子，微笑着。

让我酥酥的感觉只有一刹那，话题又转移回去。

听说报复来了，"那边"的人生气了。他们将会采取行动。他心里有点忐忑不定。

对这样的事情，铁厂里的人际关系，我已经听出耳油，我尝试帮他分析，但到一半就失线索。当然，我只需要聆听。我知道铁厂老板本来就不喜欢他，如果他们要找代罪羔羊，怀疑就会丢黑原本就看不顺眼的人。

"不开心的话，就不做吧，走人吧。"我说。

"那我不是吃西北风。"他说，"去到哪里都有山头斗来斗去。"

哪里都会有，除了天堂。每天去铁弄[1]上工，都要担心。他说，什么都不稳定，没有安全感。每天都要对老板表示"忠心"，待着，表示自己在场。他开始想念森林，想要回去的心情就像做梦一样。从前在森林，生活很单纯，不用怎么烦心，会烦，但不是人，是老天爷，大象野猪猴子，偷榴莲果子的贼，都轮不到你烦太多，天气总会下雨，会有旱季跟雨季，总不像这里，充满了险恶与占领。

我母亲从工地回来第二天，三舅就来了。他走了以后，她想继续洗衣，洗到一半，对着一大盆洗不完的衣服哭，水哗哗地流着，她用力揉洗，滤过肥皂，刷刷刷，好伤心啊，好伤心啊。

经过公家水喉的每个路人都在看，她不是唯一一个。整个六月，陆续有人发现自己无家可归。

我知道她最爱小喊包，我想她完全忘了我们，或者她觉得我们是耗光她力气的讨债鬼。我从来不曾看过母亲那么激烈地哭，像女孩一样不顾一切大哭。我想抚摸她背后，抱她，也安慰我自己，即使到现在也是。

"怎么啦，好像生气了，你这两天完全不说话。"

"我为什么生气。"

---

[1] 铁工厂的口语说法。

"你不要不讲话走掉,我会害怕。"

"我没事。"我说。

他就抱着我。拥抱的时候,我确实觉得幸福,仿佛空的东西被填满。

"你好白,晒不黑。"他说。

"你该回去做工了。"

"晚上我来找你。"他说。

他父亲去疗养院了,几月都不会回来。

原来鸡寮屋这么小,门锁上。门外砰砰声,叫大、叫小。隔着那扇薄门,挤在他那张小床上,欲望像细小的幽灵壁虎藏在喉头里,的的的,的的的。舌头在口腔里在牙齿下纠缠着。紧紧勾着,要这样才能安心,一个身体贴着另一个身体,这胳膊,这腰这胸,一定要这样,拼命地吻着吸着吻着吸着,啄乳头亲眼睛,我们乔[1]身体,很痛,所以要慢慢地,慢慢地,够湿了,啪啪啪,好痛,这肉身。

你有没有受伤,会不会后悔,他总是问我。他看戏,看太多了。都不是雷雨交加。我都不曾哭过。

他睡着了,呼出鼾声。他手抱我腰,我们腿夹腿夹到快麻痹。我们身体都瘦,骨头压着骨头。我还想听,那隐密那热烈,但那颗心脏已经恢复规律,平缓,他

---

[1] 福建话口语里,调整身体位置之意。

的跟我的。汗水黏腻地阖眼躺了一阵，睡不着，我感觉着自己的大腿根之间好像还在给电流搐颤，一下一下地。

门外洗牌声从头到尾没停过，在那块夯实的泥地上，我没看过有人赌到这样不言不语的。阿斑说，他们不会说什么的，他们心里只有骰子几点几点，每次骰子一转，心就跟着转，一离桌，心头什么都记不了，游魂那样。

如果能换地方，当然好，可是没有钱，旅社更危险，有人捉奸怎么办。如果门突然打开，一目了然，一旦这样想，一想下去，我就忍不住，转过身，跟阿斑脸对脸，胸贴胸，紧紧地，他的嘴封住我的嘴，吸住呻吟声。十月，十一月，小心不要碰到他父亲的床。

码头

"码头"就是找吃的地方,是沟、河或矿湖里洗锡米的地方。天还未亮,我们十多人,包括我父亲、我母亲、姑姑、阿姨、舅舅,再加上邻居安悌和他们的小孩,来到码头,边等边吃。我们的早餐是隔夜饭或前晚买的糯米糕。我们边吃边等那个印度守卫给讯号,他会给我们知道是不是时候可以下水。要是吃完了,天都亮了,讯号还没来,我们就会开始赌博。赌藕十,藕红点,等到孟加里人的讯号来了,我们就立刻下水,开工。

就拼命洗到下午三四点。

从我们住的新村到矿湖,我们包了一辆没牌的沙布车[1]。两块半令吉,挤上十个人。只有我父亲骑脚车过去,女人和小孩统统挤车上。我坐在小姑姑的腿上,小妹又坐在我的腿上,我们腿叠腿,人叠人,一个位子叠

---

1 没有商业载客合法执照,私下载客的车子。沙布,来自马来语"扫"(sapu),意思是什么都载。

三个人，在车厢里，晃呀晃，每当车子碾过石头或窟窿时，我们就大声喊骑马啦、骑马啦，葛咯葛咯。在弹簧椅与车厢顶之间，互相撞呀撞呀。骑马啦，骑马啦。葛咯葛咯。

我的小姑姑在我背后说，哎哟你好重，压死我了。

在汗酸味、衣服湿气以及尖叫声中，我们笑着，我们的背顶着别人的胸，肩膀撞肩膀。

我如今想起她时，都是我们挤烧时候的亲密感。她瘦瘦的腿，撑着十岁的我，和另一个也许是七岁大的小男孩。

小姑很喜欢唱歌，会唱黄晓君，或其他流行歌曲。

她很会安慰人，如果我说别人笑我了，笑我脏丑，跟她诉苦，她就说，不，不是的，你最美丽。

她名字叫陈阿芬，五月九日林顺忠出殡时，跟去看热闹，几天没有回家。

到六月初，戒严过去了，大家可以出来了。阿清姨以前工会的朋友，突然来找，说，你有个亲戚关在监狱里。罪名是参与颠覆活动，没得上诉，因为是内安法，直接关监牢。

小姑四年后才出来。

她变胖了，头发松蓬，胳膊粗粗的。很会种菜，分辨什么种子能长好，什么不能。还学会做酒，用酒饼做。不过最神奇的，是她看得懂虚空中手指画出的字，可以精准地一字字念完整"封"信。她说，这叫太空传字，在监狱里学会的。

桂秀

带剪刀过来。一包鱿鱼丝也可以,或你外婆削好的哩哩骨[1],要新的,不要用过的。

一包鱿鱼丝要一角钱。桂秀选择带哩哩骨。她从外婆刚扎好,收在厨房门后未曾使用过的水扫里,抽出了又白又长好几支哩哩骨,目的是为了做风筝。由于风筝要做好几个,这把水扫哩哩骨,就越来越瘦。她也试过把外婆洗净与晾干了的一盆鸡毛,抽出几根,放进口袋里,想带给荷花瓮三间屋的那群女孩。但她们不喜欢鸡毛,因为,"鸡毛里面有虫有鸡粪"。

起初桂秀很乐意帮她们擦地跟洗碗,在荷花瓮三间屋,那家人厨房很亮,阳光从顶上天窗筛落,照亮洗碗槽墙上镶黏的镂花白色瓷砖。自来水不用去公家水喉装,而是直接就从洗碗槽上方的水喉头流出来,连用的碗碟也是瓷的,要小心地抹净叠放上碗碟架,不像桂秀

---

1 见前,削椰叶取得的细长叶骨,来自马来文 lidi,有弹性,可弯成弧。

家里用的，底下边边都是锈斑剥落的铁杯铁盘。

　　荷花瓮三间屋那家人住得不远，只隔一条马路与三岔路口，走过去不用十分钟，马路只过一次，马路很窄小，没有很多车。荷花瓮三间屋，位置在家人允许她出门后可以走动的范围内，超过那范围，回家就会被打。荷花瓮三间屋，总共占了三间店屋，里面有打蜡色深的厚木椅，厚木桌。他们的父亲有一张很多抽屉的办公桌，桌后还有可以滑动的高背椅。桌上还有个电话可接分机到厨房。门口半卷的竹帘下，摆着一个大瓮有细小金鱼游动，荷花荷叶盛开。

　　桂秀跟桂莲吵架，被母亲骂了，溜跑出外，满心委屈，不知该跑哪。

　　她经过出入口贸易公司的仓库前，看到那群女孩在仓库前的西敏土空地上玩跳飞机。

　　傍晚五点多，周日，店铺铁门拉上了，前面这块西敏土就空出来。屋檐下有一窝燕子，母燕子在巷子上空飞来飞去抓虫喂进雏燕的嘴里。荷花瓮三间屋的女儿们在玩单脚跳飞机。

　　她蹲在旁边看。她想加入，她们就叫她带一些东西过来。

　　"太自私以后会下地狱。"

　　后面的仓库，她们告诉她，以前就是地狱，以前日本兵在里面杀人，有血孩子找替身。

桂秀偷了厨房里母亲做椰浆饭的花生豆跟香蕉叶，藏口袋里。她得机灵地，趁母亲忙得不可开交时偷溜。大人的脑袋里有X光，一眼就会看穿她。

有那么一回，母亲逮到她，问她为何要把赊账买回来的东西送给那家有钱人。她答不出。母亲又说，你给他们，他们有给你吗？

但她依旧去他们家玩干擦地，用一块旧衣服，人跪地上，推抹完整块厨房的地板。有一天，那家人的女佣对她说，你好像是不用钱的苦力。

回到家她看到自己家的地板，那间租来的二楼大房，被单、脏衣服、床褥、尿桶。她怕听到姐姐或母亲跟她说，家里的地那么脏你又不帮忙擦。

荷花瓮三间屋有五个女儿和两个儿子。那五个女孩一天到晚生气，因为她们的父母不给她们使用粉饼，口红，就连蕾丝蝴蝶结也没有，要是弄不见了或她们之间抢来抢去吵着要买过新的，很可能就会被鞭打，被她们的父亲或母亲从天井追打到前厅，直想躲到油漆崭新的门后躲避。

午后跳飞机时间，这几个姐妹一起用粉笔画跳飞机的格子图时，沙丁鱼楼的小女孩来了，蹲下看她们玩跳房子。那女孩没穿鞋，kaki ayam[1]。她们呢，是绝对不

1　马来语，意指裸足。

会赤脚走在泥地上的，因为泥土里有寄生虫。不过久了以后，她们觉得她很有趣。她会愿意做许多，她们叫她做的事。

自从给那个年长的女佣点醒之后，桂秀就不想再帮她们擦地了。不过她还是每天都走进阴凉的荷花瓮三间屋，虽然不知所图为何。这屋很大，她总可以在里面坐一阵子。既然在街上走来走去，也没什么地方好待；更远的地方她又走不了，车站前面据说是有女孩被拐带的倒霉地方，有时是印度女孩有时是华人女孩；某条街里曾有坏人把外州拐来的十四五岁女孩囚禁屋里接客。大人不准她走超过三条街。

桂秀渐渐觉得荷花瓮三间屋也不是那么快乐了，她开始不想玩那些游戏，干擦地、洗盘碗、洗厕所、扫蜘蛛网、抹灯罩。拒绝之后，她感到自己更不受欢迎了，也没有什么东西可以拿来交换。不过，她还是舍不得离开，因为那里有黑色钢琴，好羡慕。尤其弹钢琴的弟弟，他从不指挥她做事。看着他的手指按在琴键上，看见他的瘦腿坐在钢琴前面特殊的椅子上，桂秀就觉得，这男孩子还不错。

有一天，男孩在母亲陪同下，走进沙丁鱼楼。

荷花瓮三间屋的母亲给沙丁鱼楼的母亲看她儿子的手臂，她拉起儿子的袖子，看你的囡仔抓的！这样小就这样暴力！指甲这样长，还不剪，小小不教以后会更坏。

"为什么你抓他？"叶金英问她女儿。

女儿不回答。

"叫她回她不回，一直在我家东摸西摸，又不是她的东西。"弹钢琴的男孩说，"还骂人杂种。"

道歉，叶金英说。我不要，桂秀说。母亲就抓尺打女儿裙下的小腿，打出了一条条红痕。

在那对母子离开后，金英拿出苦伯风油与黄药水，给女儿搽药，一边说，明知这些人都是杂种，你做什么还要参他们？人家为什么不欺负别人来欺负你？不能远远看到就走开吗？

女儿心里很痛，夜里，在床上，挤进姐妹之间，入睡前，她跟自己说再也不要依恋母亲，不再索求她的爱了，也不要索求父亲，因为他们两人都不会保护我。从这天开始，我将会很冷，更冷，再也不用去索求任何人的爱了……

然而，这想法并不让她快乐。

她曾经忘我地跟其他孩子一起玩耍。当她被其他孩子排斥时，心头就扎入了刺。若然那时母亲心疼孩子走过来，孩子就会像寻找一双手来帮她拔掉那疼痛的刺那样，哭着挨向母亲抱着她的双腿获得安慰。

桂秀曾经在班上听老师说故事，就说从前森林里有个女人，她要给自己的孩子出一口气，她的孩子被其他坏孩子欺负,她就拿起捣辣椒舂臼敲在地上,变成了鸟,追着那些坏孩子,要啄他们。坏孩子慌乱地逃,坏孩子的脚踩得很用力,踩得天和地都分开了。坏孩子到如今还在昼夜不停地逃跑着。

桂秀悲伤地想。为什么没有呢?我好想要有一个会用力摔捣辣椒舂臼的母亲啊。

桂秀不再过去荷花瓮三间屋了。

她不再经过那家出入口贸易公司前面了。她转走另一条路,十一岁了,她可以走得比较远了,甚至可以走出木屋区,走过有养猪浮萍的池塘,沿着一条大沟渠继续往前走,经过数家印度人的茅屋,终于来到一座废矿湖。

草声簌簌,她颤抖了一下,想起两三年前,这里死过一个十二岁女孩。一只肮脏灰色的鸭子游过芦苇。

她走进水里,就游到最危险的地方去吧。朝向那深处游去吧,到远远的,最深处没有水草的地方。

水很冷,才离岸边一下子,水就到腰,水就到胸,到肩膀。现在她站着,还可以脚碰地,但再往前一点,就会完全漂浮在水中了,离湖中心最深的地方却还很远。

往回看,水好大,感觉满涨。岸边的屋与树的剪影,看起来就像一条忽粗忽细,在天地之间,一道斑驳剥离的镜裂边线。

她站着在水里小便。心中冰般的寒意如今与湖水雷同。然后，她鼓起勇气，游回岸边。用力挥臂划水，虽然她也可以用走的，大风从陆地刮来，她得逆着风，废矿湖里有一股力量自岸边抵挡她，别回来。她继续划。直到爬上岸，扭干衣服，穿回拖鞋。

风很冷。湿衣贴身，任其显出突起的两点。

她昂首走回去，还是没看到人，这条路很孤独，但一路上湿衣会慢慢晒干的。

靠近大街时，第一个路口，衔接的是那个据说拐人的车站后巷。两边有几家客栈。女孩一扇扇向巷后门走过去，脑海里时不时闪现危险警告，坏人拐走女孩，还有泼镪水[1]，强奸，失踪。死亡。女孩突然停步。一个男人，赤着胳膊，背后有青龙文身，叼着烟，头发卷卷，站在骑楼下，看她一眼。

肩膀很宽，从下巴到脖子的线条很利落，皮肤却很白，跟日历上的老外一样。

顿然像看到悬崖在前面。

在她身后，人潮，嗡嗡喧闹。

1　指具有强酸性质的液体。

告 别

晚上他没有来找我。整整一周我没有见到他。我走去他做工的铁厂,又走进木屋区找他。鸡寮屋里,有一群中年男女在打牌,抽烟,满地鞋子。我探头望进去。"找谁呀。"他父亲应我一声。

"阿斑。"

几天不见他了呢,他父亲说。

他提早走,没有理由不跟我告别。也许他发生事情了,我不由得眼皮跳。

到处都有人死亡。死亡来得那么容易。九皇爷庙附近的矿湖,有个陌生女人死了,尸体腐烂漂浮水上。她不是新村的人。她来自吉隆坡孟沙区。不知为何跑到这里,在离家那么远的地方死去。

在旧矿湖的沟渠里,以前还死过一对夫妻。两人一起被长长的杂草盖着了。腐烂了,发出臭味,才给人发现。

所有死去的人,警察要知道他们是谁,就翻口袋。

翻皮包，翻身份证。找收据看纸条。

三周以后我才收到电话，在麻将馆，陈叔叫我来听。

哈啰。

阿英，我在新加坡了。他说。

警察开始来对付私会党，查半山芭、何清园跟暗邦新村，把中和堂、三六〇的人都抓去问了，逮捕了上千个华人。

五月底全面通车后，在蕉赖路，在峇都路，马来流氓经常聚在路边，看到如果有华人骑车、开车经过，就丢石头。走在人少的小巷里，如果看到落单的华人小孩，就集体围殴。

冲突要来就来，谣言又很多。每天感觉都很不稳定，很不安心。打架，有时是马来人跟华人跟印度人，有时跟种族无关，总之，是男人之间的事。

老板的母亲撒手西归，葬礼在沙叻秀新村，留三晚，收工后，铁弄工人们一同去上香。亚豆载着阿斑，两人同乘去葬礼。

快要经过路口一盏街灯前，阿斑看见路边有四五人，起初他不以为意，但驶近时却清清楚楚看见其中一个，手持木棍高高举起。心里一寒，亚豆，他喊，亚豆把摩多西卡车头一摆，抄小路，那三人直追过来，追了一阵，持的棍子几度敲到摩多坐垫车尾。

又隔两日，他跟阿俊一起，在蕉赖巴刹外面的小贩档吃经济炒面，突然又见到有人，拎着铁盔，从马路对面，汹汹朝他们的方向大步走过来。阿俊立刻拉他拔腿就跑，钱也没付。

他们想不明白，为什么接二连三。一直思索到底哪里得罪人，后来猜想，可能是暴动之前的旧账，某次修理马来人的挖土机，他刹车擎坏掉了，在建筑工地斜坡上，往后滑落，撞在石墩上，幸好没有溜到大马路。整辆车后方防撞杆凹扁。做好后，对方说不够钱，说老板计得太贵，车是别人的，又没有保险。双方一直吵一直吵，后来他只还了三分之一，其他的赊账欠着。

政府逮捕了上千个华人，却没对马来人暴徒做出任何的惩治逮捕。流氓继续挑衅，经常有许多人继续在各处被殴打。到六月底，就有了新的口号，"我们已经做掉了猪，现在要做羊。"另一句暗地里流行的话是："先喝奶茶，跟着就饮嗑呸乌[1]。"

六月廿八号，在洗都巴刹，马来暴徒与印度人斗殴，死了十五个印度人，洗都区当晚很迟才宣布戒严。

没有平息，到七月七号，秋杰路，一个闽南籍的年轻男子被七个"不明人士"殴打，群殴混乱，死了一

---

[1] 不加牛奶的黑咖啡，来自马来语（kopi-o）。

个警察，第二天，当局就捉了五十七人。结果秋杰路也那天宣布戒严，禁止骑摩多西卡过秋杰区。

事情依旧没有平息，因为每次斗殴人多的那方都是"不明人士"，也不知有没有真正惩治"不明人士"。暴力暗流继续激烈。到八月，吧生中路，一个华人被杀，八月十四号，报章第一次清楚列出暴徒名字，十个嫌犯都是马来人，幼至十五岁，最大三十八岁，还开庭提控，很多人去看。

这之后。我们继续努力维持平静的生活。我和桂英继续去冰室，去三岔路口等对方，去新世界玩。她不提她弟弟，她不说，我也不会问。

八月底，国庆节。收音机一大早就唱拉萨沙扬耶[1]。

十一月十三号那天发生了大爆炸。铁厂老板的啰哩，无端端被炸了。那天傍晚，阿斑在后门搬东西，遇见一个陌生男人，跟他打招呼，哈啰。

这个人提着一个稍长的行李，跟他问路，你知不知道南洛轮胎在哪里？

这人肤黑，浓眉，那口音有点异样，听着心生亲近。

他当即跟对方说，我带你去，你稍微等我一下。

---

[1] 这是一首在东南亚马来西亚、新加坡、印尼广为流行的童歌民谣，*Rasa Sayang Eh*，在马来西亚，各族儿童都能唱，其表演舞蹈呈现常表达多元族群关系融洽。

那陌生人站在后巷路上,东张西望,问他,那边是不是有人放烟花?

循着那男人指的方向,阿斑看到了烟花,像星星,一闪一闪,在老板货车底下的排气管口处。

阿斑觉得很奇怪,还想不到那是什么,那男人就径自走过去了。

阿斑进屋继续收拾,关电关门,突然听见爆炸声。

老板的货车爆炸了,巷子里冒火熊熊。很臭,臭汽油味的浓烟弥漫后巷,一近后门就呛咳到流泪,泪眼迷糊间只见那个提行李的男人被炸伤,倒在路上。

阿斑连忙喊叫还在店里玩牌的几个人。阿豆说,陌生人,我们又不认识,等警察来,不好乱动。等到警察来,送入院,第二天早上,警察进铁弄里来调查,要阿斑阿豆回警察局录口供,因为那个人死了。

这件事之后,阿斑就觉得很难入睡,经常耳鸣。

当他爬上高架去锁螺丝时,时常觉得高架在摇晃。浮浮的,就往下望,想看谁在下面捣乱。

好几晚,入睡前,耳边隐约响起那声哈啰。

虽是萍水相逢,却梦到那人还活着,在后门处跟他打招呼。起初他们边聊边走,继续完成那天没完的,帮忙那人找去处。不过,半途中,那个外地人突然发现自己掉了行李,说得赶快回去拿。他们就回头走,遍处找,找不到。眼看时间快到了,那人很焦急,说如果找不到，就来不及回去了。

回去？他忍不住好奇地问对方。

接着就被踢出梦境。

回不去了。

他经常有好奇怪的感觉，这位置、这份工，全都是暂时的，很快就会收回。

即使回到跟父亲同住的家，那房间，堆满熟悉的杂物，茶杯、被单、饼干罐，睡过的草席枕头，父子吃饭用的桌子，也老睡不安宁。

父亲睡旁边，听见他梦呓咿唔，大概也在梦中逃。

但是你走不甩。

他觉得这些事情不会结束。"五一三"并没有结束，谁会相信。警察继续抓抓抓，黑市手枪比以前更多，好像现在许多人都有。人与事，会一再重复，即使不尽相似。

去不去？新加坡船坞找机工学徒，以后可以跑船。以前一个走了的工友阿成从新加坡回来，突然出现在我家。

这样算不算卖猪仔？我问。

阿成说，看你怎样想。先当学徒三年，上了船要签合约绑身，做甲板做机房做餐厅，要能捱。中介人收介绍费三百元。

介绍费这么贵，当然是，怎么不是卖猪仔，只是时代不同，不再像沙丁鱼那样偷运挤箱子。关卡有警卫狗，要查行李。人生总要出去闯，难道一世人困这里。

近日有号召政府安排工厂给原住民工作，做接线生做技工做书记。他们说你不算是原住民，你混血跟了华裔父亲。母亲一栏种族 lain-lain（其他），结果就是不能证明什么。我做了烧焊一年多，这就是我出生十八年至今在履历表积得的本事了。但难道我永远就只能烧焊吗？当然不。我可以从机房上船，从船上机房出去，转到甲板，到餐厅，到厨房。等到日后再上岸，也许人生就不同了。船上海员有菲律宾人、有沙巴人、卡达山人、印尼人、红毛人、中国人，总不会是纯华人或纯马来人世界。

北风来袭，半岛又再大风大雨。吧生路几处淹水。雨湿透鞋裤到内裤，走之前我要看一下桂英。巷子又暗又湿。我大声唤她，我的声音以前不曾这么洪亮，自己也吓了一跳。

她下来了，站在后门门槛内看我，接着转进屋拿伞递给我。其实我都浑身湿透了，还是打开伞，少淋点雨。我看她，才一个月多不见，似乎年长了些。瘦长身躯，长发素脸。

做么突然去到那么远？

我不想被警察抓，也不想被打死。

有工作做吗？

那边工厂说很快要人，去做修电工。

你喜欢做电工吗？

"我都没有出去过。"我连海也没看过。

她不再问了,脸沉浸在阴影里,雨变大了,她退入门槛内,我依旧站在原处,撑那把大油纸伞。她有点遥远。我望着她,我想她望回我。我想抱她一下。或许,迟一些,她可以下新加坡,但现在我万事不稳,没办法给什么保障。

留在这里,每天蹲着烧焊,我只是我所不能成为的人。如果他人就是镜子,我从无数镜子里看见的自己,不过是个多余人。从现在开始,我接受命运:离开,像颗尘埃,自由,随机运而行,反正哪里都不稳,走远点,却可能有机会。

她向我招手,叫我靠近,我就靠近,她就伸手碰我的脸,眼睛很凉。像看穿我的畏惧直到我背后。"你就去啊。"

一时冲动,我忍不住说,"迟些你过来找我。"没有比桂英对我更好的人了,我没有遇过更喜欢的人了。海员很漂泊,我有点彷徨。"写信给我。"她说。

听他说走刹那,我竟有个冲动,想从这离别发生的地方逃走。离开那因为有人走了以后的空洞,离开我依赖某人的情感事实。

这里没有一点告别的气氛。周围气氛还是一样。下午三点的包还是照样准时出,麻将馆照样行尸走肉地砰砰砰。

不要占据什么东西,这世间最不能占有的就是人了。

经过一段日子,有一天这就会过去,我会恢复,我还会再爱的、会痊愈的,会有另一个人,与过去那人有同样的神情、外貌、声音、腔调。那时,重聚就会转移了,会转移成那肤色,那口音,我就会再度被触动,如今因为失望而封冻的,到时就会融解。会有一个爱我的人换另一副身体,回来探望我,再与我相处一段时间。

雨来了,滂沱,我回不了,有时,家人会拿伞来接我,但也不一定能来。我就看着办。

马路上一窟窟浊水。走过酒楼后,有段路,街灯给一株大榕树遮住,灯,一闪一烁。不是像萤火虫快速地闪烁,而是慢慢亮一阵,久久暗一阵。我心里浮起奇怪的想法,如果我走到街灯下,那灯依旧亮着,那么我就是安全的,这就是说,我将会被庇护。但我还没走到榕树前面,街灯就暗了。很暗,我有种毛骨悚然的感觉,人家说榕树招阴,榕树上经常有猫头鹰在啼叫,一声声,把夜空叫得洞洞的。

一辆摩多车经过,从后面,大亮灯,我心一慌,差点踩进脏水洼里。幸好没有。幸好有这么一盏摩多车头灯照,否则我会踩脏水。走过去了,街灯始终不亮。许的愿不灵。

三 蝴蝶

枪仔洞

在我之前的赌馆工人，也姓林，叫林亚九。不知五十定六十，满嘴蛀牙，没娶老婆，常说不要蹉跎人家女孩子。七八岁就孤儿，踩人力车，做过鞋厂胶厂打杂，跟过戏班倒粪，没读过书，五六年前就跟陈叔工作，住赌馆楼上。我以前在杂货店见过他，他每天都要去买一包烟，眼睛成天痒，常常用力眨眼，讲不出话就用力紧闭眼睛锁眉。我没来以前，这份工是他做，打扫洗茶壶抽水。但他滥赌，每个礼拜买万字花掉很多钱，存不到钱，地板总是很肮脏，经常计错数，糊里糊涂。他跟林伯睡楼上同个床位。

来赌博的老客人，有些记得亚九，在前厅柜台外边喝着茶聊天时，说起他，瘦秋秋，乌索索，像马来人。像马来人也会被砍死。不是，是兵打死的，他肩膀有枪仔洞。

你哪只眼睛看到？你去问陈叔，先前一起看场的，叫班尼李，他知道最多。大老晒¹当天跑掉了。

那天中午，大老晒去大臣家，就是那个拿督哈伦的家，跟几个拿督一起在那边吃午餐。老细没吃完就退场，因为看到不对路；突然来一辆啰哩满屋马来仔，头绑红布条黑布条，杀气腾腾，吃着吃着就有人说要给华人知道不能够看轻马来人。老细吃不下饭了就说家里有事先走。回到家就叫整家人上车，出城去外州避难，自己开车，没跟工人和司机讲，也没跟邻居讲，只是打电话跟班尼李说早点关门，一点也不讲他看到什么。

在金马律（Chamber Road）²那边的板屋，有个工友，女儿已经上中学，十几岁，平时很早醒。在暴动第二天早上，九点多十点还没起床，起初以为她在睡觉，后来过去看，死了，给子弹穿过头颅。

有个在广东会馆，对我父亲很好的一个人，问他要不要去做卖票、划票，每天对号码，说不用跟人打交道也没关系，他就去做了。那卖票柜台开到很夜，经常做到十点多十一点，他有时不回家睡，原来车站上面，有巴士公司宿舍。

1　老板的意思，也叫"老细"。
2　旧称为 Chamber，现称 Jalan Dang Wangio。

似乎除了弟弟，我们其他人，都很难令他高兴。做家务，做麻将馆，一天到晚忙忙忙，回家抹地溅出脏水一点点也会被骂。我慢慢地也对他有点不耐烦起来。

　　他一直没好过，每天窝在后巷，蹲着或窝在板凳上抽烟，看着泥地人来人往，说话越来越少，越来越少。弟弟失踪，一年过去了，没什么希望。母亲又跟阿良在一起，去巴刹卖鸡蛋。

　　去巴士柜台卖票两星期后，父亲就收拾了一袋衣服，搬进店屋楼上的宿舍住。

在场

人们讨厌你吗？因为你的种族、肤色与身体，就认定你是坏人吗？对你的痛苦，人们也不怜悯吗？

五月九号那天，她带两个孩子去看林顺成出殡。小孩子不知怎么走，走到鞋子掉了。

看热闹的人比送殡队伍更多，走五公里人潮都不消退，水泄不通。扛棺的人在马路中间，井字形的木材搭过肩膊，气氛肃穆。布条上面写，生得光荣，死得伟大。

她没学别人绑黑带，但身着深蓝衫近墨也行了。她天天都穿深蓝深绿深灰，她家婆和母亲讲她穿得像办丧事，不过她是不会改的，她都没想要穿大红大紫。

十号、十二号两天投票，很多店没开。等到十三号早上，有些店就开了，午饭后，她带两个孩子出去买新鞋，因为她可没臂力抱小女儿了。他们在鞋店待了差不多一小时，才选中一双露趾缚带红鞋，还特地买稍大半号的，因为孩子长得快，为了耐穿。

接着他们继续在陈秀莲路玩,看衣服,吃煎蕊[1]、吃布都马央[2],还在一家戏剧社前看木偶戏。

骑楼下有人走快,有人慢。突然人流凌乱起来。店铺砰砰关门,气氛慌张。来到路口,巴士站,一大堆人挤,她拉着一大一小,挤不上,巴士跑掉了。越来越多人跑,人潮四面八方,像水倾倒却没一个明显方向,巷子有人涌进有人涌出。

她拖一个带一个,逐间拍,开门、开门啊,都没人愿意开门,继续跑。女儿林惠意好重,放下来,跑一阵,好慢,又抱起,再跑。

慌慌张张爬上一座楼梯,在路口一家大银行墙外,恰好有座露天螺旋梯,没命地往上跑、往上跑,不知怎地脚一滑。

黑暗好长,无边。她感觉自己像飘进了隧道,好黑,尾端出口有一点白光。

几次护士叫醒她,吃药水跟一些药片。又睡得迷迷糊糊。

她梦见一个白白的人,从马路边,伸出手指,指一处丛芭浓郁的斜坡。她总是在问,我的两个孩子,小女五岁大,大儿七岁。你有看到吗?

---

1 又称珍多冰,是东南亚地区的独特冰品。
2 一种印度小吃。

没有,护士说。护士给她测体温,又给她吃药片。原来她入院后睡了整七天,她吐出一口痰,是黑色的。后来一个年轻男医生来看她,拿听诊器检验她,说再留院观察。

等到她不再吐出黑色唾液之后,就可以出院了,带着那包以报纸和塑料袋裹着的,大半号的小鞋子。往一家家救济中心找,孤儿院,精武体育馆。那时已是第十天,戒严松了些,从天亮后到下午两点,有短暂数小时的解严时段。她趁着这短短开放的数小时找,但到处都找不到,这里没有,那里也没有。

很多女人与小孩坐在一张张草席或纸皮上。男人很少。小孩子还在玩拍手跟石头剪刀布,看大人煮大镬饭。

她在精武体育馆里蜷缩着度过一晚。迷糊中好像还抓着孩子的手;翻个身,却又没了,手指空空的。孩子叫,妈妈、妈妈。她心跳很快。

又梦到那老人,浑身白羽毛,抓着一把勺子浇花,指指丛芭浓郁的斜坡。那勺子在夜空下看起来就像北斗七星。

她醒来,天已大亮。精武体育馆里,昨天身旁跟自己一样,还孤零零的老太太,今早已经给家人找到了,相拥而泣。有个人告诉她,去看看双溪毛绒(Sungai Buloh)乱葬岗吧,听说很多死去的华人埋那边。她就离开体育馆,沿着马路边走,穿过天桥底下,过交通圈，到火车总站。

火车站售票处、走廊、大厅很多人，她买了车票，进月台等。仔细察看周围孩子们的脸。只要看到年纪相仿的男孩女孩，她就目珠晶晶地看着。

看着看着，她有一种跟自己的人生剥离开来的感觉，好像火车厢脱钩了那样，有一截人生没有跟上来。好像不曾生过孩子，孩子不曾存在。心里的思念，被斩断了，暴力地。坐在座位上，风景在车窗外飞逝，好像第一次独自搭车，很自由。但隔一会儿，她又觉愤怒，孩子竟然不在身边，怎么可以，那两个孩子，应该会多么喜欢啊，坐火车。灌进来的风好大，吹乱头发，她使劲用力把车窗玻璃往上拉。

板着扑克脸般的剪票员，问她，票。

她找半天，口袋，钱包，装面包的塑料袋，翻来覆去，都没有。奇怪。那剪票员就说，没有票，想坐霸王车吗？

她瞠目结舌，正难堪，一只白蝴蝶飞来，飞到她跟剪票员之间，像张小纸片落下来，落到她衣摆上。

她手刚捡起，剪票员就把它抢过去，这不就是吗？眼睛跟头脑都不懂长在哪里……剪票员如此不耐烦地说，一边往票根上打了洞，才还给她。

她仿佛看见孩子的灵魂被噬穿了一个洞。

火车颤晃着轰隆奔驰，总是有人上车，有人下车，一路喊着借过、借过。火车停停走走的。她阖上眼睛，很疲倦，身体饿得无力，手不知不觉松开了。

听见旁边的乘客说要下车了，她才睁开眼睛。一站起来，手中的票根冉冉飘落到车厢地板上，随着乘客的脚步移动，带动了微小气流，票根像有了生命一般，荡过来飘过去。这样的奇迹，却只有她一个人注意到，车票变成了蝴蝶。

到站了，下车了，她走出火车站，来到马路边。路边有个女人，提着一个篮子，装着许多茉莉花串圈。那女人额头上有点凹凸不平，是个没有眉毛的麻风病人。

蝴蝶像正午的细小明火，在那女人身边飞了一阵。

她就跟着对方，走了很长的路，一直去到有浓密丛芭覆盖的斜坡路口前。在这里没有人管制戒严，很安静，只有她们。

那女人一路上曾经回头看她几次，起初似乎有点戒心，直到丛芭荒地路口前，再也忍不住，开口问，"你是谁？跟我干么？"

她就说，"我是来找我孩子，我有一男一女，大的七岁，小的五岁，你看过他们吗？"

"你两个孩子也病了吗？"

不，不是，没有，她回应。

"那我没看过他们。这里是希望之谷，是我们住的地方，"前面的女人说，"除非你的两个孩子有被诊断了给送来这里，否则我怎么可能看到他们。"

她听了，一时不会回答。

那女人说，"害怕就别来。"说完转身继续走。

没有理由，怎么会是这样，那母亲想。但她还是跟着对方走，走得汗流浃背，才大声说，不是，我孩子不见了。我不死心，不能甘心啊。

很多父母都是这样，前面那个女人说，声音在小径上飘落。他们如果知道孩子患上麻风病，就宁可当着孩子死了，或不见了，叫孩子别回家，就算治好了也一样。

孩子的母亲没有回答。

你为什么哭呢？那个麻风病女人停下来，又问。

她想把孩子怎么不见的经过说出来，孩子不见了，狂徒追人，杀人，排华，找不到，说得破碎。她始终不明，到底为何，为何。那女人没安慰她，也不打断她。说不下去了，只听到泪流吸鼻声。她俩继续一前一后地往上斜坡的方向走，离开马路越远，草树越发浓郁，地上野草葱茏，有时脚尖会敲到大石头，这时那女人才说一句，小心。

她觉得自己好像走进了一座翡翠水龙宫。大树一缕缕挂毯，菟萝须枝纠缠。虽然没下雨，但空气都是水，浓密的树叶吸饱了水分。她觉得自己的脸上都是水，怎么都抹不完，头发也是湿的。连手中的小鞋子，都能滴出水来。

她看到路边有一座座坟墓。

"你怕吗？都是在这里住了整世人的病友。"

气氛是阴森森的，可是忧郁胜于畏惧，恐怖如今算什么。她甚至觉得平静，心想，说不定我早已经死了。一半是幽灵了，怕什么呢？

她们继续走，来到一片菜园，她看出那些都是绿油油的芥菜、菜心花、小白菜，鬼不会吃这些。

前面的麻风病女人说，我告诉你一个秘密，不能说出去。

大概一个礼拜多以前，她在菜园工作时，忽然看到大啰哩经过，以前很少有，啰哩不知载什么，一路散发恶臭味，开到后山去。

即使啰哩走老远，臭味还留菜园里，一阵阵，害她的菜园狗一直吠。她使劲拉住它，绑它，才能偷偷靠近，远远偷看，看到很多人挖大坑。

"那几时呢，大概是几号？"

"十四号，或十五号吧。"那麻风病女人说。

她们往后山走，白狗在前边带，巴特佛莱、巴特佛莱，回来。

狗却不听它主人话。它跑到一大片除掉了杂草，露出好大幅黄泥土空地上，又嗅又叫，兴奋地挖。

母亲也飞奔过去，空气里还有很重的臭味。她徒手挖泥,好像听见,妈妈、妈妈。拼命挖,拼命挖。

她听见那个带她来的麻风女人说,你等等,我回去拿锄头。

不可以,不能用锄头挖,会挖到身体的。她大声说,可是麻风女人走远了没有听见。

阿意与阿振的声音越来越清楚。那母亲发疯般的挖着,由于好几天没胃口吃东西,现在身体很脆弱。她恨不得自己可以挖快一点、更深一点、更有力一点……旁边的狗在吠,甚至朝天嚎叫了几下,就像狗原始的本能被唤醒了一样。

母亲心里缩了一下。天呀,让我成为狼吧!成为狼,变成狼,跟狼一样快、一样猛……

她的双手就毛茸茸的,长出了爪尖,变得粗壮。

深深地、深深地继续往下挖。她的嗅觉与听觉都变得很灵敏,她清楚地嗅到了两个孩子的气味,朝向那位置,挖了整整五公尺深,在这过程中她全盘化成了狼的身体,深陷在挖出的坑洞里。

直到她终于摸到很暖的身体。一堆栈着的黑黑尸体,有的包白布,有的没有。她终于找到他们,两个孩子,裹在白布里,扯开那白布,他俩闭着眼睛,她舔他们的脸,呼喊他们,嗅他们,用前肢翻拨他们,用鼻尖感觉他们的鼻息,有了,有呼吸了,心脏也恢复了跳动。

那两个孩子苏醒过来,并且立刻从狼眼里认出他们的母亲。

有那么一瞬间,母亲身体里有一种可怕的欲望。这很危险,绝不能望孩子,一望就有古怪的感觉从下颚渗出来。必须要快,她转身,不看他们,让他们攀着她脖子与肩膀,奋力地从坑洞一跃而出。

跳到地面上以后,狼母亲又变回人。

她没忘记给小女儿穿上那双大半号的鞋子,就这么一两周,鞋子竟变得合脚了。

现在小女孩自己可以走在路上。

母亲就两手各拉一个,快乐地带这两个孩子回家去。

利爪

起初是哀悼,然后是愤怒。对自己,也对那些致伤自己的人,深深愤怒。

愤怒:

有时她想要伸出利爪尖,让别人也尝尝这种痛。她觉得那些都是不会反省的人。从赌博馆,从楼梯口,从中药店,从洗衣铺,从洗澡间,布满那种眼睛。好像她是猪狗,或者苍蝇,不值得善待与尊重。

人们只要看到一个女人,未婚大肚,就说,她没用了,才十七岁,不能守贞的人,有什么用。

你才没有用,她心里想,你才注定没有用。

即使她很会做算术,会读许多字,会看小说,人们还是把她否定得一干二净。只要看到一个女人大肚,他们的头脑只有一种想法,教小孩别像她。

她这一生是完了。

她知道他们只是在选择弱者,他们嫌弃她长出来的情感。她很清楚这种嫌弃感如何驱使他人结合起来成为共谋者。就连那些会上街呐喊不公平的人，也不愿意了解她。

她很孤独，又很愤怒。她看穿他们，所有这些话，都只是在掩饰他们自己的情感，因为他们不愿睁眼去看清楚他们的恐惧，因为他们只是把害怕会不小心沾到的东西，丢到她身上。

最大的恐惧是被遗弃，遗弃之后就是践踏。

我做了一个梦，梦见自己仿佛被老头子们判罪，注定要去死。

我竟然也认同这罪状，同意去死。

但隔了一些时间之后，我从楼上往下望，看着这些老头子在灰色的水泥地上，锯着木板做棺材，筹备我的葬礼过程，天灰沉沉的，飞来探望我的鸽子也是灰色的，我突然不愿再继续下去。

我说，我并不想死，我不想死了，我是应该活下来的。

有好几个月，她完全不想出门。从麻将馆辞职之后，最后的三个月，她留在家。但每逢晒衣收衣，总要经过走廊，上下楼梯，会遇见同屋其他人。

有好几次，她上下楼梯时，总要望望后面，但始终还是紧紧抓着扶手，小心地，一步一步踩下去。

那段日子，她想象自己身在容器里，即使这段时间沉滞不前，不管怎样都会过去的。她傲然昂头，走过旁人，不笑，不讨好别人，不说话。她在心里给自己做一个容器，这隐形的看不到却能感觉得到的容器，必会载着她，渡过时间的河流。三月过去了，四月也过去了，终于来到五月。

记得洗澡，记得睡觉吃饭，自己的身体就是自己的容器。

她甚至不用对任何人证明自己。

不要再想爱或不被爱。那些恶徒，就跟那些讨人厌的政客一样，全都是心怀恐惧的人。每个人都在混乱中嵌据着毫无自信的位子，只学会了扯住别人，既不了解自己，也不想让别人表达。

好好活着。某一天，她听出了这声音，从天空到水瓶，到钱包，到米缸，都回响这句话。为了找钱买东西吃，她翻完了家里吊着的每件衣裤的口袋。

很饿。

很想吃东西，她想着水煮蛋，白饭，马铃薯，奶油咸饼。

腹部疼痛起来。在饥饿之中她竟然阵痛。也许快死了。晕得七零八落，三妹桂丽的脸猛然出现眼前，凑得很近，接着听到桂丽喊，等等，我出去找人来。

死亡随时都会来，猝然就来，毫无道理。

不过我会有什么遗憾吗？人家说我没有用，心里一颗大洞飕飕地冷：我再也没有机会证明自己了吗？

死就是孤独。灵魂漂浮，看，这身体原来这么瘦，扭曲着躺在草席上，四肢骨骨像饥荒瘦小的非洲人。

起初，你使我疼痛，后来，我发现封冻的伤疤，原来也会痛楚燃灼而融化。

因为我把恐惧埋得太深了，直到我对它陌生，直到它又翻转回来，我察觉最大的恐惧就在我里面。这死亡。这出生。

我一个人躺着无法撑起身体时，我发现自己失去了全部的控制力，哪怕是连要翻身的力量都没有时，我愤恨这身体无用的脆弱，很孤独，我第一次懂得了孤独。

出生

十号半的白拖鞋在沟渠里，阿安说。

也许就是小喊包的。叶金英一直这样想。不知怎地，逃出火灾场，没烧坏。

他才十岁，身高已有五呎六吋，体重五十八公斤，有点瘦；但他很会跳，跳远、跳高，轻盈，像羽毛一样。

前一天他说要吃面粉糕所以叶金英特别早起，落楼到厨房滤面粉，要很早，厨房才不会挤满一堆人，握着铝滤兜拍打，面粉冉冉洒落白纸上。五点钟，很静，她才睡几粒钟，青蛙在屋后鸣叫，响了整夜，好像整条沟渠与草丛中遍地都是青蛙。

她很少听到青蛙叫得那么响，除非雨天，但那时又没下雨，也许只是气压低。

下午叶金英在八打灵工地上搅动灰水泥，曾经抬头看到天上一团团乌云涌聚，但始终也没落雨。不久排华与暴动的消息传来，军车巡逻，禁止所有人出门离开。

她跟其他工友困在工地里，从早到晚，拼命工作，扛泥灰、搅泥水，一点坏念头都没有，可能只是不敢去想。

到处都有小喊包留下的痕迹。木板与窗棂上有他用刀片与笔尖划留下的纹线与字母名字 H。他养的打架鱼还活着，在玻璃罐子水草里游来游去。

白色的鞋子，弟弟没有带回来，带回来做什么，看了伤心。哭来做什么，不要哭了。他后悔说出外甥的白鞋，不小心说出口。他不让自己哭，不知道自己说什么。叶金英后来就不想，但心底一清二楚，心哪里会忘记，那双掉在沟渠里的白拖鞋。

两三个礼拜过去了，她继续洗衣，烫衣，夹火炭，红红的火炭，一块块，从炉灶烧了，放进熨斗里。忍耐着，从早到晚，做做做不停，直到胳膊上方，大腿上方，有种跟身体脱落的麻木感。九月底，突然抽筋，痉挛发作，整个人直挺挺晕倒地上。

终于不得不停下来，桂凤桂英帮她涂苦伯风油，送她进院，等她醒来，看见桂英待在床前，脸孔憔悴，眼红肿，叶金英又骂，哭什么哭？我又不是死了。怎么没去做工？想坐起来时，桂英帮她扶枕头，才突然发现，桂英小腹突出来。

她好久没仔细看女儿。衰女，是谁的？想打，却没了打人力气，低头一看桂英双腿好肿，桂英还在床边，扶着她。叶金英手一伸出去突然失衡，猛然紧抱女儿。桂英受不了她这拥抱，都快窒息了。

叶金英心里很痛，感觉好像被一个巨人欺负，说你都顾不来生出来不如送人去吧，还后生啊，不到二十岁啊，以后人生多么难。

好几天，出院后，叶金英还确实认真地想着。弟弟帮她问到了有一对槟城的夫妇，膝下无嗣，愿意收养，男的曾经去过新加坡工作有点储蓄，家里算小康，能给三四千元。

桂英记得女儿的头壳特别柔软，沾了水的黑发柔细。水里捞起的毛巾，像叶般小心拂过掌心托着的花蕾。她会害怕吗？如此这般悬浮水面。这七磅重的身体一团粉似的。她的生存，必然取决于照顾她的人，好不好，爱不爱。

原来每个孩子，若不曾给人温柔地照顾，势必难以活下来。

她的脐带脱落得好快，才不过一周多一点，就掉了。

盆里的水好烫，烫得她皮肤发红。可母亲说，她不会怕烫的。母亲照顾过七个孩子，她说，如果我讲我懂，没人敢讲我不懂，她就是有这知识。

手颤抖，多奇怪，突然怜惜酸涩倾注。她会记得我吗？不，不会的，除非她漏喝了孟婆汤。

第一天桂英闭眼睡着，不看孩子。第二天，她忍不住看，孩子睁一小缝，肿肿眼睛像水薯皮，里面一线流光，嘴角冒一星唾沫，在玩口水。第三天抱她，奶汁涌出。

桂英知道会被她掏空的。

母亲说，带着以后多难嫁。

我不要卖，桂英说。没有父亲就没有父亲。

萝出生纸上父亲那栏是空着的。以后人生路可能比别人弯曲。那是以后的事。但她不会一个人。要教她，就算一个人也可以靠自己。

后巷有一株菩提树。叶金英收回尿布毛巾时，一低头就看到菩提落叶。尾端尖尖，叶脉都好清楚，好嫩绿，叶茎也鲜嫩，像给剪刀裁掉那么利落地掉在路旁。看到，她就知，菩萨要她不用操心了，都安排好了。

叶金英回来家里，腰酸背痛。好累，她想忘记这件事。她也希望所有的人都忘掉这件事。

说不定是小喊包回来。可是这样想，就好像确定他已经死了。

女儿月子还要坐三周。她得杀掉一只鸡。拔毛，把洗净的鸡，在锅里蒸，得倒悬，底下放只碗，盛装滴出的鸡汁。这鸡汁很补，将能给她补身。

叶金英走路去阿良的鸡场，看到他给雪柜除霜。冰很厚，门都关不上，她用菜刀削挖起剩下的，剥落好一大块，冰冰白白，背后还有格子图，放在塑料盆里，任由它在太阳下融化。

美姬

一九七三年国庆节过后,桂英开始做两份工。帝乐那份工,本来只打算短期做,白天电器店,晚上跑酒厅,忙到凌晨两三点才睡,第二天八点就得醒,精力被榨干得浮出黑眼圈,头一直晕一直涨。不过勉力撑过几个月后,她又觉得还可以继续几个月,几个月后又再几个月。

在帝乐有个做了一年多的女招待美姬,第一天来就认识。桂英换上紧身裙,背后拉链很难拉,突然有个瘦女人过来,帮她把拉链扣上了。

也许因为她落单,又或者桂英看起来跟别人不同,美姬对桂英极好。

"女人最好自食其力,而且一定要有储蓄,没钱还讲什么良家妇女。我们不是为别人活的。"

第一天下班后,凌晨四点,两人一起走过砂石子停车场,去小贩档吃豆腐花糖水。

美姬家里也有七姐妹,天天都要听家里大人说女儿是泼出去的水，小时候，有一次，跟姐妹争论吵架，母亲本来在厨房切菜，不知说错什么，她突然抓着菜刀从砧板前面转身，突然就过来，想要斩我。

"可是如果有钱带回来，她就爱我。"

不知为何，美姬很喜欢找桂英说话。

她告诉桂英，自己只念到小学三年级。家里有个妹妹小时候送人，因为穷，养不起。其他兄弟都有白血病。一个叔叔也有白血病，男丁大都活不到十六岁，卖咸鸭蛋，好似全家遭到诅咒。不是诅咒，是科学来的，医生讲，基因遗传，命中注定了是这样有什么办法。所以我看开了，世事无常。我怕什么呢？注定不打算结婚，想做什么就做什么，我要赚钱，要买大屋给我和阿妈住，有生之年还要找回我妹来相认。

美姬很快就烧完一支烟，烟蒂在桌上小小地堆起来。

美姬说记得小时候，每天摇妹妹睡觉，到满月，有一天，一对陌生夫妇进来，把妹妹带走。

我哭，但没有用。她说。你有过这样的经验吗？亲生骨肉分离？

桂英说没有。

很多女人是为了家庭负担和养孩子，不得已才来做这行的。美姬说，毕竟这多少对女人也是名声不太好的工，一不小心又会识到坏人。她在桌上敲了敲烟嘴才点火，吸着烟，说着话，桌底下腿有时会抖一阵。

有一晚美姬请假没来。更衣室里，有个叫阿妙的女人边拉丝袜边告诉桂英，不要跟美姬太靠近，因为她（伸出手指在太阳穴旁边转圈），讲的话不能相信。

阿妙讲美姬心理不平衡，说甲、乙、丙、丁，给她电话号码跟点名叫过她的那些人，"'本来全都爱我，其他人抢我的客。'你有听过这种事情吗？讲出来都笑死人！"

过几天，美姬听说了，来问桂英。

"是不是有人来跟你搬弄是非？讲我坏话？"美姬问，"你看不出来吗？她们故意做我的啊。"

等到阿妙来上班，美姬就跟阿妙吵。我没讲过的话，你要讲就讲你自己。你敢讲你没说过？有本事告啊，叫警察来查。争执从更衣室蔓延到酒厅陪客桌上。男客人很开心，每晚十一点，酒酣耳热之际就开始撩拨。

"就是那个、叫什么，自作多情的。"

午夜零时零分过后，每开一瓶的佣金提高了，可以抽两巴仙。"好唷，开一瓶，我就跟你说。"埋怨与嘲笑连珠炮发，还有对质，你真的跟她这样讲？跟那个"我是你的别的女人都贱骨头"这样讲，讲我们全部抢食乞丐？没有呀，别傻啦，我哪里会特别跟她讲，她又不是很美。桂英看到有一抹乐趣又轻蔑的表情，在男人脸上一晃而过，有点阴险。

自从看过那缕闪现的表情，桂英就不再相信他们是慷慨、英雄、不拘小节或豪迈的。她也不再相信这些字眼，世上不存在这种东西。

颈项上还戴着四面佛牌，庆祝新人加入，庆祝百万入账，七嘴八舌，摔酒瓶丢盘碟拿刀子。酒一瓶瓶开，一个晚上帝乐流入的钱有十万。但是酒越喝越空虚，帝乐的设备是不够的，总是少了什么。

讲甜言蜜语。只要获得女人爱上的真心，不久以后就能恢复自信。她们的爱，真像食物一样啊。比较起来，上床反而没什么。

也许故事就是这样来的，大家多害怕不能全身而退，命运一直轮转着。衰到谁，谁心里，悲伤无路可以转弯。

桂英和美姬，相聚的时间并没有很长。半年后，她只去那里做三晚。凌晨两三点钟，跟美姬一起，在停车场后巷吃消夜糖水，冰凉的雪耳莲子、白果薏米。在一支支插旗杆般竖立黄泥地上的日光灯之间，感觉好像是在马戏团拔营走后的空地上，听美姬谈妹妹，骂帝乐，讲想买的包包、大屋，还有飘忽不定的心愿。桂英也学会了，点火以前，先敲敲烟嘴。

浮木

他总是夜间行车，那时候还没有高速公路。近午夜时分才从吉隆坡开车，到打巴森林时，天也差不多亮了。烟枪。嘴唇很黑，牙齿指甲都熏黄，并不是桂英认为自己会喜欢的人。

初识那晚，他们玩猜拳和摸宝，她从对方裤袋里摸出一颗圆圆的东西，原来是指南针。

"这个如果坏掉是不是会迷路？"

"不能乱讲，要 touch wood 的。"

"树都砍光了，哪里还会迷路？"

"会啦，牙擦擦[1]讲错话，那种东西就会捉弄人……不由你不信，很邪，兜来兜去转多次，都出不到去。"

"怎么解，就要脱光光，全部人一起脱，内裤也脱，就可以出来了。"

满座大笑，宝贝，他在暗示你，她凑合着咧一咧

---

[1] 广东话，倔强嘴硬，铁齿之意。

嘴，他也笑，却不接话，只是默默抽烟。透过袅袅烟雾打量他，他似乎不太快乐，却还留下来一起混。

美姬走了，走的那天破口大骂，骂帝乐世界所有人都五八四[1]、冚家铲[2]。

扯破脸那天她不在场。那之后，在帝乐工作就很孤独。

阿昌战前出生，也不过三十七八岁，发际线有点退后，稍暗沉的肤色与眼角长落至颊的笑纹，使他脸显老。

他进来帝乐夜总会那日，是跟着他几个酒厂老细[3]进来的，默不作声唯唯诺诺，像跟班。

那天有人醉酒持筷敲碟，碗碟摔掷，她差点撞向墙上一个摆金杯装饰柜的尖角。幸好后面有人拉她，牢牢抓着她胳膊。他伸出的手臂帮她挡了那尖角。下班后她出来时，打老远，看到他在马路边，站得像柱烟囱，手长脚长。他望她，走近了，她也望着他，忽然有点难过凄酸。

在这地方，谁找谁是不用犹豫的，有人会在中途等。

起初每次下班她都不看人。一出帝乐门口，就立刻搭德士回家。或许是寂寞太久了，因为已经撑了两

---

1 福建话，好色。
2 广东话，全家死光。
3 广东话，老板。

年。她竟走前,听他问:要不要一起吃消夜?停车场后面有一档蚌咖喱面,凌晨三点还客满。他们一起走过那片停车场,黄泥地面凹凸不平。

他给她弄一小碟辣椒和葱蒜,递给她筷子汤匙纸巾,服侍周到,也许他只是纯粹想有点小事忙,这不代表什么。

你结婚了吗?她问。

他说孩子三个,十五、十三、八岁。老婆到底怎样,就不说。

桂英心里闷得凉飕飕的。出来做工,好像逃避家。逃避亚萝,逃避妹妹帮她顾孩子,怕她们出声,无地自容,是不是做了错误的决定。如果死亡忽然降临,她不会抗拒。如果死神阖上她生命以前还问她,你这一生自己满意吗?她一定会说,那些来不及做的,都是根本没有的,也就没有什么好遗憾悔恨的了。

几天后,没想到这个叫昌的男人竟然跑去她工作的电器店找她。

"我想要买一粒收音机,有什么好介绍?"

起初她有点惊慌,大白天,他被太阳晒得红彤彤的脸颊上,像有什么天真的东西溢出来。

她忽然意识到对方可能想见她,等不及天黑就来了。

不要傻,不适合的,逢场作戏而已。一边在心里警惕自己,一边若无其事地给对方介绍收音机。递给他耳机时,她帮他调整了挂耳的塑料带位置,帮他按上,那两片黑色泡棉覆盖的耳朵前方,剃短的鬓角,竟还有一点青茬。

她看着他走向停在路边的一辆日本汽车。

几周后,他们去吧生港口吃海鲜,就坐这辆车。

坐进车里,关上门,感觉就像进入一个藏身穴。这是会飞速移动的穴,有庇护。显然,在这世界上,即使同样得自生自灭,他混得比她好。他已经有进口车了,有屋子,不懂还捞什么偏门,她是什么都没有的。

也许是因为在帝乐做久了,她感染上里头的疾病了。

一定要有个对象,可以寄托热情,人才能在那个地方挨下去,才肯起身,愿意再过一天,愿意去上班。也或许是,那人手臂曾为她一挡,虽然不过是墙上突出的装饰柜尖角,但一切,就刚好是那天,那一刻,心很弱,日子像走钢线。

他有时看起来很斯文,根本不像是做粗工的人。某次他告诉她,他以前也喜欢看小说的,当他还年幼时,帮他母亲卖冰水,那时就常看冰心、梁羽生,不过那些书早就给垃圾佬了。她就想,他毕竟还是跟别人不一样的,他是比较可能的,可以跟她交流。

她去他朋友家过夜,不能去他家,有老婆,他跟朋友拿钥匙,在八打灵,以前英国人留下来的酒厂附近,一间公寓,有热水壶,有沙发有床,床是圆圆的,好像是水床。不知怎地，站在那里，看着下面停车场，有人骑着摩多嘟嘟喷烟过，还看得到一个拿督公小庙，明明很寻常，桂英还是会想，幸好二楼不算太高，如果发生什么，要从阳台跳下去，还可以继续跑。

两人拥着缠绵睡到天亮，他招德士给她赶回去电器店上班，他会陪她等车，他会摸摸她头发，就是这手势，以前桂英本来很讨厌，很不屑的。饶是我，她想，都这么多年一个人了，不知不觉也会变得这样。

那年年底十二月，连绵大雨，霹雳河水高涨。阿昌先是消失了两三个礼拜，再出现时，他在电器店外面等，脸色焦枯，接她去水床屋。一进屋，就剥衣，拼命吸拼命咬，抱得紧紧，无法呼吸，又再勾缠，滚来滚去。奇怪被压得很痛很痛，从来不曾如此。

他整晚噩梦，讲梦话。

霹雳河洪水汹涌，从宜力伐木芭场逃命回来，住院两天。在家里待了好一整个礼拜，头脑里一直摇晃，好像洪水仍然像蛇一样在脑海里钻，世界末日，大地不稳，饭桌、马路、车子，没有一样平稳。他说，山大王载满树桐，叫工友赶快开走，这边才看着山大王过桥，没过完就在桥上翻了，树桐连人，掉进河，也不能救，没了。

天要灭人，乌云封天，暴雨洪水带石头泥沙。木桥、芭场、木屋宿舍，一眨眼就全毁了。树桐跟着洪水从山顶冲下，被撞到就会死。水位很快就半人高，滔滔急湍，浊水上都是漩涡，怕有大蛇鳄鱼老虎，通通往上爬，抱着树，两天两夜像几百年那么长，撑到身体都麻木了，眼睁睁看着有个工友掉落，手在水面上伸几下。等舢舨救兵。

水退后，河口垃圾淤积几公里，木材竹子。

他梦呓久久。骑她时抓得她手臂一阵痛，好像她是浮木。

拼命做拼命咬，然后吃炒面吃肠粉吃烧肉鸡饭，吃完了又睡。

她看着他睡觉，皮肤上都是擦伤，环顾四周，白窗纱、白梳妆台，家具好新，好安全，一直都是别人的房间，宁静而空洞。

这样睡了两天，他不行了，软趴趴的，最后她用手帮他摇出来。他招德士送她回，他要回去老婆那里。好像她是灾难时先找来的护士，他没事了，就回家。

只是抓浮木，暂时不沉，又去不了哪里。当然要回家。

总想着要走出眼下，走吧，走吧，逃去哪里，都像在大水上乘浮槎，都不安。

每天早上刚进电器店开工，就巴望着下班。下班后回家吃饭看着萝走来走去，跟她一边玩一边喂。带她出门，超市，餐厅，情绪一坏就鬼哭叫。暴躁起来，她也忍不住大喝，再吵你就出去，不要跟我。即使孩子只打一次，就够厌恶自己的了。

家里如今只有四个姐妹一起住，还是一样的旧木屋、旧水池。桂凤搬出去了，她去了吧生鱼务公司上班，每天秤重开单。桂英电器店下班后，回家洗洗刷刷，就得赶来帝乐。这种赶来赶去的生活，到底要拖到什么时候？不可思议，三年下来竟也习惯了，做牛做马，每到月尾，拿了薪水，又会想，还可以再多待一阵吧。

可能阿昌也一样，载着树桐，不快乐就转去载酒。再不快乐转去酒厅，看谁会喜欢他，在这个人和那个人之间，一直打转。

雨季过去以后，二月，开车上云顶。我们好像腾云驾雾。眼看着天空的云沉降到山腰，驶近了，就变成白雾，从左边陡坡淹漫至右边悬崖，仿佛只是穿过白棉花。

在云顶，把行李搬进酒店后，我们就出去玩。

带萝一起去玩过山车、摩天轮。进赌场，从角子机玩到跑马机。叫萝指，要买哪个，大还是小，玩俄罗斯轮盘，换来三十元筹码，一下子就花光了。花钱速度如此之快，你简直不知赢输到底为何物。我已经久未进赌场。踩厚毯，到处都有机器叮咚闪灯。这里还是一座冷风飕飕的山峰，远离地面，却又不太远，驱车一两小时就到了。

我跟阿昌说先回房睡，他好像没听见。我走过冷而黑的空旷人行道，风很冷，我知道人行道围栏两边，其中一面就是悬崖，那边很黑很深。走那里时我牙齿冷得颤抖，抱紧萝，急跑过去。回酒店，上楼，在红绿相间的地毯那端，竟见到阿斑在门口等我。

他不知怎地来了，我很错愕，一时不知该说什么。他还很年轻，我却老了。他仿佛了解一切似的，什么也不问，只是亲切地对我微笑，仿佛还对我有点抱歉。

这样站着互相对望，我发现内心也微妙地变了，我本来很恨他，忽然这感觉变成了悲伤，或许因为他看起来很冷的缘故。他身上披着一件大围巾御寒，弱不禁风，我竟对他有了怜悯的感觉。

阿斑倒下来。

在他身躯倒下，落到地毯上那一刻，只听轻微啪的一声，化尘飞散，我蹲下来，阿斑、阿斑，声音喊不出，人怎不见了。恐惧，惊慌，满地摸找，世界怎么把他取消了。

大围巾里只剩下一个躯体小小的孩子，一直变小，一直变小，从五六岁一眨眼就变成婴儿，在大围巾里无助地哭，哇哇大哭，我就抱起这孩子。

梦中突然惊醒,也不知几点,听见有人开门进来,翻身看到阿昌走进洗手间。

听见厕所里传来拉水冲马桶的声音。接着,听见他开门,关上浴室的灯,从另一侧上床,钻进被窝里,不久就听见鼾声。

云顶山峰比我想象中冷,我的防风衣有些薄,尤其当我们走过游乐场的拐弯通道处,大风冷得我双腿发抖牙齿打架,身边的其他游客也有人叫好冷啊飞奔而过。阿昌脱下外套给我,我总觉得他心不在焉,不晓得什么缘故。

我们去坐摩天轮,至少车厢是封锁密闭着的,里头暖和多了。车厢上到最高点,看见群山与白雾,四周围森森然,山势嶙峋,白雾像只猫盘踞底下,给细细的上山马路环带穿过。

我问他,"你怕吗?"

"我怕的。"

"那又上来?"

"我也想坐一次,都没坐过。"

我们从车厢里往下看,我看到其他车厢的乘客,也都脸贴着玻璃好奇地朝外看。我忽然心里有个感觉,我们这样悬吊在摩天轮上,不也像赌桌轮盘筹码么?不过,我们是活生生的人,谁会在我们身上下注?我就是我,他就是他。

也许所有车厢都给人这种感觉,就像我每次搭火车时也总这么觉得,可以暂时从烦躁的世界脱离出来。然而摩天轮总会着陆,我们总会回到现实中去。

由于没有别的地方可去,天黑以前我们又回到赌场里。

我其实不想在赌场里待太久,我可没那么多钱。阿昌却叫不动了,人贴赌桌边,像长了根。

我自己去吃晚餐,之后回房看电视。

第二天开始,我觉得那里没什么好玩了,我催阿昌快点下山。

车子再度沿着弯弯的山路走,路况比上时更危险。我一直盯着警告土崩落石的路牌。

近距离地看着飞刷退后消失的大树陡坡,悬崖峭壁像擦得花花的坏戏随时会撞过来。灰绿的树,墨绿的树,苍苍的树,白雾来了,我们仍然在雾中穿越。我忍耐着晕眩的感觉。路一圈圈地兜转,之字形地落山转角,路好长,一路踩着刹车擎按喇叭。车好像快飞起浮呀浮呀地沿陡坡滑落进云海。云雾又大,路牌又模糊,都不知是不是能够安全回到人间。

赌鬼也能够有女朋友,负债累累的失业汉也能有二奶。突然发现,他不只我一个,一直心不在焉,不是因为赌博。他那方式,善待一个人,跟某些人讲,他自己的事,不只是对我而已。还有别人,不是我独享的特权。看看是不是阿妙，是不是少玲，珍妮弗，燕燕，婷婷，晶晶，玛丽，美莲。那么多人。帝乐有三十几个，兼职的跟全职的，吧女、酒女、侍女。全部都抢我的，全部都生性掠夺。我变得跟那种传言中的万劫不复一样，一个笨蛋，取代传说中的美姬角色。你今天一个，走那么远，去沙登，做什么？跟谁一起吃。我在南湖车站看到一个像他的人，那个身影，瘦瘦的，长手长脚，手肘骨节很大，在爬楼梯，不就是。他却跟我说今天去森林载树桐。旁敲侧击。你就是想跟谁去，我说。

他说，你问什么问，又不是我老婆，我老婆都没问。

你很情绪化。我不能负担你。你很多疑。哭倒地，在二楼电器店仓库里头，连一只鸟都飞不进，通风口都封起来了，老板怕小鸟进来撒粪尿，会腐蚀电器，弄脏盒子。外面冷气机嗡嗡响，看见电器店里的收音机，忍不住就冒泪，得把眼泪眨回眼珠里。不要哭，你没有可能请假不上班。给老板娘看到，会说你有问题。世界上，什么人都觉得，他们有资格说别人，某某某心情不好，某某某情绪失控，某某某崩溃，某某某不正常。

翻来覆去，翻来覆去。他有时，看她冷静了，就来点桂英。她打电话给他时，他又不肯理会。她现在只是一个帝乐普通的外围圈外侍女罢了。

本来以为喜欢他，以为同病相怜，以为彼此不同，故才有心灵默契的专属，不会有别人像你我这样了。在这个垃圾堆嘉年华世界里，我还以为，我们都是同类的难民，只有我们懂得彼此的寂寞。

愤怒再度淹没，她走在路上，感觉到一切对她是那么不公平。

妒忌使她溃散。本来就已经很疲倦，现在更疲倦，时间久了，桂英越来越讨厌这种感觉。她对于那些会导致妒忌的情境，渐渐生出一种反感，一种抵抗与厌恶感。这可不是什么有趣的游戏。

在最难过的时候，房里跟她一起睡的女儿萝，仿佛吸收了母亲的情绪，而变得怏怏，不会笑，总是哭。少一点注意她，她都哭。脾气发作时，啊——啊——啊好像一只蜂鸣器哨子，整辆巴士的乘客都看过来，久久地看着做妈的又看女儿。不得不按铃下车。

有那么一天，萝发高烧，眼神黯淡无光。抱去医院，脸很青很青，还要等叫号码，一直看着诊疗室的海报，好害怕，她很怕，萝会就这样死去。

突然间，发觉心里已经一整天完全没想到阿昌，新的忧虑取而代之，原来这颗心也可以不用想他。一直听号码，在整个等候室和走廊，从这端走到另一端，不停问护士，现在到底几号，还要很久吗，萝那么烫，脸又那么青，有没有呼吸？怕她咳痰塞肺里。

阿昌带来的痛苦，完全从内心退去了。萝脸青青，浑身滚烫如热水壶，她为什么不哭，桂英的泪水滚烫脸颊，鼻涕抹手指掌心。我真的爱昌这个人吗，还是，那个一出生就渴爱却无爱无荫的镜里空像，沙漠地，寻庇荫，一直都是小女佣，跟着去斩黄梨、洗琉琅，大家爱的是那个弟弟，唯一的弟弟。一个妹妹接着一个妹妹出生，总之不会爱你。世界爱的是男人，像阿良那样，或像帝乐的那些金矿，要好好伺候他们，免得他们不来。你要乖，要听话，我就来，予你。他们看你们像切生猪肉，看哪个够嫩够白。你又迟迟不走，守着那桌，心好涵，想甲乙丙丁猪头炳也会爱你，不知不觉缘木求鱼。却不是，想停就能停掉，我的身体，它就是会想要，你不能对身体说，你不准取。强硬禁止，终有一日它还是要索求。事情就是要这么经过的。

她哭得非常放纵，悲伤像海一样流到背后去，没有人会奇怪的，她是母亲，而这里是诊所。全部人都在看。护士在门边唤她，来吧，快点吧，进去吧。

在路上突然遇到父亲，阿英，他先喊我。我去梳邦再也面试一份工，搭火车去，出火车站时，走在人行道上，忽然被爸爸从后面叫住。

爸爸身上的衬衫还是从前那件衣，大约五六年前，我还有晾过的，没想到这么久的衣还在，蓝白条纹。他头发剃得很短，像兵头，看起来很整齐，只有胡茬还留着，人还是一样瘦。我本来以为他还在巴士公司划票、卖票，住巴士公司的宿舍，他却说早已经不在半山芭了。我瞠目结舌，没想到他搬家也不跟我们说。他转换岗位了，不喜欢困在小玻璃窗后面卖票，买票的人一时想这样那样，变来变去，烦，他跟不上，就骂人，顾客里还有很多马来人、印度人，他又不是很会马来话，很难做事。

那阿爸现在做什么？

"做吧生的海音庙。"扫地，洗水沟，浇花，给观音顾油灯。

"你喜欢吗？"我问他。

好过卖车票，初一十五很多斋菜都吃不完。他说。清清净净。

你要不要回来？

他好像有犹豫，想了一下。摇头。

你妈都跟人做一堆去了。

你等下要去哪里？等等我，等我见完工，我们去梳邦的小贩中心吃，那边的潮州粥很好吃。他却听错了，立刻摇手，说，他不用，我刚才只是叫你，都不必怎么用钱。你还要养自己的女儿。你去面试。我不熟悉梳邦再也，我不逗留了，这里很脏很臭，乱死人，我要坐火车回吧生了。

我跟他走回去柜台买车票，职员找回的零钱散钞，再加上两张红纸给他去买烟。

看着他走了，我继续走路去面试。确实，这里很吵，火车站对面整排工地，烟与尘，一片片漆蓝的锌板围起来，没有一棵树，太阳烤马路，好像沙漠。地面上也时而红泥一片，砂砾一片，木板与崭新的红砖人行道东接西接。往上看，一张张绿色蓝色的防尘网，一栋栋灰色水泥大楼，十几二十层楼。很丑，四四方方。上面有直升机般的起重机，旋来转去。

我得走过红绿灯，越过一大片工地跟另一大片工地之间，去那家喜宴公司，距离面试还有半小时多。爸爸好弱，好瘦，跟国豪一样了。眼前行人道砌砖模糊起来，我边走边哭，哭到抽搐。也许是弟弟找他，因为下礼拜清明节，家里要祭拜婆婆、外公和阿姨舅舅他们。

风

我们像壁虎，有时得断尾求生。

有一天，在半山芭巴士车站，我买了车票，找月台，看到那梯口旁边的木长凳还有位子，就坐下来，一口口喝矿泉水。那时候，月台梯口还没围玻璃隔板，等车都要吸底下飘上来的车烟。

旁边有个女人，戴黑眼镜，好像在闭目养神，忽然把眼镜拿下来，微笑看我，你不是桂英吗？

原来是美姬，我竟认不出她来。

她说，坦白讲我在殡仪馆工作，你会不会大吉利是[1]？我说我不会。那你在做什么？我听说你辞职了。我说我在做结婚喜宴，抓麦克风，介绍新人、喊饮胜[2]。

她就哈哈大笑。我们交换名片。几周以后，她打电话叫我出来喝茶。

---

1 广东话，本为吉祥用语，但在口语中已经广泛转化为避忌或抵挡不好兆头的用语。
2 广东话，婚宴敬酒时的助兴高喊声。

我们一起去茨厂街吃煮炒。老字号的凤爪干捞面还在卖,原本的老板已经退休了,换成他孩子接手,味道不一样,不过我们也不介意。金河广场取代了中华游乐场,星光大道的购物广场,又盖过了茨厂街。思士街现在也改了名叫汉叻基[1],但我们还是照样念着旧名,鸡场街,海山街。我们点了很多好吃的,吃不吃得下,都是看跟谁吃的。豉汁排骨,芽菜甘冬薯,猪肠粉。我们聊做菜,聊哪里好玩,聊死人生意跟结婚生意,就是不谈过去。

吃到一半时,来了一个奇怪的男人。脸很瘦,穿得很整齐,秃头了,看起来跟我差不多大,那忐忑不安的感觉神情仿佛比我还年轻些许,拿着一张有塑胶膜套着的A4大小的卡片,给我们看,上面写着一大串,伸张正义、律师、宪法等字眼。

不是要跟你们讨钱,只是要你们听我讲故事。他说。可以的话,你们就请我喝杯水。

美姬加点了一杯红茶。

那男人说话的速度好快,说了整整一个多小时,过程中一直抱着他的包包与大卡片。他说,他们家有两兄弟,本来应该相依为命,但从小,哥哥就很讨厌他,"毫无道理地讨厌我。"自从他们母亲去世以后,他们就很少聚在一起。母亲走后两年,父亲也走了,为了处理

---

[1] 位于吉隆坡市中心,现称 Jalan Hang Lekin。

父亲的后事，夜里，哥哥打电话给他，召他回家。他一路风驰电掣，回到加影老家，开门入屋，发现哥哥都处理好了，父亲的尸体未入殓，在客厅，床木架板，上面铺一张草席。父亲的尸体硬挺挺地躺在那里。当晚他守夜，守到一半打呵欠，迷迷糊糊，兄长走来，放一张卡带，本来应该是宣讲录音，只是那随身机，走不顺，在I'm guilty 那个地方卡住，一直转一直转，I'm guilty I'm guilty I'm guilty，重复又重复。他就按掉，哥哥又按播放，说，这样你才不会睡觉。

"后来父母遗留给我们两兄弟的车厂失火了，不是我纵火的，但我兄长却在外头造谣，说纵火者是我；几年下来，我自己也变得很害怕，出门时老害怕被跟踪，有一回，我哥哥来我家找我，一整个下午都要我听那张'我是罪人、我是罪人'的卡带。他走了以后，我发现车子的刹车器坏了，坏得很严重，一开车不久，就起火了，要是真的开车驾出去，我也许就莫名其妙地发生车祸死了。我哥哥从小就很有影响力，他从童子军到圣约翰救伤队，都一直是组长队长，我比不上他。他讲话，大家都会相信。幸好，法庭也不受理，因为没有证据，无论是我的，还是他的。可是，所有的人，我知道的人，都站在他那一边。"

他说话很快，又很详细，我们几乎无法插嘴。他说，由于这件事根本无法上庭，律师说很难，叫我放弃，所以，他决定以自己的方式反抗，到处去说。

我们听他说完，也不知道要说什么。因为我们不认识他讲的人，他哥哥，他父母，和他们的修车厂。

后来我们说很夜了要回家了，他才离开。我们竟然从九点听他讲到十一点多，快午夜了。

我陪着美姬继续走一段路。

我问她，你找到你妹妹了吗？

她说找到了，写过信给她。

我想起红欢阿姨，她现在的男人，以前"五一三"过后给抓去木蔻山改造，坐了几年的冤枉狱，后来重逢了，到现在还两人一起租住半山芭旧店屋楼上。

"这么好，他们开心吗？"

"当然开心啊，虽然屋子烂到好像要倒要倒，却也穷开心。"

红欢的男人，坐牢几年，好像天天都被打，到现在身体还是不大好。

政府很坏啊，我不相信政府。美姬说。人想要显示权力，就会找弱者来欺负。

听到她这么说，我也很沉默，我也有无法说出来的过去，不懂为什么，虽然美姬告诉我那么多事，我却不会什么都跟她说，也许因为，一说出来，人家就知道，这里有个弱者，一个跟别人不一样的人，受难者。即使已经这么多年。

我们停在理发院外面,抽烟。在不远处马路中间,一个塑料袋在路上飞了一阵子,快降落地时,又吹来一阵风,结果又继续飘动,钻过了马路中间的分界栏杆。在橘色的街灯下,那个淡绿色的袋子,有时飞得很高,眼看就要碰到天上的电缆线,又会降落,飞过来、飞过去,高高低低的,可是总不会被车子撞过,好像有灵魂,有自己的意识,但又会不断被风、被气流刮动。或许,是顺风而行,但又为什么,还一直留在马路中间,不离开呢?

七〇年代后,随着木屋区夷平,夜校也渐停办了,不到八〇年代,就彻底没有了。端午、中秋剧演,也没有了。

只有进入学校里的学生,才像宝贝,学会怎么打鼓、吹奏乐器、跳舞、排剧。

桂英桂凤桂丽三个人一起合付首期,买下一个有八百多平方呎的三房两厅公寓,隔壁就有一间中学,屋顶上常有鸽子群集踱步。

从学校围墙里每天都会传来唢呐、喇叭、三角铃叮叮声。

光景最好的时候,一九八六年,宇宙万有引力,牵她去到彭亨路的一间录音屋。

原来吉隆坡有这样一群人。男人可以配女声,头发花白也可念出童音，少女少男也可以互换性别。在这里，你无法憎人两面，都没有任何人单纯。

只有演剧时，桂英才觉得，没有任何一个时候我们无法做自己。有意识地揣摩，演出一个角色就是做自己。闭上眼，深呼吸，再开口。我们就是。

事情没有很顺利。她才参加两季，到第二季，八月初，几个配音员排了第四场后，一起吃晚餐，然后直落卡拉OK，当晚桂英却没察觉到丝毫异样。

不演了，不演了。阿凉说。

回想起来，是有这样一句，但当时都喝了酒。

桂英有点醉了，心情有点消沉，不太起劲。看见那四个人踢踏踢踏地跳，来呀来呀，他们笑容可掬地一直叫她，加进我们啊。

桂英只是一直坐着，大喊干杯。

来呀来呀，他们边喊边跳，在他们背后，灯泡闪闪，金碧辉煌的。桂英觉得真稀奇，因为，一向来配音都是隐身的，何尝这么耀眼过。

饮——胜！饮——饮饮饮饮饮饮——胜！桂英喊，还是爬不起来，摊在沙发上，一直傻笑。

笑笑笑，你在笑什么呢？那四个人问，好像是一起问，也不知是谁先问，继续踢踏踢踏地跳舞。

桂英就回答：笑你很老，笑你孤独。笑你笨，笑你父母，笑你穷，笑你傻。

最后一次,她不知道那是最后一次。

旱季来了。

像往常一样,她搭车到彭亨路,走过去录音室,爬上楼梯,汗出如浆。走廊外,贴着剔透蓝天,木棉树有花无叶,开得一朵朵赤红,缀在一片绿叶也无的树枝上。

等了很久,都只有自己一个人,其他人竟然没来。

等到接洽人来,开门,开灯,进入办公室。

接洽人问,他们的角色你顶下来,可以不可以?

桂英瞠目结舌。

他们都不演了,其实也可以说是演完了,坦白讲,拨款没了,不会继续了。接洽人说。你要不要?剩下的钱算你的。

剧本也相应地裁短了。你就一个人演完全部角色,独角戏。

声音不像怎么办?她问。

对方说,一个礼拜一个礼拜播,听众不记得的。你练习一下不就得了。

不要问原因。

先前,每个人身上都有独特的味道,挨近时,像快撞进一颗有刺激气体包围的星球。

中途休息,桂英进厕所小便,嗅到自己的汗酸味、内裤、尿味,好浓郁。旱季,好热,每个人都好大阵味。终于做完了,离开录音室,搭车到中央车站,下来走到茨厂街后巷的大排档，点饭点菜，一个人吃，边吃边淌汗。

她竟不知他们住哪里，他们从来没有交换过私人地址和电话，好像已经准备好萍水相逢，节目做完就江湖告别。

好久以前曾经在茨厂街大排档这里，遇见阿凉，独酌，满桌子啤酒罐，满头腻发，她经常不洗发，戴鸭舌帽遮盖头皮屑，一身烟草味。

她常说要介绍桂英，去演以前她演过的，多语剧。广东话、华语、英语、马来语，四喜临门（*Empat Sekawan*）。其实那剧，早在两年前执笠[1]。因为是种族团结样板戏，敌不过港剧。拨款都给马来剧场了，为了扶持马来语节目。

根本也无路再回去。

阿凉很年轻时，就已经在吉隆坡参加白音社，后来，去台湾，但没念完，差点被当成间谍，坐牢一礼拜，饱受白色恐怖恐吓，好在他们突然发现她不是。放出来，她其实没有什么决心，跑回来，又待不住，跟人出去日本跳飞机。走了八九年，转出去转回来，相隔十年，回到吉隆坡，竟都没了认识的人，只好从零开始。

阿凉常常说，山中方七日，世上已千年。

---

1 倒闭，不再经营。

有那么一天，我在金马仑带团，在旅店前面帮旅客登记入住时，突然手机收到一个自称是美姬妹妹的讯息，说我姐姐美姬去世了。姐姐前几天一直提到你，说你是她好朋友。我立刻上网看，果然在她脸书看到，出殡公告，就是明天。

我已经几个月没看到美姬，自从我转工，东奔西跑，就很少联络她了。我以为她在殡仪馆还做到不错。

收到这消息时已经是傍晚，天暗了，很难下山。我在被窝里泪流整晚。我打电话给老板，可不可以找人上来顶替我。他起初劝我，你来不及过去的，人都死了，我就发火，老板说，只得你一人在山上，无论如何不能丢掉整团客人，这样没有责任感。

为什么我这一生人，好像都是在为客人服务。哭到天亮，九点钟，顶替我的人才到。

我赶去总车站，找一辆德士下山。下山要兜兜转转，到吉隆坡的山路时间很长，然而，这发生得那么突然，能有什么计划，我想是没办法在火化之前赶到的，一切太迟了。

到了市区，一开始还去错地方，去了很久以前送林伯走的那个吉隆坡私人火化场，到那里时，已经十点钟，铁门关了，没有开，一个看守的印度人走过来，问我，做什么呢？这里已经关了。我说我有亲人在这里火化啊，明明是今天。对方说，那你是华人为什么不去看广东义山？去华人那边看呀，多半是送去那里了。

这样一折腾，我又找德士前往广东义山，途中就有预感，更加没有希望在火化之前送美姬了。

但我还是继续催促德士司机，快点，快点。塞车快不了的啦，司机说。停停走走，我一直往前看，往后看，心里还想，也许会有奇迹，可以赶得上送她一程。

我有时不知自己为什么会在这里，为何会在这条路上，明知徒劳。我情知自己一定赶不上的。终于抵达了，我沿着整齐的草坪，走着人行道过去，上梯级，找。阴天，没什么太阳，每一抹颜色都透着灰，看着天色、斜坡、小径，还是不肯定，这次来对了地方没有。

我又弄错了，广东义山也关了。这时候，我才看到手机里有讯息，原来是在某某山庄。

终于去到那里，那里好整齐，大厅很宽阔，有观音大塑像，播放佛曲。地板大理石，明亮又华丽。一个白衣黑裙的职员接待我，问我，叫什么名字？几岁？姓什么？然后速度很快地查单子，接着就回答我，啊，结束了，送出了，早上十一点就送完了。你现在才来。

无论在哪里，美姬，都变成一个字母写着的姓氏名字，几岁，要在簿子上画掉的姓名，一个时间，am 或 pm。完成了，他们就把她画掉。我悲伤地离开，扑来扑去的，依旧没有送到她一程。

四 螃蟹

土

（未的故事）

街上传来了播报声，可是声音极沙哑，很破，不知说什么"到正午"、"到正午"。未给吵醒后，起初愣着，好一会儿才听懂了，就开门，下楼，跑到大街上。

才不过戒严了五天，看到大街只觉得劫后余生，恍若隔世。

路人都行色匆匆，赶着去买吃的、或打电话。因为出来放风也只允两小时。十二点半以后，谁都不敢在街上，怕被军人开枪或捉去监禁。

荷枪的军人还在路上巡逻。

未买到了一斤米，四颗鸡蛋跟一包菜脯，还想去打电话给新加坡的妻子芮莲。但如今峇都律的电话局绝对去不了。他走去警局旁边的公共电话亭，那边却已有七八人排队。没想等了十几分钟，前面的人就回头说电话打不出去了。后来试的人也都跟着挂断电话，破口大骂，他妈的接线生都死光了是吗？

条条大路通罗马，到处电话不通。一路上有许多人还在赶路，时间一分一秒过去。未转移阵地，试了青年旅社、护士学院宿舍好几处的电话亭，全都白等，通讯断了，感觉好像突然在孤岛上。

在找电话打的途中，未在店屋骑楼走廊那里，差点撞上一个疯汉，那人突然间从柱子后方走出来，像从阴影里钻出来的鬼，未起初并没看见他。

那人瞪大眼睛，面朝未，跟着他好段路乱嚷：妖怪！魔鬼！返地狱！返！我不惊你！一起落地狱！你以为是鬼，鬼哪里有？你先至是鬼。

未加快了脚步。后来等电话时，还忍不住伸手到颈背后，想拂掉什么，像有一缕蛛丝横过的不快感觉。

就在几天前，未扶过一个死人。以前他从来不曾扛过死人，就连父亲过世，他也不曾。

那个人心慌乱的周二下午，有人在喊，排华啊！回家啊！又有人喊，回哪里？马来人要烧屋！跟他们拼过，敢来一定死的。那时他刚好走到鲁班行公会所在的十字巷口，忽然看到亚德，以前年轻时带他做过执漏的工头，背着一个人从横巷出来，喊他。

阿未阿未，帮我们一下。

那个伙计很年轻，二十多，顶多三十，背后从肩膀有刀伤劈下来，斩到快绵烂了，头颅垂耷下来靠着亚德的肩膀。

那时已经不可能找到车载了。他们扶着扶着走进骑楼下，听得那人呼痛，痛，痛，很小声。在他绝气刹那，未觉得肩膀与手臂沉重起来。阿贵、阿贵，已没反应，没气了，就在他们之间，死了。

那伙计家并不多远，一间战前店屋，楼梯口，亚德大喊，打算扛上楼，街上就传来枪声。还听到枪托拍门，呼喝，进去，进去，不准出来。阿兵开枪啦，路人边跑边喊。不知道为什么，一跑就被射，都像标靶一样，一群群，都被兵士射倒毙，满路溅血。亚德喊，走走走，不要留啊。未就松了手，死去的伙计，就跌留骑楼下。只听见亚德还在楼梯口朝上方，喊那伙计家人，上去啊，不要下来，会死人的。

在接下来几分钟内，未拔足奔跑，明知道兵士专门射跑的人，他还是不能不跑，耳朵上一阵尖锐的烧，听见玻璃砸碎声，有重物从高空坠落、碎开。他看见对面店铺，有个华裔男人一开门，就被外面等着的马来人，一刀劈开头颅，血喷满地。

弹雨中命大没死。到晚上八九点，未从房里听见直升机在天上盘绕，螺旋桨与嗡嗡的播报声一起响，播音器到底说什么，其实总听不清楚。

一卡车兵，在楼下经过。从楼上，有人掷砖，盆砸落，砸卡车，砸到兵的头，兵就昂头四望，举枪朝天扫，啪啪啪啪啪啪啪，被打到的窗玻璃，就炸碎开，连水泥墙也一洞洞。

滚滚滚滚，未尽量往后缩，缩向内侧三夹板墙，远离马路那边的墙窗。店屋后方，是小巷，盖满木板屋，那边车道狭小，军人总不会从那边开枪。

深夜后城市终于静下来，久久传来的一两下枪声，他挨近大街那一边的窗口偷往下望。看到有一群头绑红布条黑布条马来男人，四五个，手持木棍、巴冷刀，跑过马路，军人却只是喝止他们，叫他们离开，没有开枪。

久久听到一两下枪声，以及子弹壳落地的咚咚声。有阵子，火光在碎窗玻璃刃缘上明明暗暗的。

天渐渐明亮，窗口破了，无法阻隔外头的声音、气味、浓烟、烧焦味。人肉被烧的气味，木材与轮胎烧焦的气味，各种各样，刺激着他的鼻子。一整天，他只吃了冬粉面，干干地咬几口，从壶里倒出一杯水，拔得一段段，泡在水里。

天又黑了，随着时间过去，空气越发腥臭，好毒，一直咳。全无睡意，头痛欲裂时，竟听见后巷传来一声鸡啼，天都还未亮，五点，最暗时分，枪声很少了。只听见有轰轰的引擎声，缓而长。他矮着身躯，从窗侧边缘往下望，见马路上有两辆啰哩在走。看着那两辆啰哩由远而近，经过交通灯时，一点红光线，照到了啰哩后方，隐约可见后面像塑胶般的人体，烧焦的，僵硬的，尸体，尸块，断胳断脚与头颅。

不只是后面，就连坐在驾驶座上的司机，看起来也像死人,身体发蓝、发黑、发胀,活脱脱死人驾车。

一连几天在家,邻居蹲身过来敲门,说阿未阿未准备好,我们要自组民防巡逻队伍。未就开始磨削晾衣棒,把一端削尖。他唯一能找到的,只有支架窗前的晾衣棒。起初,他用菜刀削,不好用,后来突想起,芮莲帮他收的木匠凿刀,收鞋盒里。他就去门边鞋架下面找出来,都还在,几把凿刀用一块旧衣料裹着,都还保持锋利。

他用来削棒尖时,体内有个慢慢拔高的嚣声,每次一削,就是削掉脑袋壳的一层薄膜,好像就从这双手开始,身体被刀占领了,被一种滚涨的情感占领。有一条线,一过就会没得回头。以后不再是他控制刀子,而是刀子控制他。

要等到一星期多以后,才终于成功打通电话。他首先打去新加坡裕廊区的车衣厂。

"芮莲?超过一周都没看到她。她不是请假回家了吗?"

于是,他赶忙再拨电给岳父母家。岳父母家没装电话,在那森林局前的新村里,左邻右舍都是借村长家的电话来跟外边联系的。

电话打去后,首先得等村长去叫岳父母过来。他觉得等待的时间好长,而通话很短。岳母声音听起来也很慌,一听到他的问题,老太太几乎就快崩溃,"阿莲没有回来呀,阿莲不在你那里吗?你别吓我呀。"

未不知道能说什么好,只好说,他会再去找人,会继续找下去。

未去了文良港、马大医院,逐张逐张床认脸。他看到了许多受伤的身体。很多人变残废了,没手没脚,有男人、有女人,有老人和小孩。他带着照片,逐个逐个问,印度人、华人、马来人护士,看到我太太吗?

他们一定已经司空见惯了,既怜悯又疲倦,没看过,没看过。

很久以前,未也跟莲一起在新加坡工作。直到前年九月,他搭家俬厂工头的摩多车,从做装修的客户家那里回到牛车水,半路给警察截停搜查。摩多车停在路边,未还想,只是查查身份证驾驶执照,为难联邦人而已,没想到那天,组长背袋里竟然有厚厚一叠刚印好的工会传单。

未自己从来不曾去过那些工会,也不知道组长带了传单。虽然在组屋宿舍里,时不时有人来发传单,招人去开会读共产主义,但未从来不曾去过。他打算等储蓄多点,找个地方搬,跟莲同住,所以一直很小心,免得节外生枝。

未与莲并不住在一起,他们一人住牛车水,另一个住裕廊区家具厂的宿舍。组长坐监。未跟他同路,给他载,百口莫辩。一起收监。警察盘问他,扣留好几天,明明没有证据,但新加坡政府还是吊销了他的工作准证,不由分说就给赶回马来西亚。

芮莲继续留在新加坡。那边工资毕竟比较好,未说,那你继续做着吧,幸好没有牵连到你,等等看如果当局哪天撤销惩罚,他就可以再回去。话虽这么说,其实没什么希望。

有时莲回家,未会问她,一个人新加坡还住得习惯吗?

她说很好,看来还要继续做下去。

结婚了,感觉好像还是单身汉,一个人住在吉隆坡十五碑店屋楼上的宿舍,下班回来就睡觉,也没有家的感觉。

她每隔两周才回来一趟。未会到火车站接她。两人走过木屋区的窄巷,回到肥皂厂后方的店屋楼上。

迎着逐渐透明的天色,他们得走上长长一段路。路很窄,空气里有各种气味。沟渠味,餐馆后方垃圾桶的厨余气味,路边摊卖的酿豆腐、包子蒸笼、鲜花、水果蔬菜,还有沿路的猫狗撒尿,各种各样的气味在晨风里新鲜刺激地扑鼻。

有些日子,他们会一路上快乐地说着话。快乐来得无知无觉，消失时也一样。

离开之后，他才开始怀念新加坡的生活，他无法相信自己再也不能回去了。他几乎以为新加坡是他的家了，他自十五岁开始就在这南方小岛上当学徒，每个人都说他手工好，人又踏实，不多话，是个脾气极好的好人，只是命运不好。但他不曾记忆过往，连母亲的脸他也不记得，父亲说她跟佬走了。他父亲以前踩三轮车，母亲走后，两父子有一度睡三轮车。他父亲很少提她，他也很少想念她，但他不怨她，因为就连他自己也不想跟父亲待在一起，老头脾气很坏，暴躁发作时会打人，一句好话都没有，根本不会爱家人。他到十四岁才终于逃去新山找生活，再隔一年就过去新加坡。

父亲房租付不起，又戒不掉鸦片。他在结婚前一年才带芮莲去看父亲，看见他跟其他鸦友一同住在店屋楼上一个漆黑洞口般的小房。

你是谁呢？镜像到处都有。厕所洗手盆上的镜子，医院玻璃门窗上的倒影，巴士的倒后镜里，都可以看到自己。

这天，在半山芭，他走到角头间的今日照相馆前，就停下来。照相馆刚好对着三岔路口，等交通灯的红灯转绿时，他就顺便看橱窗。橱窗里的气息总是和平的，凝固了的歌舞升平。里头玻璃架上摆放一张新娘照，新娇娟秀的脸，对正镜头，丰腴的身子斜坐镂花椅，大圆裙在地上像荷叶一样柔滑张开。

未跟芮莲从来不曾拍过结婚照，结婚时也没摆酒，只是在天后宫注册结婚，在餐馆里请一桌亲戚朋友，太简单了，但他还能怎样呢？那时都还失业中，没工作。终于有这个仪式，已经是被新加坡政府炒鱿鱼三个月之后的事了。

他还记得他们第一次进戏院看的电影是七彩片《牡丹亭》，看杜丽娘春天不想读书，跑出去到亭子里做绮梦。刚好是新加坡脱离马来西亚那一年，他们看完后，一起坐巴士回家，心里恍恍惚惚，被某种他根本不晓得是什么的情绪冒泡笼罩，一直到午夜，到入睡。他从来不觉得政治对他的生活会有什么影响的，他一直以为，自己会顺理成章地留在新岛上，直到成为那边的公民。

继续往前吧！人总是要往前望。看那辆等着入站的大巴士车，排气管在喷放臭黑烟，正华茶室的红烧牛肉面档，大锅汤一开盖就释出大团白烟。

万宝路的烟一缕缕地在茶桌之间袅袅上升。

他忽然听到一个陌生人跟他说，阿生，借个火？

对不起，我没有火。他回答。

那是个大约二十来岁年轻小伙子。发油搽得发亮。问他，要不要看表演？票很便宜，现在行情不好大减价，入场五块钱。

不，他摇头。赶着，有事。

有小姐，很近，就在这后面的超市楼上。

那人压低声音，毛手毛脚地碰他肩膀，鬼鬼祟祟的。他就别过头，瞅着马路，决意不理不睬。

有从芽笼来的，年轻人指着橱窗里的照片，比她还要年轻，还要更美。

油飞发带他爬上楼梯，好像故意考验他体力似的，一口气直跑上三楼。在最高一楼，听得到屋顶上的鸽子在咕噜咕噜地叫。几张塑胶椅沿墙摆，几个男人坐着等，好像只是在等诊所叫号码。

有三间房，门紧闭。

其中一扇门开了，一个男人出来，看也不看他们，立刻三脚两步下楼。接着那门又开，另一个男人闪身进入。

他有点恶心，对自己。像被怪物绑架了一样，明明很讨厌，又不会走开，竟然去买肉。脱裤子，爬上去，压着一个瘦瘦的裸体女人，乳头颜色很深，可是很小，可能只有十七八岁，她啊啊叫几下，他很快就泄了。她指指椅子上一块祝君早安的毛巾，意思是他可以用那个抹。很多人用过，这个就不收钱。

事后他朝吧生河走去。

竟然没有人注意到他，军人、警察也没拦他查问，好像他变透明了。可能我变幽灵了，他想，没了肉体，我已经死了。他停在桥上往下望，起初不知自己到底想寻找什么。雨飘落，他反射性地举起手臂挡雨，无济于事，才发现自己忘记带伞。但既然从头到脚已经湿透，也不用再打伞了。

从桥上往下望，河水高涨湍急，水花像脏污的白色蕾丝在褐色水面上不断翻滚着。

灰色雨水打湿了芦苇看起来就像无穷无尽的乱线，一团拒绝给埋没泥中的乱发。

前些日子，他从公寓里听到，有个工人，从这座桥上，看见吧生河上有浮尸。支离破碎的尸块从上游漂来，一个又一个，有女人有男人，有衫着的衣服，也有已经被水冲得赤裸的。河水被染红，很臭。

现在这里再也没有无辜死者的迹象了。不要说两周，哪怕只有两天，都够大自然冲掉人类的暴力痕迹了。啊，我到底在做什么呢？他悔恨地想。她为什么要回来呢？那天为何不继续留在新加坡呢？如今这样乱走乱找的，还能找什么，不过都是自欺欺人罢了。

未离开这座桥，转往下游走，但接下来的路况越发难走，泥泞很多，岸边越来越高。他只能走在石头上，有时转接沥青小路，渐渐拐离河岸边。

打老远，他看见一队操兵经过，高高大大，全都是戒严特种部队，荷枪实弹。步伐砰嚓砰嚓。糟了糟了，怎么办，我超过时间了。手脚冰冷地呆站岸边，四周无树，无墙，无可遮蔽。死亡就在面前，充满威胁，砰嚓砰嚓。心跳急促。越来越靠近了，雨还在下。

操兵部队们顿然停止。接着有人朝天开枪。

吧生河边的乌鸦，一阵嘎叫惊飞。

未看见本来齐整操步的特种兵士，像遭到攻击般，一阵混乱，溃散开来。

一条模糊黑影穿过他们，朝向未奔过来。

起初很小，很模糊，一眨眼，就来到眼前。

未不知自己到底看到什么。

那条黑影，只剩半边身，左边，睁大大那左边眼，张大大那半边嘴，嘴里有半边舌头，抖呀抖，看得见那被切过的声带，如细弦般贴着半边脖子，裸着颤抖。

怪物的左半边嘴张得很大，没叫声，伤口好黑，拼命跑，朝向未。

子弹险些掠过他额头。那怪物也在瞬间就扑近脸，像从额头透入了未。

未做了一个梦，梦见自己不知怎地来到了一片黑漆漆的寂荒野地。他很迷茫，也不知自己身在何处。幸好，他转过身，看到背后有一间陈旧大屋，有两层楼高，屋顶尖尖，感觉有点像畜养牛羊的大屋。木门上还有盏小灯，是黑夜里唯一的光。

他就推开门，走进去，竟看到小时候照顾他的姑妈在里头。

姑妈看着他，仿佛知道他会来似的，一点也不惊奇，脸上表情淡淡的，可是身上的感受很悲伤，好像正是因为连表达悲伤都不允许了，所以才更加悲伤的。

她提着一盏煤气灯，带他参观这间屋子。屋里有很多房间，又宽又大，只是空荡荡的，一件家具也没有，"全卖掉了。"姑妈说。如今大屋子四壁皆空，水泥墙灰灰色，没上漆，整间大屋子就跟姑妈一样，冷淡，空荡，冷，他瑟缩起肩膀。

直到他们来到一个小角落，地上铺着亮黄色的干草，一股暖意涌上心头。未好想躺上去。

你喜欢吗？不过这里以前是牛栏，姑妈说。

他望着这堆干草，又矛盾起来，一时做不下决定。想想看，如果这里以前养过牛，恐怕这团干草底下，会有点牛粪吧，但干草本身看起来很暖和又不坏呢，"是新收割回来的草。"姑妈说。未就想，不要挑了，还是就在这里休息吧！他想，就算以前是牛栏又有什么关系？反正，不管是房间还是牛栏，全都是暂时寄身所而已。难道，在做取舍时，我们不是应该先问自己的心吗？

难道不是只要心里感觉对，就有指引吗？如果连心都不相信，那生命中度过的一切岂不是变得空虚吗？

杜丽娘

突然好黑。未差点从木梯上摔滑下来，赶紧抓好扶手。

发电机的声音也没了，日光灯熄了。四下里一片安静，只闻虫声唧唧。

干他娘咧！那些人要赶人回，就故意给我没电。那个带他过来的炉主发牢骚。小心点。

不知那些人是谁，总之，有大家心照不宣的"大粒人"在控制着一切；歌台只可表演到九点，之后就不准有聚会。

得散席了，但坏了的装备不修理不行。歌台棚架上的布幕滚轴好像卡住了，如果换不了布景，"游园惊梦"就无法出入阴阳界。于是，炉主就找未过来看看，到底这舞台是出了什么问题。

木梯上出现一线光。

没想到后台还蛮大的，有几个大木箱，开着盖，几盏小灯泡，镶在木箱盖子边框上方，洒落的晕黄光线，足以照亮箱子，箱里面有支起与收合的小折层木架，可以让他们摆放圆镜、梳子，原来是行李与化妆兼具的工具木箱，里面有小电池，阖上时是装衣服的箱子，一打开就可以成为梳妆台。手工非常精巧，未忍不住看了几眼，好奇地打量箱子前面的人。

有三个演员对镜卸妆。有一个女人跟另一个男人一起收拾戏服，戏服很重，收拾时得把衣服边角跟边角对折，拉好，小心地放入木箱里。

未爬上柱子，开始拆滚轴，拆绳子，绳子不知怎地纠缠成几圈，滚轴轮子动不了，他就爬在梯子上端，耐心地拆。

他修得满身大汗，爬下来，一个髯口大汉模样像曹操的人刚好走过来，跟未勾肩搭背，问：去哪里了你，上个厕所都要那么久？未莫名其妙地看他。髯口大汉却又说，来来来，跟我们一起去。

炉主就说，哎，一起去吧，不用担心宵禁，今晚有委员请客。

整桌人，未只识得那叫他来的炉主，可是其他人却似乎跟他很熟，还给他安一个角色，柳生柳生地叫。可能这些人就是这种习性吧，都爱胡说八道。有的人说福建话，有的人说广东话，连唱的歌段也是，粤语的有，闽南语的也有。他们说，乱世嘛，你以为了，我们若不聚在一起，还能怎么变。

露天酒厅在二楼天台上，可见到对面建筑物只余一个字母J的霓虹招牌，其他字母都不亮了。演杜丽娘的演员，身材煞是高大，可一唱歌舞动，就异常纤秀柔媚。

起初听着很愉悦，一曲未完，就被勾动起心事。外面的月光越来越亮，照得天台上一片霜白。月亮好像压在残破的霓虹灯架上。

不知是因为歌曲，还是因为酒，未越听越伤心，忍不住就哭起来。也不顾那些炉主、酬神戏庙会委员们都还在旁边，泪水滔滔，哭得跟孩子一样。

杜丽娘的歌声停了，整个身躯躺在地板上一动也不动的。

未还在继续抽搐哭着。

"她每次唱到这里都这样，"花旦说，"剧都还没完，她就撒手西归。你说她是不是很任性？"

"咦，怎么回事？"

"杜丽娘死了。"花旦拉起未的手，去探杜丽娘鼻息。

"你听她胸膛，心跳都停了。"

师傅你真是好听众，这么投入，那么多泪水，师傅，不如你也来唱。花旦说。其他人就跟着起哄。不，不，未推辞，别开玩笑了，我只会拆台倒粪，不会唱什么歌剧。我来教你，花旦说，跟我做，一步一步。拈起兰花指，怎么深夜倾听，搁下书卷，开窗接幽魂。

未唱得荒腔走板，在座诸听众，却嘻哈笑作一团。

你唱得烂没关系,那个先前招呼他的演员长脚说。柳生啊,本来就是个荒唐梦,杜丽娘却是个把整个荒唐梦当成真实,对戏剧深信不疑的信徒。

杜丽娘的声音又幽幽响起了。起初声音很细,几乎低不可闻,尔后婉转,激昂,欢悦,高亢,空幽,既圆柔又洪亮,忽女忽男,千变万化得简直不是人类声音,而是杜鹃,长尾缝叶莺,布谷鸟,喜鹊,像二胡。直至歌声又终于变得低沉,曲终,寂静。

未听着哭起来,他觉得自己从来不曾那么悲伤过,这一哭,像把忍耐了许久的什么给清空了,不知不觉沉沉睡去。

一连几天,他开不了工,只锤了两根钉子。乌鸦从榕树上,扑落屋顶,啄掉了厚滞的白日时间。不到黄昏,他就走出家俬厂,去戏棚的后台,去他们寄住的会馆楼上,喝酒,听歌,哭泣。直到最后一天,清晨天刚亮,窗口还一片郁蓝朦胧,长脚就摇醒他,说,柳生柳生跟不跟我们走。未反正一无所有,拎着自己的工具箱,一点也不犹豫,下楼,走了。

未没想过自己会走那么远。好久以前,他还愿意一生人做家具。跟芮莲一起生儿育女。即使天天兜着那几条巷子,买着从同样的架子上取来的报纸、肥皂、鞋油,生活再简单也没有关系。自从离开新加坡回来以后,他就想,也许安分守己,也能过得下去,安稳没什么不好。当然要安稳，每天出门，能知道自己会在哪里下车，下车后去哪，路线会经过哪，又怎么回家。这样你才知道自己是谁，也不用疑惑自己是谁。在这种安定中，你的孩子将会延续你的姓。你的储蓄将会一年一年累积，你将会克服贫穷。你将可以从四壁财物，感受到安全与庇护。如今，他却和这杂七八唪的剧团一起，舍弃了旧日的自己，舍弃了那间租来的房子，去搭巴士、搭火车，摇摇晃晃上路。

沿着霹雳河，他们几乎走遍了半岛北部一带的锡矿城镇，去过福建、广东或客家会馆借宿，有时也入住廉价旅舍，在那些板壁霉味、蟑螂跳蚤的房间里打鼾如雷。除了十几张草席，就什么也没有的大房间，放下都不属于他的东西，那些戏服箱、那些道具，在所有临时下榻的地方，睡个天昏地暗。

各处镇貌千篇一律但又不会重复。鲁班庙、观音庙、大伯公、邮政局、警察局、巴刹与一两间华文中小学，斜坡、弯路、山区、矿区、香蕉林、内陆、海滨，好像都重新布置成错觉相似的舞台。有些再大一点的城镇，或许还会有汽水厂、面包厂、娱乐场，像模型拼凑成的世界。

进入新村，一排木栅栏沿着九皇爷庙，隔成两边，一边插香烛，一边搭棚做歌台，摆凉粉与面摊。靠近森林区或霹雳州一带，比如打巴、金马仑的黑区，还仍然有实施二十四小时戒严的。而在市区、马路、大街到园丘，一般上自早晨五点开始，人们可以自由走动到夜间七八点。

因为这缘故，演出时间尽量得往前移。六点钟，太阳才刚要下山，晚霞满天，歌台就开始了。

从搭棚高处眺望，远处矿湖映照的水波，像一条条织梭起来，从天坠落的星星。

他们一直演到八点多，才拿帽子或传糖果罐，让观众随缘捐款，然后收拾卸妆歌台熄灯了去祭五脏。

到将近八月底国庆节，几乎整座半岛城镇都取消了宵禁，自由又延长了数小时。有这多出来的时间，街戏演完后，他们常常从宿舍走路去杂货店，买烟买水。有时也在外头抽烟，吹风，喝啤酒，享受众人皆睡我独醒之感。新村里狗吠声此起彼落。除了夜间巡逻队伍，他们很少遇见什么人。

有这么一晚，未忽然起兴唱了一段，唱完后，感到胸肺畅怀，空气澎澎地上下流窜，浑身充电。疯了你！三更半夜！包青天笑了。送你到甘文丁，去监牢里面唱去。

未把喝光了的啤酒罐掐扁，掷向路边垃圾桶，没中，在马路上滚动一阵。紧跟着不知哪里传来幽幽的女声。起初，未还以为听到的是门窗窄缝间溜过的风声。

没人出声说话，只是竖起耳朵，听。

未昂望夜空。月亮很圆，在他们对面，有一座焚烧过的废墟，残墙上野生的雀榕与蕨叶疯狂攀长，在月光下出奇地剔亮。一座牌楼伸出拱状的前檐，余烬柱子宛如巨大的黑色鲸骸。歌声穿过了那一支一支的骸骨。

听不出歌词，高亢的歌声穿透云霄。他们起来寻找，在街上走着，找着，提着一袋酒，咽下一口凉凉的酒。那女人的歌声，以其飘忽不定，难以捉摸的距离，在睡着了的锡矿新村巷弄之间，停停歇歇地，引诱他们，继续走，继续找。

但是无论怎样走，路总是不对。无论走到哪里，他们都找不到那唱歌的人，甚至不知那歌声的来源在哪。在这座小镇上，从新街场走到新村，从新村走到老街场，路总是走不完，也看不完整，所有的屋子，也总是只对他们露出局部。

未心里有个奇怪的感觉，仿佛他的身体，被这忽东忽西、飞来飞去、捉摸不定的声音给拆过了，又拼回去。身体追着这歌声，但真正使他牵肠挂肚的，其实是另一支歌，但另一支是听不到的。歌声一直在跟他们捉迷藏，忽远忽近，引诱他们走这里，走那里。等到他们回到原地。歌声又在另一个方向响起来。它越飘越远，不久他们就听不到它了。那一晚，月光照耀下，布满浮云的夜空，看起来就像诡谲的海面。那歌声浮上夜空，离开了，不再挣扎，退出了这世间所有剧目的角色。

从前百花剧团是什么状况？未问长脚。

从前啊，百花剧团可风光了。最辉煌的时候，它有一两百人，很多人闻风而至加入当学徒。想想看，要养这么一两百人，个个都要吃饭，开支会有多大？每个月都得不停地演，否则团主就负债了。我们那时啊，总是去大舞台，大戏院，大剧场，不只在半岛马来亚，还去新加坡、中国、泰国、缅甸……

辉煌的过去追忆起来就像神话一样。长脚说，从他一加入开始，剧团就已缩小成只有三十几人。这有什么不好，一辆大巴就可载完整队人。听着别人说起梨园时代的气象，他说好是好，可是越听越难过，好像自己很不中用。呐，那种风光哇塞，却再也追不回：那些音响与角度多重的灯光设备，从不需要担心棚台倒塌的稳固大舞台，大剧院。每次演出都会有海报、宣传，登报章。花旦武生全都傲慢矜持，跟神明一般，大明星。

好想再上舞台，不是没有可能。最近突然很多邀请信，新村华人的、政党的、大会堂与团结委员会的，都说要找剧团回来演出。而且不是在马路边搭寒酸戏棚，是去大戏院、州级大会堂。

在更为萧条冷清的九月底，午后两三点开始，乌云厚厚地来了，雨淅沥沥落至黄昏。登上后台的木梯满是泥泞拖鞋印。已经有好阵子，他们感觉到，一种积极往前，拒绝悲伤的气氛正在蔓延。自从国家封锁了五月暴动的报道之后，人们就阉掉感觉。此地变成了一个不允许悲伤的国家。渐渐地就连他们自己，也对悲伤感到不自在起来，一旦那感觉涌出，就想以大声说话、大动作来驱逐它，像恨不得点火把照耀光明，仿佛悲伤的情感就跟苍蝇一样多么让人羞耻。

确实，大家都这么说，忧郁是无用的，只能勾选遗忘。

不知是幸运还是加倍不幸，雨季来了。天空把灰色的雨水降落，却也宁静地裹着他们。他们对着台下的一排排空长凳子演戏，没有人看。雨淅淅沥沥地打在空地上。一连几天如此。

跟过去不一样，他们决定把时间秩序改变，在沙沙雨声中，他们反倒自由起来，唱自己爱唱的歌。从第一晚开始，柳生就前往牡丹亭开棺，杜丽娘还魂为人。接着，惊梦幽媾。之后，休息场次，为未来的剧目宣传，剧团或择《告亲夫》，或择《王充献貂蝉》演上一两场。要拖到次晚，他们才回到杜丽娘春天念书无心的那一幕。在主人公被遗忘的记忆始露端倪之际，天就暗了，快八点了，就此打住，拉幕，宣告次日再续。向来，他们就善于这么吊观众胃口的，他们相信即使观众看了无数次，为了想再看一次柳生挖坟让杜丽娘复活，第二晚总是会再回来的。但是现在，他们让观众每晚来，每次接下来的表演，都要比前晚往回转。没想到这一周竟然连绵霪雨，一连几天台前寥落，除了偶尔有个流浪汉过来，湿淋淋地坐在雨中拍掌、大笑、大哭、品头论足。

歌台开始缩短时间。尤其雨天搬动戏服本来就麻烦，潮湿会使昂贵的戏服发霉斑，清理很花时间，织绣珠片若掉了脱落，往往会一片片接着连串跟着坏，损失就让人更心痛。于是，为了减少换戏服，他们开始一段一段地跳唱。

他们专注地唱最悲伤的段落。最淫荡的段落。最激烈的段落。

在这么多剧目里面，没有比游园惊梦，更加激情荡漾的。

夜晚融在雨声里，灯光照耀处，长凳上一片白茫雨花。

其实也并非全然无观众，再远点，巴刹的宽阔屋檐底下，窝缩着一个热腾腾的卖热花生的小档，卖花生的马来父子从头看到尾。在档子旁边，也还有几位妇女，撑着伞，走了好段路，特地来到巴刹屋檐下看戏。她们坐在只及腰高的水泥墙头上，脚踩过墙脚边垫着的木箱，跨坐上去，每个黄昏巴刹收档后，那边就是现成的座位了。没什么观众的日子，视野本来应该很好，然而，距离实在太远了，舞台太高了，坐近坐远都看不清。台上的灿亮戏服，她们只能见到上半截走来走去，头饰、帽子、肩膀插旗的六国大封相[1]。

像这辈子看过的所有戏剧，隔着雨水，边看边咬花生，看得既熟稔又零碎地，照看不误。

只有台上的人知道，杜丽娘的演技多好。她演猝死与复活，就像真的猝死与复活。当杜丽娘猝死的时候，倒在舞台上的，仿佛只是一件空戏服，戏服底下没有人。好像她已经散走了，不在那里。

这些年来，杜丽娘的演技已经到了这般出神入化的地步。每次柳生一打开棺材，她就躺在那里，徘徊在生死之间。整整一周滂沱大雨，杜丽娘演死演活，玩个不亦乐乎。

不过，未却有点困惑起来，如果哪一天，他退出了，不再唱了，譬如哑了，病倒了，那么杜丽娘是不是就会彻底死了？还是反而彻底活回来？我为何会在此？是帮助杜丽娘，还是阻碍杜丽娘？

悲伤是无法抑制的。哪怕在这些不追忆不诉说过往的日子，只是一径演着别人的戏、扮演一个不知为何

---

1 戏剧中演员的服装。

被说服来演的柳生，未还是觉得，旧伤还是在哪里隐隐作痛。

胸口底下好像有一颗洞。有时，他会想象自己从心里伸出一根手指，把那伤口轻轻按捺着。在他睡着以后，梦倒安慰了他。睡梦的修复方法，就是从他脑海深处，释放出一条长满黑鳞滑腻腻的蛇。那条蛇沿着胸口的洞溜出来，凉凉地，游过疼痛的地方，然后像吸收了那无法讲出来的，吐嘶。

到天亮以后，那蛇就消失了。因此，醒来以后的未，又觉得晨光里什么都没有。好像根本没有那些坏事与坏念头。但到天黑以后，或者在天色阴暗的日子里，疼痛又会回返。到他喝醉了，睡着了，梦又把蛇叫出来，凉凉的，冷冷的。

有那么一天，跟杜丽娘演完开棺那幕剧之后，未走回后台。包青天坐在戏服箱子前面掩脸流泪。

一个人硬撑了几天演三四个角色，在梅雨季节里，难免孤独悲凄。但包青天却仿佛下定决心和盘托出，对未说，如果杜丽娘醒来，或者她没有再回来，我们就解散了吧，别再勉强。

未其实早就明白了。看着杜丽娘死了又回生，她的光彩夺目，令未不禁感到，无论是他或其他人，全都只像在衬托杜丽娘；但如果杜丽娘彻底醒过来，大家也会演不下去了，好像整个剧团都是杜丽娘梦游时做的梦。

215

现在这剧团真是破烂不堪了，以前这种酬神戏，我们骄傲得不屑接。从前啊从前可辉煌了……他无法再说了，再说下去，像讲着揶揄自己的笑话。

他问未，你会继续唱吧，嗯，柳生？未没有回答，他不知道。

包青天告诉他，五月暴动那天，他们分乘两辆小货车，打算北上安顺。车子进入秋杰路时，武生们的车子给砸破了，马路上一大堆陌生的马来流氓挥动真的铁棒与棍子、刀子与锄头。有真实的火燃起来，包青天看到另一车当时甩冲向交通灯柱，司机被一个马来人扯出来拼命斩剁像切椰子。专演包青天、三国演义与西游记的武生之中，只有他跟杜丽娘坐同一辆车，其他人都当场死了，被劈得剩一半的，断手断脚，后来武生们的车子爆炸，烧成焦黑。

暴力来时，身居其中，一时反应转不过来，第一个想法竟然是，咦？发生什么？演戏吗？是突然的临时做戏吗？你会愣着，不敢相信。怎么可能？怎么可能？要扯进那么多人？即使现在，回忆起来，五月十三号以及之后，文武百官轮流上阵，为了一些权力斗争，写专栏，拼命解释，却只有一方声音，不正像一场单音剧？只有一方的人可以出声，他们说是什么就是什么。华人一片沉默，没有人能开口解释，只能沉默地报道。不能说出来的话，就已经表明了愤怒在什么地方。解释现场的声音,只有一方在定义,"马来流氓当时之所以杀人,都要怪华人刺激他们","都因为华人游行示威嚣张,激怒马来人,马来人杀人是为了维护民族的立场",所以,这样看来杀人是对的,不知哪门子道理。这不就跟女人穿得性感才刺激强奸犯,故此是穿得性感的女人的错,同样荒谬吗?

杀人的人没有罪,不用负责,暴力来了,恐怖不只现场,也在事后,强迫人们对此沉默与遗忘。连伤心、愤怒、种种感觉,都被剥夺掉了。

包青天说,那天是因为柳生跟杜丽娘吵了架,平时他们同坐一辆车。但吵架撕破脸太凶,那两人不想看对方,柳生想回避杜丽娘,才与包青天换位。

想要发光发亮,你自己去发好了,柳生嫉妒地说,去发个够。

未不想问下去。心里一窒。

有些他人的故事,听起来就像是自己的记忆。

从槟城上到合艾四小时多,过后转至北大年、陶公、耶拉、素叻他尼(万仑),北上尖喷府、巴蜀府,每处都至少表演三四天,全在庙前广场搭台。

每个人都是来看杜丽娘的。其他广东班现在都要靠请新加坡的搞笑艺人、流行歌星登台来拉拢。不晓得为什么,从合艾第一场开始,往北移后,买票的人越来越多,直到座位都满了,还有很多人继续站在绳子外面看。

泰南的观众很热情,从台上望下去,黑压压地水泄不通。天气又好。每场戏金至少都有五六千铢。

包青天开心地说,好久没有当明星了,真像做梦似的。

这样一站站地巡回,来到曼谷神社佛寺广场搭台。来拜佛还愿的人潮特别多,在绳子围起来的观众区里,摆有短凳子和椅子,椅子还有带垫的,有椅背或无椅背,入门票分成五铢、十铢、十五铢、二十铢。都还没拉幕开唱,就售光了。

杜丽娘唱《幽媾》时,连扫地的、收香支的庙祝,敲木鱼的僧侣,都不禁停下来倾听。舞台地板绷紧了,布幕一动也不动的。风都不刮了。连扑灯的飞蛾,也在颤悸中成灰。台下的人,听着听着,先是笑,接着哭。泪眼中,幽冥黄泉路仿佛穿过佛寺广场中间。而心中隐密的祈祷,也跟杜丽娘的一样,那么猩红,充满了羞耻的快乐与黑暗。

在一重重兰花围绕中,女人愉悦的色情身体,和她那询问着自己何以存在的声音,吸住了周围的飞蛾、蝴蝶,跟着她时高时低的歌声,舞成时高时低,回旋还复的螺旋转梯。一座透明中空的螺旋梯,每个人都看见了，它闪闪发亮，如萤火虫自梦中尽头连缀到歌台灯下，像在神仙、人间与地狱之间，来来回回上上下下地萦绕。

男人与女人都感觉到身体里头的心跳，两腿之间，有什么像海棠一样红，酥酥地冒泡。

察觉到自己也会妒忌时，未就想逃，从柳生这个角色里离开。嫉妒，这种噬空的感觉，真不快乐，他受不了——也不自由主地厌恶起使自己厌恶自己的那个人，甚至想对勾起阴郁感觉的这些人，都敬而远之。

然而，异乡如此陌生。一旦离开城镇，四周就是荒野地。世间虽大，竟无处可逃。

夜里愁思丛生，他无法入睡，离开被窝，走下楼，去杂货店买酒喝，醉得七荤八素，直到腹胃肠腔一阵翻转，不禁蹲在路边沟渠，在阴影中，大呕大吐。里头那只漆黑的怪物啊，它知道不知道它是谁？究竟对谁恶？

你又是谁呢？你以为你是谁呢？

一回未出去买酒，回来时不知怎地迷了路，刚好走到矿湖边，四周凄寂，暗暗的，他摸摸口袋想找打火机，手帕掉了出来，飘落水上，漾着茫光。他想把手帕捞回来，却一脚踩进水里，想去抓向那团光。他突然僵住，那水里的光，怎么是一张鬼脸，亮如白烟，有眼，有鼻，在对他调侃嘲笑。

我谁也不是。

未想。

想笑就笑吧。

柳梦梅没有脸谱。也许自己应该涂上阴阳脸吧。

让脸分成左右两边,一边在这里,一边在冥界。借用柳生,逃离过去;然而,随着时间过去,入戏越深,代替了过去的自己。是时候,把过去带回来。

柳生不是不爱杜丽娘。只是爱一旦掺杂了嫉妒,就像心眼长了心魔的霉菌。他不停地挖坟,却从来挖不出那讨厌的自己,只是一直在灯光下挥袖子,越挥,越无味。……

这个世界上的女人并不是为了当情人、老婆或当小妾而存在的,也不是为了当陪衬。

现在,依循剧本,杜丽娘要求另一个人大声地回应。

轮到未了。

以前不行的,今天却可以了。今晚他的歌声终于可以从对的地方冒出来,不是从模仿的地方。从丹田提气处,在肋骨底下,腹部后方,那就是自己的声音,它说:这里呀,在这里呀。大声唱出你的脆弱、懦弱与心碎。

以前他会回避这地方,那时他有罪恶感,或者自卑感。自卑感与罪恶感使人想纠正什么,结果,越想庄重就越变得死气沉沉。恐惧横隔在丹田之前,声音需要提气时,就给挡着了,像碰到一个漆黑的盾牌——

因为我叫她回来才回来的！（噢，你不该有这种感觉！）她是不想跟我一起住，我被嫌弃了。

声音依旧一句接着一句地冒出来。他必须与之周旋：我想知道真相！

真实就是杂芜，就是乱七八糟，就是一团打结。

打结里面有珍贵的记忆。

但那些凶手，他们想剥夺我的记忆与感觉，更可恶的是他们掠夺了你，还希望你说好——好了以后，他们就可以感觉良好地洗净并擦干双手。

接着，他们就用恐吓来惩罚不愿意说好的人。你心里，因此藏着一股愤怒：我很愤怒，因为那些任意杀害者、掠夺者，还想使我消音，竟然还活着，大摇大摆的。

然而，这种愤怒，其实有点像诅咒一样。想着要如何报复，却更加瘫痪。

所以，在暂时想不出办法的时候，先放弃他们吧，他们不值得占据你的生命任何一分钟——因为那些人腐烂了，没有药救了。

也许，在有生之年，就和杜丽娘一样，他也没有机会去明白，到底世界发生了什么事，有生之年，知道自己不会收到道歉。但是，如果那些懦夫，一辈子都在自我辩解，像把心锁在家门外的话，那么，别等了！

未今天给自己画了不同的脸谱，一张阴阳脸。左边绿，右边红，一边是我，一边是柳梦梅。

他喜欢这脸谱，阴阳脸比小生更适合他。现在他可以接通丹田，从死，从恐惧、负疚、悔恨、愤怒以及复杂的羞辱中，唱。

大声唱！

未继续唱着，跳着，从侧门转到后台，接过长脚递来的锄头，再度转到舞台前面。挖掘吧，挖掘吧，拯救吧，拯救吧，把埋在废墟堆里的死人救起来。

把从前埋葬的那些，带回到地面上。

杜丽娘的身体在戏服底下薄薄的睡着入梦了，她衣袍上的菊花又再次枯萎了，等这段唱完，轮到她时，她就会醒过来。

Tempe

一九九八年五月,印尼排华。阿烈工作的娘惹餐馆,来了一个印尼华侨厨师,他会弄天贝饼(Tempe),一种爪哇豆类发酵饼,白色的,吃起来味道很淡。阿烈母亲住院养病,甚爱吃,原来是她的家乡食物。

她的病历表挂在床脚上,Cheong Yaw Mui。结婚这么久,阿清从来不知道阿烈母亲的名。从安娣叫到阿姆,阿烈的妈妈一直是以阿姆这个称呼存在的。

"你妈叫什么名字?"坐在车里,回家路上,她忍不住问阿烈。

"嗯,怎么?友梅呀。"

姓什么?她又问。

"张,张友梅。"

张友梅,她重复念一次。

结婚,照顾孩子,煮饭菜,奇怪生命的往前与原地有时是一体两面。或许变化的是肉体,而心底,仍然在岩层泥下阴影里继续潜流。

旁边的冰箱上，有几块模拟古迹花砖模样的磁铁吸附着水电单、煤气桶单。另外还有一张是女儿从大学宿舍寄来的自画明信卡，是动物群聚的图案。

放在洗碗槽旁边的厨余纸袋，不到下午就吸引一行蚂蚁，爬进爬出，沿着瓷砖上方与水泥裸墙的交界处，来回梭巡成一条黑色虚线。

做菜时，她心里总是很平静。

丝瓜削皮，切片，入锅炒过，加红枸杞，加水煲成汤。

豆腐上铺了蘑菇与菜脯。

从医院回来她一直平静，煮完午饭后抹完地，孩子回来冲凉，又出去补习了。

这万事收拾到一半的厨房，吹发筒、杯子、毛巾、水壶与纸箱都搁放得乱七八糟。她坐在饭桌旁吃午饭，一边望向眼前只有极厚云层，很白很亮的窗户。

从前还住蕉赖后巷，还年少时，她曾在洗衣坊工作。洗酒店旅社的床单、枕套、客人衣服，洗晾收衣，之后还要熨好，折好包好。倘若哪天在晾衣场上昂头，看到一道长长的飞机痕出现天上，末梢还有一颗晶亮白点继续往前飞，就会顿然欣悦，好幸运，忍不住抱着还暖热的衣服，双掌合十，对着天上那道白痕，默默祈祷，许愿。

之后，继续久久昂头望着剔蓝高空，直到天上那道白线变胖了，模糊了，弥漫散开为止。

远处的车海声流入屋里。奇怪这样听着，竟也像很多年前在蕉赖晾衣时听着的叶海声一样。

不知道遇见谁，谁会来到，是否都是被那些尚未回复的纠结给吸引过来的？

有时候，搁置在一旁，只是因为想不到怎么回答。我们可以把一直搁置着，一直不知怎么处理的东西，当成是沙洲吗？任由时间去冲蚀、拍打，任其缓慢，变化。直到该来的，被时间之流送来，时间就有一圈闭合了。

她拿了毛巾进浴室洗澡。就在浴室里，脱下衣服，赤裸裸地站在花洒下，忽然哭起来。

花洒一支支的细水柱就跟雨一样，非哭不可，痛痛快快地大哭，抽搐着哭，像个小孩。

日子像纸一样，时间像纸一样。一下子就窿裂撕开。

她偶尔停下把鼻涕挤掉。水真冷，即使这天外头太阳很亮，水还是很冰凉。悲伤像一只细小的螃蟹，挥动它细小的脚爪，爬出充满淤泥的洞穴。泪水无法抑止，跟着洗澡水与肥皂泡，从排水孔，从阴暗的地下水道，流到大海去。

一个幸存的孩子和火

接生产护用艾绒熏孕妇的脐带,熏到它焦,从烧焦的地方,才把脐带剪断了。

刚出生的孩子给裹在襁褓布里,睡在旁边摇篮里。

护士离开了。母亲疲乏地睡着了。但她睡得不好。炉灶里的灰屑不知怎地一直喷出来,好像屋子斜倾了,不停地把灶坑的烟灰摇出来,空气变得很糟糕。

母亲终于呛咳着醒来,非常难受。

火!隔壁失火了!

她跳起来,从摇篮抱起孩子往外冲。

屋子简直像纸做的,金黄火焰迅速吞噬墙壁。

她沿楼梯飞奔跑落,咳到快死了,才在阶梯口,挨着一面墙不支倒下。

豆记仔无伤无损,真是奇迹呀,因为风把火从你妈背后摘走,婆婆说。

她的叙说一句起,两句止,其余说不了的,静静地像空气般填满小屋横梁之间。

他被她们无比宝贝地爱着，听着她们告诉他，他无从忆起的劫后余生。他应该是故事中的主人公，却实在太早岁，无法追忆。

他以为自己应当无可能记得。但 Ben 走后，某一晚，他竟梦见，其时母亲还年轻的脸与身体，她才刚分泌乳汁的乳房，她抱着他跑呀跑。脱险之后，她忧虑地检视臂弯里那如豌豆般小的孩子，天啊，孩子奄奄一息，就快死了，正值恐怖绝望，猛然抬头，却讶见孩子长大了，从对街一家屋内门槛，好奇地望她。

接着他又惊奇地发现，那孩子竟然是 Ben。

初识 Ben，是在槟城亚逸依淡打枪坡[1]，两人从组屋十七楼，居高临下俯瞰。打枪坡是七十年代的旧产屋，五百方呎，挤一家大小七八人。垃圾，老弱病残，墙癌，漏水，还有树倒问题。他那时还在市政局房屋部公关部上班，上司叫他来应对媒体采访，看对方要什么。Ben 当日一袭蓝衫卡其裤，竟衬得他漆黑双瞳眼白透蓝，像从海洋出来的人似的。打枪铺组屋的受访者不愿仓促入镜，坚持要先换衣梳发。他们就在外面等。

正午日光照亮青苔如泪的走廊护墙。

---

[1] 打枪坡（打枪铺），Rifle Range, Padang Tembak，是槟城岛的一个贫民窟，位于坟地山坡的一个边界区。

他避开与 Ben 对视，身体却不期然地紧张起来，佯装无事淡定地往下看，只见华人坟场半亮半阴，一片云影移过。

坟场总是很绿，空气清新，岛屿很小，发展商恨不得全岛起完楼，快没什么绿地了。坟地通常土质水流疏通不错，很少积水，也不会淹水。最大问题始终是人而不是鬼。他记得初识这天，他们言不及义，又句句都在掩藏，晕眩，不全然因为人在高处，但说不定其实也就是因为高的缘故。遇见喜欢的人，也有一种害怕。

我们总不知自己为何会爱一个人，爱的动机可能不纯正，但是陷入了，就是陷入了。

有好几年，他觉得人生好像已经结束了，在各种各样必须继续跟进的项目里，独漏自己。身体成焦土，日子干枯无味。奇怪的是，一旦有情欲，是毁灭的，是风暴，可是，死寂僵感也就打破，变活了，纵使这只是暂时的，但又何妨？有那动荡不安，生命也就有什么继续在走，不会一池死水。

要不要去澳洲买屋移民呢？跟 Ben 靠近些。

他始终不曾告诉母亲，那不是容易的事。有的事，你知道得很清楚。语言其实无法交流每一件事。哪怕是相爱者如他们。

饶是如此。遥遥两地，又不得不靠语言。每一次，我们都希望爱着爱着就能迎来治愈创伤的奇迹。无法交流，总让人分外耗损。很疲倦。他之前不知道为何自身被抗拒与拒绝，后来他觉得知道了，不是知道原因，而是知道外界的看，不是他单方面可以防止的。

如今他当然可以继续努力说服自己，激情什么的一切都过去了。但是心里的尖刺感，又一直存在着，实际上，是不曾过去。要过去，谈何容易。在心灵有共鸣的狂喜时，也同时存在着孤寂的深渊。

其实这些感觉，全不是可以去抗拒的。越抗拒，越像扛举大石，越难度越过去。

我好像一直在抗拒伤心。这一天，他忽然领悟到这点。

不，不了，我不抗拒了！好累，就浸透我吧。

接着，真的就渗心渗肺。本来愤怒中，往外弩张的盔甲，一旦放弃抵拒那感觉，就松下来，成了雨，薄薄的，落背后，湿透。

十月业绩很差。这个白天，很煎熬，他带个客一天跑三个地方，对方一间也都看不上。暮霭，回到办公室，他继续拼搏，拨电话给第二天约好了的屋主，却发现，就在两小时前，屋主另外签了，自己卖了。

什么都坏了。手机、车头灯。光盘唱机。回去还塞车两小时。搭电梯上楼，停电变黑，伸手不见五指。

他住十二楼，像爬螺旋贝壳一样地往上走，途中遇见同栋居民，迎面下来的，感觉都没见过，都陌生，都持着电筒,或靠手机荧幕的光,静静不出声地爬。汗流浃背,一层层爬上去,好不容易,终于到家,衣服好湿,好酸痛好折磨好痛快,像死了什么又活回什么,肚子好饿,摸黑吃打包回来的经济饭。

发动机嗒嗒嗒嗒嗒嗒嗒嗒,从地面吵到高空。

这晚他凉也没冲就睡着。就做了那梦。梦中母亲的眼睛变成了他的眼睛,好让他跟Ben对望,转世的Ben一无所忆,双眼清澈,心无窒碍,即使在梦中,他跟母亲都是心境沧桑。但这多好,只有在梦中才会有这种奇迹,此刻与未来(或者其实是此刻与过去?),都在同一框了。好像还听到一把声音跟他说,孩子已经被领养了,好父母,你不要担心。

他心里就一阵放松,像有什么卸下。

好像从这天开始,第一天,第二天,蚀骨的疼痛给移开了,轻了。他平静了好阵子。

可能世界早就毁灭,毁灭很多次,人都是从梦中痊愈的。现在他们获得了第二次机会,重生。

准备搬家,要离开,不是澳洲。澳洲太伤心。租出这屋,承租者是个四十岁的女人,有点沧桑,肤褐色,跛脚,独身。他自己就是房仲,不用假手他人。全部自己来,当面交钥匙,也不外是再讲一些废话,什么屋子就交托给你了帮我好好保护。奇怪的是,他现在不介意讲这些,可能前些时候孤独太久。转身落楼,走过草坪空地去取车时,最后看一眼。那时公园的灯已熄,很暗,很黑,独余玻璃窗户与电梯间在夜里灿亮。这才看出原来两边建筑一模一样。往左看,往右看,仿佛彼此是对方的镜子。仿佛住在里头的人,也一样将在各自的人生里互为彼此的镜子。

五 蜘蛛

蜕 皮

以前萝不知道，原来，自己也会渴望野性、无法征服等等那些。

初相识时，谁知事情以后。一出剧结束了，大家都在忙着收拾道具，互相恭贺，她却兴致索然，没有依归。都不是她的剧场。她是来支援的，她总是在支援别人。

他负责监制，刚好站在梯口，背对街灯，她则从地下室走上来，听到梯阶上，有把声音问，行李箱在哪里，借来的服装跟行李都要还人。原来是他朋友的，大山脚潮州剧团。都收好了，她说，带他走回舞台后面更衣兼储藏室。一起开门，开灯，杂物好多，空间好窄，在里头转进转出，就会擦到胳膊手肘。他很高大，皮肤很白，她想起有人说他，像只困在小池塘的大白雕，应该要去广袤的山野地。戏剧已经做了十来年，兼职讲课，有时回去做广告总监，终于慢慢老了，还在东奔西找，为给剧团筹钱，找金主，贡献良多。她听说他桀骜不驯，不过，这样在舞台后方放置大堆道具杂物的小小空间里转腾，他动作意外地柔细，冷静，不碰跌任何东西，小心地托撑着梯子、架子和布景板。他要找的潮州剧团半古董箧箱，竟给推至柜架深处。在一堆箱子、道具、三角梯之间，没多少空间可以挪位，她个子小，立刻挤身进入那窄角落，本想拖那行李箱出来，但他说最好别拖拉，怕刮坏。最后还是她出来，换他进去。不可思议，身体很大，肢体却很柔软，可以在极小空间内，弯着腰，半蹲，矮身，使力，半抬拿出，能屈能伸的。稍后，大伙一起消夜，去麻麻档，没想到，都十一点了，快半夜，喝着拉茶吃着炒米粉咖喱卜，突然就吵起来。他问是谁把潮州剧团箧箱放到那么里面，不是已经交代了今天这场演出完后，他就会先带走还人家吗？怎么漏忘监制交代，一伙人说不清。总之有人传话忘了。本来不是什么大事，不过有人开始讲笑起来，为打圆场，笑话却惹怒了另一个负责舞台道具与布景的工作人员，他也有演出一个不甚重要的路人角色。扯破脸，就在一碟碟牛眼煎蛋炒快熟面和罗地加奶依序送上桌时，数算旧账种种。几月几号，几点，在哪里，谁欺负与谁霸凌，谁歧视他，一条条数，气氛就僵了。起初有争辩，吵了一阵，眼红脖粗，不欢而散。记得是那样始于欢跃终于破坏的一夜。回家顺路，他开车送她，间中只交谈几句，心情不佳。但仍然像前辈关心后进，问她过去演什么写什么，家里几个兄弟姐妹。途中停红绿灯时，扭亮灯，他从车前箱找出一片光盘，有最近另一场演出的录像，借给她，说不能外传。那时候，她看见那晕黄灯光下，他的额头与鼻子，极柔滑，不设防的脸。说不明白为什么，漆黑中奔驰回家路上，她心里有个古怪的直觉，觉得自己将会伤害这个人。她不喜欢这感觉，最好不要发生。之后，她怠慢了他写来的电邮。

几个月后，另一剧场，竟又碰面，情况却变了。好想念，好挂念。通宵熬夜，独自搭车回家，哪怕必须一路走一路回头看，这感觉还是使她心内暗暗盛放，盖过了现实里的治安危险。快乐，忧虑，又挣扎着，模模糊糊地想，要保护他，保护我们——为了防止那坏预感发生。

要当保护者，就是要有母性。但她都不擅长，都不会照顾别人。越想奉献就越空，像那种不知不觉付出到过度了，损伤了的母亲一样，不知不觉变得想去占有这个人。

萝没有别的姐妹了，又无父。应该没有什么人跟她争夺母亲的爱，可是嫉妒难道就是人类天性无法免除的本能么？从何而来。怎么可能回想与分析，犹如要回忆起褓褓时期的遭遇，怎么可能，三岁以前的事，根本无法可忆。要追溯到多远，我们才能知道神秘的阴暗心理起于何处。跟那人关系结束的一整年，一年多，也许两年，三年？拖延得特别缓慢。萝只能让自己频密移动，不想住家里，不想听、不想看到外婆、妈妈、阿姨们的脸。她们总是笑，总有聚餐，可是那阵子萝莫名其妙受不了她们。她们永远受尽委屈又说不出真相，只能往她这里堆。她先搬去蒲种，说这样靠近那家她教书的国际学校。但在那四壁雪白，干净空荡荡的房子里，慢慢地，又不禁觉得自己下班回来终日无声息，只有乏味的练习簿要一直批改。晚餐进购物中心吃，喫完不想立刻回宿舍，就继续逛，好像租来的房间也还是囚室。一拨打电话，那端反应冷淡，心就刺痛，伤疤又撕开。一天竟然，在教务室里大哭，旁边两个老师看到，束手无策，进来教务室找其他老师的什么班长什么学长，也愣愣地。怎么办，怎么可能，那人怎能这样对我，无法置信，工作忙时还好，能做工也还好，最怕是不能够。到周末天，她搭车去远处，身体得不停移动，看外婆，看母亲，看海滨，看海最好，因为天地够大，自己变渺小。第二年母亲忽然搬去大山脚，做旅行社分行经理。母亲说表面上是升神台，其实是下放边疆。萝就开始搭长途火车北上，去她母亲家当客人，但总待不了几天，又收拾行李南返，周一回国际学校教对外汉语课。她必须忍耐着那股联络对方的欲望。每次她以为自己畅怀地抒发感受之后，只会收到贬抑与羞辱。她不知自己为何那样被定义。

体内的妒忌又像火炭那样烧,一直烧,直到烧空。不知怎么办,就逃去院子,看着外边的风动叶影沙沙,看着鸽子麻雀在电线与树枝之间跳动。

不知道该去哪里,地球可是一直在运转,滔滔地流逝。地面也像箭矢一样往前飞。我在这上面,它要带我去哪呀,一阵悲痛,她蹲下来,只有这样才能护着心。风刮吹枯叶清脆,好像地面有把声音会说话,只是这并不是任何一种语言。先于所有的语义,沙沙沙沙地响着。在外婆种植的桑葚树前面,看见一团会动的白芒光,在砖石隙缝上颤抖,起初,她还以为是蒲公英,特别小的蒲公英,好久没看到,怎么有点脏,黑黑一点。却原来是蜘蛛在吐沫。再看,不是吐沫,屏息地看着,是蜕皮,很慢很慢,不像脱衣服那么容易。看蜘蛛怎么脱掉那半透明的皮,从一层膜里解脱。她看得浑忘时间。蜘蛛脱皮很久,很缓慢,就像蝉蜕皮,蛇蜕皮。退出一个和自己一模一样的壳,一条细丝,蜘蛛和它的旧空壳,空壳还在轻轻旋转,孪生镜子,一生一死。

她上网找,原来生物蜕皮很危险,那层膜要从呼吸器官深处的内膜撕出来,从体内脱到外边,一个差错,就会堵塞呼吸,窒息,死。有很多昆虫,在这过程中死去,蜕皮原来会致命。至于能够成功,完成蜕皮的,它们就会啜吸旧皮上的汁液。旧皮原来是可以让昆虫幸存的粮食,喫掉它,活下来,恢复力气。

有一晚她梦见，好奇怪，四周围都是树根，原来走在地底下，不知什么时候就走进泥土里，树根须都看得清清楚楚，忽然间，脚下的漆黑被撕裂，闪电像树根状，四分五裂。

从这发亮裂口，进入地穴般的黑房里，有个长发女人在绘画，那女人持一支毛笔，一挥，就有颜料泼洒在虚空中胶凝，涌动万状。只可惜光线稀薄，稍现即隐，看不完整，但萝知道，那黑暗中的画，正在一点一点地完成。萝陶醉地看着，也抓起彩盘调色，直到上面的世界忽然有铃声响起，啊，不能留了，得"回去"了。女画家先走，萝也想走，本来的进口却突然间就没有了，突然就涌入白昼，萝摸摸找找，不幸凡手指所触探之处，尽皆成为天花板。刹那间，周围变成了日光灯下的办公室，一排排办公桌上文具笔插、公文档案叠压，电话铃声一直在响。

总得解开过往，解除那使自己瘫痪的封印。一个人必须要拥有权力，走进那过往的记忆与情感，才能理解，何以如此。要去回忆，要捍卫感觉与记忆的权力。无论如何，都要获得这样的礼物，好让自己有一天，可以在时间里走回一圈。真相大白。

要很久以后，她才明白，为何有时候，女人会去迷恋那样的男性了……对,是"有时候",而不是"有些女人"。

一连几年,天灾人祸。

圣诞节刚过,萝想起,去年此时,"恋情"才刚萌芽。一种隐隐作痛的腐蚀感,又再咬着腿,收缩胃。永远不明白,痛苦到底是跟身体哪个部分呼应,好像在连中医都不知道怎么归类情感与脏腑关系的地方,有只怪物,漆黑乌鸦,藏在体内,暗无天日,哑了似的,一直啄。节庆假期,不想一个人待,她又北上母亲家,大山脚,两人一起看电视,咬瓜子吃海带,有足球赛,忽然荧幕下面走出一行字。印尼亚齐省地震引发海啸。

广告时间,萝转台。好骇人,人跟树叶上的蚂蚁一样。镜头蒙太奇般,在普吉岛、印尼雅加达、印度洋、槟城新关仔角、直落公芭的海滨,切换。一艘渔船被冲到马路中间,购物中心酒店的玻璃都碎了。海水淹上三四层楼,把人从酒店房间卷走。听到失踪者罹难者数字上升到多少多少,母亲就抢回遥控器转台。转看香港无线连续剧,武侠片,飞来飞去。

看不下,起身,给萝独自看。

那伤痛不会好了。即使已经过去三四十年,母亲外婆她们全都讨厌看有人死去的新闻。不管是波斯湾战争，辐射核灾，情杀，谋杀，自杀，撕肉票，全都直接翻过去。就算虚构的，电影，连续剧，也不行。

人不能在没有泥土的地方死，人只能死在有泥土的地方，外婆这么说。

不要跟人讲家里的事。不用给人知道你是"五一三"家属，外婆跟萝说，讲了也没有用。

萝第一次去祭拜是一九九八年。先前他们家已经不去很久。墓碑很小很小，在双溪毛绒麻风病院，希望之谷的后山，离首都约二十四公里。都坐阿良叔的爬山车，有十个座位。斜坡路，岩石嶙峋，凹凸不平，一路弹跳。

白雾般的野草在坟冢土堆四周摇曳。

每个墓碑都简单地以拼音字母写上名字。每一个名字底下，都写着死亡日期，一九六九年五月十三日、一九六九年五月十四日，也有一九六九年五月十五日的。坟场面积不大，墓碑很整齐，一排排，荒草凄清。

后来几乎年年都去拜，却次次都不确定，下一年是否还会再来。一九九八年萝去了，九九年，两千年她也去了，就那年，三十岁，拜拜完回来，隔两周，在剧场里，第一次见到那个人。关系只维持一年，就忽冷忽热，她不知怎么办。我都没想要你怎样。我一点都不想破坏人婚姻。阿妈一生跌跌撞撞，我都想一定不要像她那样。他模样若在从前,我一定有那么远闪那么远,分明是老油条,私底下又不知为何愤世嫉俗,老文艺青年样。根本不是我会喜欢的那种类型。可是,原来,我竟然也可以爱人。甚至半夜醒来还想,忽然心头冰凉,到底此生人要在哪里,好孤单,所有跟他人的关系,都通通退去,变得一点也不重要。他若有在,就是家所在,否则,就哪里都漂泊。还怕他死。不知怎么办好。也许起初只是他对我好,我想回报他。动机不正确,我很迷惑,都不曾有过这种情感,哪里可能,做梦都不曾有过。以前无父,自由自在,母亲呢,她每卷入一场恋爱,心不在焉,要缴电费要缴学费学校要筹款,十问九不答。我一定不要像她。凡事活着要凭自己手脚,穷到破洞,没有资格追求摸不着边际的爱情。云游烟梦,一定跌落深渊。忽然卷入。连底都没有。翌年清明节,她跟家人说,她有事,不去祭拜,其实哪里还能有什么事,都被踢出太平洋,还眼巴巴地赶去雪州大会堂看他做展。要等到海报出来,才发现原来他在那里做展,却没有告诉她。不是说还是朋友吗?在他看来,她一定是块不小心粘到衣上的黏口胶,说了只能做朋友,毕竟是需要保持距离,才能把"孽缘"给捻熄。她等了一个月,没有电话,心很凉,终于忍不住,打电话给他。他说,什么事?如果没有事,不要再打来了。我承担不了。不能继续。第二年,外婆说风湿,不去拜。去年回来，痉挛发作，衣服都没法洗。身体像在抗议。

鬼魂好多。外婆说，有几百个鬼魂在那里，全部都惨死。

他们家去几年，又不去几年。拜了也没有用，不会好，更难过。还葬那边，这么荒凉。山芭湿气好重。坐那么久，坐车上山摇到我心口闷，又头痛。

到得亚齐海啸毁灭那年过后，连母亲都长白发了，幼细雪丝，像水刷从额头拉到发尾。人过五十，发肤血色就开始褪了，这肉身就要开始退出世界，额边手臂开始显出老人斑。桂英头靠后座椅背，微昂着下巴，发出鼾声，她一大早五点就起身炒沙葛包生菜，提着饭菜盒，从北海搭火车下来，百多公里。

又隔五年，萝才再度跟她们去双溪毛绒祭拜，这次是桂云阿姨开车。当局修了柏油路。那麻风病院的守卫，只要看到有人提着一袋水果糕点蜡烛折元宝，知道是来拜"五一三"的，就点头挥手，进去吧进去吧。

C

相隔十几年再度听到 C 说话，是在大榕树下杂饭档用餐时。萝没想到，C 忽然失联，一封信也不回，是因为她不快乐。

怀胎四个月多的孩子流产了，她已经好几个月看着波音扫描下发亮的心脏。

什么计划也没有，只是不想回家。韩国，蒙古，拉萨，阿富汗，莫斯科。拿了英国打工的旅行签证，在英伦待两年，常常在不做工的日子，去公园草地躺着，看人。没想到两年下来，存到的英镑还真不少。之后又去土耳其。

在语言懂得极少的异乡，没有需要交谈的人，没有可以深谈的人，进不去别人的世界，别人也进入不了她的。除了可能的危险，被抢劫或者被侵犯。

现在 C 鬓角白发看起来特别细。

你有想过，这个世界上，有什么应该遇见却仍未遇见的人吗？C 问。

我不知道，萝回答。

C租的廉价组屋，跟她去教书的科技职业大学，只隔一条马路。

屋内有一堵朝东墙窗，迎向东北季候风雨的方向。雨水沿着窗棂蓄一长条框积水，从窗角渗透墙壁。

这窗户在萝的左边，有时C起身去厨房煮热水冲茶。剩下她一个人呆坐时，萝就看着这发黄的雨痕，看它上面霉痕。

一种什么也不用说的懒惰，在萝体内散开。事件告一段落了，尽管总会在我们以为已经结束而安心的时候，结果总还在哪里继续变化或发酵，不曾真正成为过去。

C说我们总是在中间。

C用一条吸收很好的毛巾垫在茶盘下方。

等到茶水冲过几轮味道太淡以后，C就把茶叶夹起来，换过别的。

萝想着要有一种爱，这种爱不必去争夺。她这样想着走过树荫与一些摊子。爱应该是这样的，它会自己走来，你不需要跟任何人抢，也不能从不爱你的人那里乞讨。这样想，才发现这想法原来盘绕心头很久了。有一天，她正走去巴刹，走在几栋公寓包围的一条马路上，阳光很晒。前方走来一只黑色的狗，偶尔摇一两下尾巴，通体黑亮，看起来蛮老。狗的身上都是伤痕。它的伤痕细小斑驳，布满眼睛周围。它既孤独又神气地从路的另一端朝萝走来。萝看着它在这条白亮耀眼的路上，狗走得像它自己的黑浪，萝看着狗，一边却不知自己到底像什么地朝它走去。终于交错而过，那刻，她站住了，转身看着它，即使它跛了腿，还是无损于它就是自身背椎上那起伏的黑色波浪。它也回头望她，也停住，眼睛专注，无辜，忧伤，天真而信任。就在这一刻，萝觉得自己恢复了交流，跟一只对她不设防的衰老野狗，恢复了跟世界的交流。

对外汉语与水果

重操旧业，教对外汉语，一周二十个小时，第一年拼命备课，十年前用的，不再适合了。旧房子，天花板很矮，得打开所有百叶窗，才通风。猫爬上书架，望窗外，好几小时，窗口都装铁丝网，它无缝可出。萝做投影片，对着计算机，生活像在书桌与门之间走来走去。除了出门教书进课室，她不去剧场了，也不去支援别人。人家都说她"退休"了。但教书时，她总觉得，也像是归零后又重新开始，会话课不就像小剧场。设若言语对白就是戏剧的单位。那么给切得最小的，并不是字，而是停顿，是空白，是尚未成形，凡事从这里开始。

教室里，一片白，白墙白板白天花板。百叶窗都闭上。他们像在背景去除的白色剧场里上会话课。每一堂会话课，若然能有时间，应该都能像小剧场。虽然没什么大起大落，只是找伴互练，交换角色。只是，没有背诵，总是有点忘记，又还有点记忆，在那之间，就有了曲折隙缝余地，可以进行锻炼，像重新开始，礼貌招呼、问路、问方向、巴刹里讨价还价，撞车擦损找人求助报警之类的。

萝觉得自己也在扮演一个角色，一个有理性、井然有序又乐观的语言老师。注意听他们发音。这里的学生九成都是马来人，其余几个有东马原住民跟印度人。没有华人。马来语里较难念出阳平第二声。后来萝教他们，要念到像英语的 soul，so-ul，这样起伏上下。还有他们会过度发出送气音，要教他们不能把波念成"破"，不能把它念成"踏"。

学校异想天开，做录像替代实体教学，可以省时间省人力，主任说，以后不用这么常进课室。

萝说这不对头，来学校，自然是为了要面对面。不用进课室，那还要她来做什么。

这事情源起于萝自己的投诉。

一人教超过五百人，变得像带牛工人，按部就班依照课纲犁耕两小时，像仪式，什么也没来得及种下去。萝找主任，想请她找个兼职老师回来分担一些班课，却不允。

制作录像带教学，主任说。萝摇头，又不是远距课程，初阶就拿录像取代互动教学也不合理。

主任始终不想请人，萝问主任，日语韩语英语都有不只一个老师，还两三个那么多。那是因为我们给脸，主任说。那为什么我这边要请人不能，萝问。她想建议请 C 回来教几堂分担，因为本来就是 C 教的，她教了十年，因脊椎痛复发才辞职。

因为华语不像日语与韩语那么能上得了场面，主任说，Not so presentable。

萝就心想，如果有人也这样跟你讲，马来文不像英语日语韩语那么能上得了场面，所以不可以给马来文脸，你会高兴吗？你心里会有什么感觉？

母亲这些年已经不再说过去。她每个月都带团，去马六甲金马仑，帮客排餐馆订酒店巴士，南上北下，东西海岸反反复复地去，好像终于活向未来，但她知道母亲没忘，只不过是选择对过去保持缄默。缄默，不等于空白，缄默是更黑的黑暗，像藏进地穴里，而地窟里的物事都仍然还在那里。

萝教了两年，萝渐渐适应这个地方。萝都没有告诉母亲，她工作的地方，很靠近甘榜峇鲁。职技大学对街，过一条马路，就是以前爆发杀戮，暴徒出来的地方，她知道，那些外地来的马来人，在这里的拿督哈仑家群集，喝神水，出发去砍杀。

跟主任吵架以前，她曾在那边用餐过好几次。那边吃完，就可以走路过来这边上课。此外整个区，没有什么地方好吃好坐的，都是丑丑的购物中心。

但现在不一样了。她走进一间路边的马来档。起初，她只是想要在那里至少坐一次。她点了绿咖喱煮鱼套餐，第二次，她去坐娘惹饭馆吃姜花蓝碟豆饭。小贩都是年轻人，都滑手机都听韩国流行歌曲，新式餐厅，混杂韩菜日本寿司。卖甘榜炒饭的档主，化腐朽为神奇，在锌板上架挂钩子麻绳，悬吊几盆万年青。半露天座位，人来人往，她坐着，看手表，时间滴答，啜黑咖啡。总有吊盆黄金葛垂悬覆影，吃完再慢慢地走过去上课。

不满继续酝酿。你应该要感激有这种机会。主任说，你这样对你自己的职场表现很不利，你是不是不愿意吸收现代科技。你这样讲是在威胁我吗？萝问。后来吵到管理层，再打下来，马来主任脸拉很长，决定从其他分校区调一个有九年经验的马来老师来教汉语，不请 C，理由是，这人本来就已经是我们的老师，充分利用，就不用再外聘兼职了。

但萝知道原因不是这个。

我明白了，C 说。少数民族是这样。她们去茨厂街，吃宫保鸡丁，地瓜叶，铁板豆腐。

萝也知道，他们不可能再加多一个老师来教华语。

她们互相安慰了好阵子：也许事情不会像她们想的。想想看，说不定那会是一个开明的马来人，情况也许不坏……一个愿意学华语、教导华语的马来人，不也正是个少有的，愿意走这条路的马来人？有那么多资源，他干么要去学华语呢？如此应该跟对方多加交流才是，应该乐观点去迎接对方。

但她们都明白，实际上，在现实里，她们是无法竞争的。一个位子消失了，以后就不会补充回来，给非马来人的名额总是有减无增。她们已经听过有很多这种例子。连国立大学教了许多年的老师都是这样，一旦一个华人离职，给马来人填进来，以后这个位子就不会再请华人来做的了。这样的事情，整整三十年如一日。你很奇怪，怎么可能，连黑人电影都有得做，过去了半世纪，巴士已经从黑人只能坐后面，到今终于可以自如上车，为什么这里还是老样子？五十年。

这感觉很难受，很沉重。

世界就是斗争，心就是斗争的场域。生存饭碗完全不知会变得怎样，越来越狭窄、越来越狭窄，这艰难的、问题与处境，如今迫在眉睫，再也无法漠视。

她们一同走街道散步，边走边看。这条街上，有很多卖菜卖水果的摊档，四周有许多孟加拉人，印尼人，越南人，形形色色，当然也有本地人，肤色口音都非常混杂。塑胶篮子里的水果也各种各样，水翁、哈密瓜，还有些很少见，像蛇皮果，还有一种不曾见过的，叫 khesksa，怎么吃，怎舍得吃，好可爱，整颗果实长毛绿茸茸，每粒都连着柔软的绿枝条，好像整篮都是有细长尾巴的青色老鼠,原来从印度漂洋过海。

C买一袋蛇皮果,分一半给她。

我们不能再压迫自己。她说,宇宙会帮助把自己照顾好的人。

萝搭长途巴士去旅行,途中,她在座位上睡着了,梦见一个刚从降头诅咒里恢复过来的女人,来跟自己一起上人类学。在她梦中,整班同学包括自己在内,全都听过这女人的故事,即这女人曾经中过降头,丧失了好几年的生活。这女人醒来以后,十分努力,想要透过学习知识来充实自己,来赶上这个世界。即使如此,大家却还是免不了把那女人当成是一个跟他们有异的人,有一天,当班上有人终于泄漏出那隐密的想法时,这个女人就收敛起和颜悦色与和气的笑容,恢复回那诚实、疏远的脸容。她说,她的经历并不是可以放在任何一种知识模式里去观察与理解的。这个世界上,没有一种你们称之为知识的结构,可以懂得我的感觉。那些动辄就对我说,你的过去是可以忘记的,你的伤是可以痊愈的人,他们都不懂得我,也不愿意真正去感觉别人。

萝醒来时,巴士车厢还很漆黑。醒来那刻,手麻麻,几乎感觉不到自己的尾指,好像只剩下四根手指。原来睡时压手掌,压到尾指都麻痹了。

一边揉着那尾指,会有一点麻痛的感觉。萝回想着梦境,她知道梦帮她说出了她自己不欲说出的实话。梦中的女人痊愈了,带着一种不怕凄寂的骄傲,以后也就不再在乎他人的眼光了。

引擎声在夜里轰轰地奔驰。

我们唯一能靠的只有自己。

可是又不能单独生存。

在单轨列车上

你几乎不知道可以去哪里。轻快铁过黄梨山。额头贴靠窗，往下望，凤凰木花季已过，绿叶如羽，片片争取最大量阳光。一排旧建筑店铺，竟然还有仿漂白的靛蓝墙色。空地上，桌椅开伞如度假日，好愉悦，眼皮下流丽滑过，跟你阴郁的心情一点都不符。

一群曾姑婆曾叔公的亲戚，以前阻止你妈妈你婆婆说"五一三"，现在却在背后说你去教马来人华文，说你阿婆姨婆舅公以前被马来人烧死你小舅舅失踪下落不明，你却去教马来人讲华文。不过，偏偏是痛彻心扉的婆婆妈妈跟姨婆舅公什么都没说。其实这事你本来都不知，从来都没听你妈说过。你以前只是初恋失意，所以逃到槟城去，偶然给马来人教起汉语班，有日你看到广告，时薪一百二那么多，一周只需教四小时，十几二十年前，这薪水可以让你悠哉悠闲，在小岛，背山面海。你就坐渡轮过海峡，去那工业区应征，那是第一次你教马来人、印度人、麻麻人和受英文教育的华人，十几个工程师，因为他们将要在八个月后派遣去中国大陆。

那年，你去打枪铺坟场附近用一百五十元租一整间单位，五百方尺两间睡房。五个月后，课程就结束了。你没有再继续，他们想要学有大陆腔的中文，而不是本地腔的华语。

你看看银行存折，就是储蓄的数目有让你高兴。一点踏实感。槟岛房租好低，比吉隆坡好，空气清新，有剧场小导演一对兄弟住在日落洞，特别有趣。你跟他们出去玩，认识许多人。某日在剧场认识一个泰国女人，叫艾，双眼皮，褐色皮肤，她极想融入大家，学会了福建话，掺杂的巴刹英语，跟大家一起说，哎呀"杀拉（salah）"（错）了，"疙栗（geli）"（发痒，好笑，毛骨悚然，真受不了），学会每一句话末尾加一句"了"（LIAO），杂七杂八。她总是掉雨伞掉水瓶。巴士上，出租车，好难兜回去找的海鲜档。槟城有好多海湾，直落巴杭，直落登布雅，直落公芭。可以看日落，吃海鲜，爽，但好远。艾每次掉伞都说一句能够力又再来，学到很像。如果失去的东西会回应我们就好了。我们的爱，像是爱上一个对方都嫌弃我们爱的人。只有我们自己喜欢，但幸好自己会喜欢。付出去的爱，向来就是属于我们自己的。不真的属于你喜欢的人（既然对方不能接受），更不可能是国家。你大可以这样想，为什么不，会成长的人是你又不是他们，因为一直像防备敌人疑神疑鬼，除了践踏你，他们什么也体验不到。

看排练。艾说，Don't play play。好奇怪，想起艾好清楚，她那刚好只够包屁股的超短牛仔裤。坐摩多环绕岛屿给墩到屁股痛。记忆走马灯。

总之，课程完了，又多住两个月，你就回吉隆坡。那么久的青春往事，都已过去十几二十年，看见年轻小孩，无法置信，他们都在你初出社会那年出生，岁月无情。出去上班，搭单轨列车，常没位子，就站吧，可能多几年就会有人给你让座位。头靠车厢窗玻璃，有风的日子，叶海翻动，不知什么树名。曾经一度，你刻意诵念所有事物的名字。如今，树荫静憩，光影斑驳覆盖遮阳伞，人行道，单轨动很慢，慢慢从你眼帘下滑过。这家乡，怎会不是你家乡？当然是你家乡，生于斯，长于此。翠绿相映。丽日。单轨列车摇摇晃晃，忽然感触，原来这座城市的单轨一圈一圈你已经乘坐了十几快二十年。何止。中央艺术坊路段盖得早，几乎一通车，就跟同学去坐，在那边吃炸虾饼吃炸鱼饼，都是马来人东西，好像小小地叛逆了母亲外婆的伤痛记忆。但她们从来也没有阻止你去。

愤怒并不往这些地方找发泄。倒是有些年，选举来时，她们冷淡，不想去投票。

走马灯，一站站。上来一群外劳，一群外籍生。肤色各异。有孟加拉人有缅甸人有越南人。餐厅里的侍者很多是尼泊尔人。工地里的是印尼人越南人缅甸人。学生，则都是比较幸福的一群，不用睡货柜。这世界上，到底是流动穿梭的人多呢，还是固定有家的人多？在车厢里，你无法确定，自己的心情接近哪一种。也许，人都是向往他方的。即使在最悲伤的时候，从前某些年，最失魂落魄，心伤亟欲哀死，奇怪在同样的空间，你想起那些年。如此相似，甚至也许就是同一趟车厢，却明白到，什么是新陈代谢。我们不断死去，一座城市里，只要七八年，新生命就出来，一代人记忆就模糊，二十年就更迭换掉许多符码，金融、当家[1]、保护与防御，爱的记忆与话语，脸。唯独爱恨愤怒就是肝脏，内里，几代人都一样。

那些年，你都不想要什么。什么都不要。被甩当时，无法置信，那人说不要就不要。那人对你的心情完全没有一点体恤。很久以后，有一天，萝不禁想，这一切混乱，是否都始于那年你不想去祭拜死去的姨婆曾外公曾外祖母。因为那么巧，一直到你又回去双溪毛绒祭拜，〇六年，混乱才终于过去了，至少接近结束。那年有烟霾，从印尼飘来，厚浓浓，白，看不透。车厢过

---

[1] 主持者，话语有分量者。

处，公寓、办公大楼、店屋，都像浮在白茫中。你搭车眼泪一直在飙，不管别人怎看你。你们好不容易恢复联络，一个月，两个月，他语气依旧讥诮不减。与其说你被刺伤，不如说你被对方看你的方式打击，原来他一直认为你是怎样怎样的人，大概是把你当成毒蛇吧。现在回想起来，只有在槟岛才是真正远离的时刻，那座岛，像度假岛，好像另一个时空，平静，有新朋友，又可以排练演戏，可以不受影响。一回到吉隆坡，你又遇见他，还带一个女人来，好像怕你不死心，就带多一人，嘲笑你，挖苦讽刺，你感觉到排挤。你连独立广场与所有剧场都不想去。可以去，但心情会很勉强，何必呢。只为了撑尊严，弄到腰酸背痛，不知怎地就感冒起来。那女人，你不明白，如果她也曾经这样被人对待，为何用同样的方式来戳刺别人？难道她不觉得，这样重复，等于说以前别人这样对她伤她都是对的吗？她到底有什么问题？记得那时候，你还想，也许是我想多了，不是这样。沮丧，回家睡觉，不想起来，等到你起床，喉痛眼涩，外面就蒙蒙白白。烟霾来了。烟霾一直笼罩。你把自己关在屋子里，关上门窗。免得烟味进来。室内空气不流通，醒睡都觉得像给大象压心口。手机里传来传去的简讯都在教人，可以把不要穿的衣服，浸透加醋的水，晾在室内，醋可以中和炭屑臭味。烟霾很重，空气有毒，你看电视新闻看网络新闻看印尼苏门答腊为何扑熄不灭,原来森林有地下炭,火在地底下,浇水也会冒大烟,毒烟,真是两难。你从早看到晚,一点都不想生产,哪能生产。有一种情况特别揪心,森林区不停有人迟迟才给救出,那些人好像拖到很迟,都不知道有搜救队伍存在。通常都是孤苦老人,顶多带着小孙子孙女一起生活,一定都在吸着黑烟到最后一分钟。你做梦都梦到黑烟,把肺腐蚀出一洞洞。吓醒。很逼真。你醒来看着房门天花板,心还在跳,好像这人生是另外注入的虚假记忆,有个庞巨的阴谋力量把你从森林搬来这里,那边还有个亲人要你救,你怎能舍弃亲人,被舍弃的亲人,好可怜。被遗忘。这烟霾,每隔几年,去而复返。二〇一四年,白烟又再笼罩,这一次,你还非得出去一下,去医院,去看你那陌生的外公,他呼吸困难,快死了,医生叫家人做决定,你母亲与其他五个阿姨和外婆,从医院出来,去越泰餐厅,点了餐,默默吃,都不想讲话。

餐厅人不多,隔张空桌,靠墙,有一群哑巴,十来人,年龄从中年三四十岁到十几岁,好像从聋哑学院出来聚餐般,共坐一张长餐桌,全都热烈,表情何止丰富,睁眼耸眉,额,鼻,肩,臂,皱,挥,怒放,好自由,一定一辈子都不曾受到那种什么含蓄表达才是美与优雅的限制,没出一句声,旁观也能觉得激腾,起伏猛烈,语言就是身体,手势肢体姿态,又快,又活跃,烟霾一点也阻碍不了他们。没有语言隔阂。深黑肤色的印度人，马来人，黄种人，肤色一点也阻碍不了他们。有穆斯林女孩子也有不包头的，看样子各族各宗教都有，都可以一起吃饭。你观察他们好阵子。

他们会嫉妒吗？也会吃醋吗？应该会。只要是生物就会。但如果一辈子都在猛开猛烈，想怎样就怎样，多好。

烟霾越来越浓好几个月。去购物中心，走这端都会看不到另一端。报纸刊，有人去机场接亲人，竟然有接错人的，还蒙查查走到半途，才发现不对劲，都因为看不到脸，太夸张了，说不定，真相是其中一人心碎失魂，本能失灵。这世上，没有比失恋更盲目的了。说不定毁灭地球的肇因，就是因为无爱，有人很久以前就失去爱，不曾痊愈过，又有权有势，即使从小什么都有，就是无爱，所以才烧森林，拼命掠夺。世界因此从赤道中间被噬啃成一个苹果核，看这天气，你都不想讲话。到站车门开开关关，毒烟进来，总让人想咳嗽，咳不停，咳到激烈，就觉得，窗外公寓大楼，全都浮，都晃。路面都看不到底，茫茫白白。银行，人行道，购物中心，车站，迎面而来的脸，出租车与列车，全都烟里来烟里去，虚幻异常，只有刺鼻味道与喉头干燥异物感，真实无比。让人身体发烧，睡不好。外公就在这样的季节里撒手，医生说，他走到很自然，护士来看时，他就走了，他们也没有不特别做什么。找不到的小舅，永远被隐闭。你跟六个女人阿姨婆婆道别,跟母亲一起走进总车站,回甲洞。

烟霾拖两个月,有那么一天,终于,可以开窗,空气恢复,不敢置信。首先,要把自己拉回来。萝想,于是开始确认每件事物的名字。必须给它们一个位置,在脑海里。现在,是个词汇。现在,我把我自己摆在这个位置。这里。她又想。我的手指,我的鞋子,我的头,我的鼻子。心中念每样东西的名字,斑马线,红绿灯,安全岛,门把,狗,麻雀,凤凰木,天桥,风铃木,时钟花,牵牛花。芒果树。

九年了。到底人变了什么?城市还是一般。单轨火车很慢,班次又少,排队要进去也好慢。几年前它有颗轮子从高空掉落,砸伤一个英文报记者,所以才得慢慢走。系统受过伤,慢也好,你倒喜欢它慢下来,全世界都快。是太快了,徒然耗损。列车在轨道上慢慢爬,好轻的车厢,可以感觉到它会晃。停站星光大道,上来好多年轻人。其实你早忘了多年前的事,如果不是因为外婆入院,情景又有点相似。外婆痉僵了好几天,等到她终于可以开口时,就说,她要讲,把全部都讲出来,"五一三",她要趁自己记得时讲,不能委屈吞咽加诸死人身上的污名。不甘心。如果不是听到这,受冲击,你可能都不会去想,那件事。这么多年,你仍然人在这里,踩着同样缓慢的步伐过活。真正不一样的,不是城市，而是你。即使人在同一处，你也终于变了，不同了。你从来不逃。对很多人来说，逃跑是很奢侈的选项。额头轻靠玻璃。空气跟玻璃一样。好奇怪，同样的车厢，那曾好长的黑夜，不知什么时候，离开了。你仍然记得，甚至历历在目，它却不再伤你，反而平心静气，想，我也曾经这样。我经过了。

探完病等电梯，看见旁边往上升的电梯，飞出一只白蛾，你眼睛跟着它，它颤抖飞一阵，栖停墙壁高处，好平好直对翼，直可媲美那铺墙瓷砖。叫尺蛾。

你都已经生了华发。

直销进来兜售灵芝酵素，叫你们买这买那，说人类身体细胞，七年内就会经历新陈代谢。你都不用这些保健品。不过，这时间表，挺灵。七年前痛不欲生，七年后终于全归零蛋。重新开始。你觉得自己还是得到了某些珍贵的东西。因为你始终不会否定这记忆。因为我想要主动去爱人，结果我得到了，自己愿意主动给出的东西，它兜个圈，回到我这里来。

我不知道，它是什么。

这不是爱情。它超出爱情，在我以为的，预期的，那界限之外。

想到原来，我也可以，为一个根本没有把握的结果，去付出。去妒忌。使我心平气和，使我觉得，我自己应该对所有的创伤敬畏。创伤有我为了安全而剖挖封锁冻结的形状，创伤就是容器，它召唤一个人进来我生命。想到这点，我的愤怒，变得很小，像蓝火；又好像能看到结束，跟继续。

贾米尔

那个马来老师叫贾米尔（Jamil），他来报到时，脸上露出腼腆的笑容。她惊觉，其实已经见过了他。在郎加威岛上，还是学校四月里帮教职员报名，国家博物馆推催的旅游团。其中一趟，坐船游岛，看一处上古积灰岩层。岩石很滑。地壳变动，裂开，滑移的地表，露出岩石一层层，因为海水与风腐蚀，数亿年。这里每跨一步，时间就等于数万年。导游说。

那里还有颗杏仁般的冰河落石，像夹在千层糕之间。当时团员还一起跟它拍照，所以你看到贾米尔，就认出来。

坐在船上，萝有时持着一本画簿，在那里看人，画素描。如果找出来，说不定也画了他。你是个艺术家吗？当时有个人还好奇问。不，不是，她说。只是画爽。

贾米尔只有三十二岁，非常友善。我们是不是见过了？

对，她点头。

我看过你的海报，演出。他说。

她倒有点意外了。怎么会？

他说在地下独立广场，以前，他也叛逆过，玩摇滚表演。那边不是很多海报。

那很久了，怎可能记得。她不大相信。大概是听人说的吧。

不过，真正的问题始终是不能绕过去的。萝想，现在这种情况，贾米尔也会想要紧抓着这份工作。

只要这话说出来，和气，友善，统统都会荡然无存。然而，如果不说，我们的和气就始终是表面肤浅的。

上司交代的工作尤其狗屎。萝还得教他，带他，进入这里的教学系统。

萝知道，设若在最没有威胁性或利益冲突的情况，他们就会要变得比现在更好一点的同事，甚至更好一点，也未尝不可。

他一定感觉到了，每次她听到他讲话的奇怪反应，故此特别小心翼翼地来问她。她继续压抑着内心里奇怪感觉，继续回答这个、那个，那些枯燥乏味的教育部要的文件，学校网页怎么用。这种把人压榨无趣的文件，只尽量分类清楚，一一说明。

起初她还是很生气，后来她想，这不能怪他。有问题的是这个系统，这个制度。就算把文件弄得再好，还是一样烂。

"谢谢你。"贾米尔说。

她忽然受不了了。然而,他又毕竟什么都不知道,萝继续对自己说,他应该是无辜的,但他真的不懂吗?这位置,他无辜吗?我们喜欢友族同胞开明是一回事,然而对于制度问题却不应该存有侥幸之心,问题不会自动消失的。

我到底在干什么?我为什么要受这个?

"不用谢。"她说。无论如何她不想忍了,有必要大声地说,要大声地说!

"当然我也不能要你别来跟我争。可是,这个烂制度!要到什么时候才对我公平?"

的加巫[1]

本来从小路上拐进来时，甘榜都还跟平常一样，有街灯，屋子透光。但在一扭开门入屋那刻，世界就突然变暗了。

贾米尔摸黑入屋，灯扭不亮。

他走到窗边往外看，没有街灯，没有发亮的门窗，只见电线杆、巨羽般的树叶和屋顶连绵起伏的剪影，衬着一弧残月悬照的夜空。

他听见漆黑深处传来脚步声。

"妈？"

脚步声沙沙地从地底走上来。

他想起父亲入院前说的话，老说听见有人在屋里走路。

他胸口一紧，极力睁眼看，但什么也没有。

也许只是老房子，老房子偶尔会有杂音，像屋檐、

---

[1] 的加巫是 déjà vu，既视感的意思。

屋梁剥裂的声音。两只猫窝缩在电视机架子上，跳下来找他。外边有车灯投落一团光到窗户上，什么异样也没有的。他放松下来，找出煤油灯，点亮了，开始吃晚餐。

他的晚餐是路边摊的汉堡包。平时他会边吃边看电视或看网络。他会看宇宙大爆炸、黑洞、单细胞藻类、跨越泥盆纪、白垩纪、直立人类出现的科学纪录片。他遍览视频网站，经常是这些仿效科学家般的理性声音，伴他用餐，往往吃完后他还会继续看上好阵子。这习惯是当年他在北京念书时养成的。当时他很想念家，一直看老家的新闻，经常看到吉隆坡、东海岸、柔佛州，每隔几小时大雨就带来大水灾。

世界末日越来越靠近了。他想，就算有生之年，我不会看到世界末日，也必然能在有生之年目睹气候暖化。

还等什么呢？想做就快点去做吧！

写信给爱妮啊，问问她最近怎样了。

老实说，大白天，工作忙碌时，他是不会有余暇回想过去的。

她是那么自我中心，好难相处，令他自尊总是刺痛，既然要走，就走吧。

不过，等到他去了北京，在朝阳区租个小房，冬天骑脚踏车，顶着脸颊上的刺骨寒风踩去上课的路上，一边腾出一只手用围巾抹抹那因为太冷而流出来的鼻涕，竟想念起她来。

但事情毕竟走到这一步了。

他在租来的房子里独自用餐时，偶然点鼠标看起这些天文片。这些纪录片口音很清晰，正好用来学汉语。

他看到了宇宙最近一次经历的皱波振荡。

一颗黑洞被另一颗黑洞吞并了。时空扭曲过了。

他总想，世界也许会在哪个岔歧点上，把一些事情取消，又重新来过的。

有时他希望目前的人生都是重新安排过的，回到某个过往的关键时刻，可以有第二次重来的机会。

汉堡包吃完后，他揉掉那包装纸，拿起手电筒，走出门。

小路在月色下，看起来就像褪色的黑白照，他感觉自己像走入照片里，却不知道可以走到哪里去。

任意地选个方向，往河边去吧！他许久没走这条路了。晃着手电筒，一路走一路看，只要来到哪段路，有 déjà vu 的感觉，那就对了——世界末日可能就已经来过了，似曾相识，恍若看过：就像照片被剪过后，再黏回来的叠痕。如果追得上时间，趁着那痕迹尚未消失，会看出蛛丝马迹的。

仔细看，到处都是衔接得丑丑的马路，路总是走到一半就结束，又再接过。水泥衔接沥青。黄泥路衔接水泥。巷子路牌名全都一样，只是加上号码与字母

ABC 做区分，到处都是补丁。

贾米尔觉得，他、他母亲和邻居，全都是从遗忘的毁灭中，幸存下来的人。只是不知道，到底自己这一次重来，有做对了没有。

哥哥是在他七岁那年走的。当人们从油棕园沟渠，找到哥哥时，他穿的校鞋好破，沾满泥泞。听说他当时还有气。大人们找了车，送去医院。

那一整天，他坐在楼梯上等，走上走下很多次。他看见哥哥曼的鞋子掉在楼梯下方，其中一边鞋头裂了，像鳄鱼嘴开开。

那场意外，让父亲很痛苦。他哭，一整夜，哭嚎，撕心裂肺的。

他们没有搬家过，贾米尔听过一些谣言，谁跟谁曾经是英雄，是勇敢的人，杀死过几个华人流氓等等。但后来就没有人说了。有些人消失了几年，再回来后都有点奇怪，跟周围有点脱节，常打老婆打孩子。

他记得小时候父亲很安静，他的身体是浑圆的。当他看到别人家的孩子，他会蹲下来，嘴里发出逗孩子的声音，伸出那双厚厚的手，搓小孩的头，脸上表情无比怜爱。他对待猫也跟对小孩一样好，没有分别。他们家有许多猫，最多的时候多达十五只。

他走回来时，看见邻居正在门前洗车，一边跟他打招呼，"还没睡？"

"我只是去散步，"他说，"屋子里太闷了。"

"是啊，太热了。唉，真是一点创意也没有。大选天，大停电。一定是他们搞鬼。"

"投票站的话是应该有备电。"他说。

"我女儿刚打电话来说她那边都还没恢复。唉，明天醒来，我们的国家还会是正常的国家吗？"

他不知道要说什么，只是弯腰旋开水龙头洗掉脚上的泥泞，水哗哗湿透裤脚，他不管。

他踩着潮湿的脚，走进屋里。起初他还想寻找抹脚布，不一会儿，他发现自己根本不是在找抹脚布，只是有点心事重重，想东想西地，走进一间房，又走出另一间房。

雅各最后的时间

窗外的木棉花，一朵接一朵，沿着枝干炽热地相接，底下停车场白线格间，有辆车子兜来兜去兜了很久，还找不到位，他想那车主一定很心焦。

奇怪这样俯瞰，贾玛尔（Jamal）觉得自己可以感受到他人的心思。上苍也是这样看人的吗？迷蒙地，约略地感觉着地上的人吗？祂到底是可以繁无限止地了解每个人的卑微想法，抑或，祂其实粗心大意，觉得我们彼此无甚分别？

有时候，父亲会问贾玛尔。

"怎么可能是错的事呢？"

"错的事情哪里会有一大群人一起做呢？"

很久以前，贾玛尔已经回答了他，如果是本来错的事情，就算很多人一起做，也是不会变正确的。

父亲老想反驳，不过他无论如何都不肯重复说出贾玛尔说的那句话。

他不知要怎么阻止自己的家里被外人入侵。那些黑黑的、灰灰的人。每次用完咖啡以后，他们就出现了。喊他的名，雅各，雅各。"你又喝神水吗？"他想抽烟，但打火机怎么也点不着，"淋点火水[1]比较容易。"在他上大号过后，去洗手时，声音也会来："洗不掉的，无谓浪费水。"下楼时，"直接跌下来比较快。"在他坐下来，想开电视看时，他们又说："尽量看吧，迟些你就什么都看不到了。"

他整晚都不晓得在看什么。

终于关掉电视去睡觉。

这正合这些影子们的心意，他们就等他拉上被单，蒙头盖被。他们很清楚他的事，知道他妻子刚过世，她很可爱，他们说，真想念她以前剪下的时钟花插在瓶子里。

他睡得很不安宁，感觉到压力。

起初，他只是把沾满汗水、血迹的衣挂在墙上。以这动作，宣告自己绝不是一个任人践踏的人。

在这之后，原来挂衣服的板墙，变得有点深色。

等到近月底，满月那天，月光很亮，墙上那抹痕迹拉长了，色泽更深了。

那抹痕迹就从墙上瞅着他。唤他。他听到自己的

---

[1] 酒精的俗称。

名字,一回应,它们从墙上挣离,活了起来,在家里四处活动。

它们不停嗡嗡地对他说话,咬他的手臂,咬他身体。

他睡得不好,后来只好搬出卧室,把门锁上。

他不再当农夫了,巴冷刀早已丢了。三十几年来,他住过公寓、廉价租屋、店屋楼上。做过水喉工[1]、挖沟渠,一直看着泥土,滴汗入土,第三、第四、第五个孩子相继出生,影子终于不再干扰他了。

四年前妻子过世,送她出殡回来以后,当晚他在家里就听见了那些话。"要做什么就快点做吧,趁你还活着。"像他妻子的语气,但那声音完全属于陌生人的。

当他坐下来看报纸,那声音也插嘴:"全都是骗话。""鬼都不会相信。"

没有电话铃响。灶头是冷的。他自己煮水,冲即溶咖啡,把日子过得跟以前一样。在屋子走来走去,让脚步声与呼吸填到每个角落。

白天过得很快,一下子就天黑。

黑夜却好慢,不知何时才过去。

六月底,他接到电话,一个同乡儿子打来的,说

---

[1] 水管工。

他父亲肝癌末期了，没有多少时日，父亲经常在窗边呼唤着亲人、朋友的名字，这几天也有念着雅各伯父的名字，念着念着，都好几天了，刚刚才知道您电话。

病人与他，其实已经二十四年没再见面，原来还住在万津。很久没回了。计划要搭火车去，但火车很慢，又不准时。还是该快点过去，可是德士很贵，几经犹豫，心想，毕竟也不是多好的关系，他还是去了火车站，没想到等了一小时，还没来，听说车坏了，车厢翻卡在轨道上。于是，他又爬上楼梯，出站，到马路边遮拦德士，这样就花掉二、三十几块。在德士上，他坐着阖眼，唉，车停停走走，胸口好难受，头好晕，他会晕车，不时又睁眼看一下窗外飞逝风景。看高速公路上的高架路牌，绿底白字，一个接一个切过。坐在车里，他有种感觉，好像被隐形的绳子推往什么所在，一关一关地，被拉回去。回？真不知该说是回，抑或"去"。但等到抵达，弯入甘榜、园坵，车子沿着小径慢慢走，途中有好段路，看得见冷岳河，旧日风景，顿时，密密麻麻的感觉爬上心头。

那朋友曾经在某次，在马路边挖沟渠时，突然对他说，不该去的，早知道不要去，又说这件事不对。什么不对？他问。杀人啊，会有报应的。当时，他觉得，那是个笨蛋，畏缩，不能承担。这件事，他说，如果你怕，以后就不应该再讲，忘记它，也不要跟别人讲。之后，他就避开对方，保持距离，若路上遇见打招呼，他也不笑。他们就慢慢疏远了。至少有二十年，他完全不再想到对方。

到他朋友家了，那里还是种满香草与芒果树，原本的高脚屋改建了，成为崭新大屋，底层是水泥，上层是木板，漆亮丽的黄色。前面铺了西敏土，停着一辆灰色的国产休旅车。那个四十几岁的小儿子，长得很好看，名字叫贾米尔什么的，还在等他，接他进屋。坐在床边，看着从前的朋友，模样都不同了，他盖的薄被是一块沙龙布，双脚伸出来，脚掌小腿都水肿，整个人完全是松皱皱的皮囊了。只有脸，还能依稀辨识出那轮廓。

原来我们身上也有东西是不会变的，一直在骨子里，既熟悉又陌生，然而，对于同一个人，有时，我们也竟然会觉得，那只是一个相似者，而不是同一个人。他很震惊，不禁感伤。病人也没能讲什么话了，眼睛只睁开一缝，知道他来了，有好几分钟，睁大眼睛，努力保持清醒。他就坐着，有阵子，他觉得庆幸，至少，自己来了，有在场，这一刻，也希望对方不会孤独。但没多久，那人眼皮便又垂下来，入睡。

是告别的时候了。

有时候会听见脚步声在屋子里，沙沙、沙沙地，走进走出。从一间房走到另一间房。

"雅各，雅各。"影子们继续唤他。

就算把房门都关起来也没用。就算出门去，改换道路走，那脚步声都在前方，沙沙、沙沙地，等着他跟上来。无论他怎么换方向，只要往前走，它们就在更前面的地方，等他。

很多人来到他床前。

"你今天胃口好吗？"

"你好像开始麻痹了吧。"

起来，测一下体温。

"你别劈死医生护士才好。"

天使簿

雅各死了。

眼睑阖上了,但他仍然看得到房间。床头小柜上还有他用来喝水的塑胶杯子,床脚还悬挂着他的病况记录板。这感觉很奇怪,仿佛他同时醒着与睡着,有一个清醒的他望着床上沉睡的他;不仅如此,还能同时看见墙内与墙外。看得到各种细节:芒果从枝梢掉落压碎枯叶,落到地上的一些果实已经烂了,露出的果肉里有虫子在钻。毛虫在叶子底下吮吸汁液。这一切吸引了他,他很久没离开过屋子了。

你死了。黑影们继续跟他说。

我无罪。

他们说,这不用跟我说,有本事就跟你的真主说去。

于是他决定出发去寻找真主。

一个夜归骑士亮着摩多车大灯,拖曳一尾长长白烟掠过木棉树下。沿着沟渠边的小径上,有年轻人三五成群，吞云吐雾，谈谈笑笑。

他有个新发现，自己视线竟能如 X 光般穿透一间间屋子的水泥墙，看得见那些激情消逝了的老人躯体，是如何在吃着饭时就想睡觉。他的视线继续像鸟般掠过屋檐、电缆线与回教堂，他想，真主一定就在那里。但真主的位置神秘，不是他能看得到的。

飘飘荡荡地来到十字路口，四周围有一栋栋并列的旧公寓，每栋公寓外边都有一个螺旋状盘绕上升的救生梯。这螺旋状的楼梯吸引了他。

他朝那里移去，来到公寓底楼，看见几个老男人坐在长椅子上聊天。他们在高谈阔论（这些华人老是以为他听不懂华语和广东话），大声讲马来人坏话和大骂政府只顾给马来人喂奶。

"他们哪里舍得丢掉枴杖！"

他生气起来，诅咒他们。

"现在跌倒！"

然而没有用。他们听不到他。

他想抓石头扔他们，但他的手是透明的，什么也拿不起来，什么也摸不到。

他想起，他已经死了。他如今只是缥缈虚无的灵魂，没有了肉体，他什么力量也无法发挥。到处都听到有华人在破口大骂。他甚至开始感到不耐烦，因为那些内容每次听起来都差不多一样。

起初他很烦躁。更糟糕的是，他忽然发现灵魂沉到泥土下面，几乎是在沙石中艰难穿行。他因此不得不留在现场，听那些他很讨厌的华人胡说八道。

他发现自己无法报复。他诅咒，但是完全没有效用。

人们去了又来。树叶掉了，橡胶树变红了。交通警察半夜来设路障。他就目睹警察们要挟咖啡钱，贪污。别把钱拿出来，别人会看到，警察这么说，他们把罚单簿子伸进车窗内，让对方把钞票夹在里头。不过他什么都能看到听到，只是无能为力。

有时发生车祸。救伤车来了，但人都死了。

到处都是影子。世界充满了阴影，变幻来去，像梦一样。

有一天，他突然看到一团光亮的东西，像月亮般浮动在十字路口。

那是一个天使。那时，他终于能动弹些许，就谦卑地昂头看天使。天使问他：

你怎么还在这里？

他说，告诉我，我有没有罪？

天使说，你不是已经知道了吗？何必问我呢。我无论告诉你是或不是，都不是你获得的经历。

我想见真主。

天使说，真主没有形体可以见，所有的人都要等到审判日。

他陷入了深深的失落感，迷茫，愤怒，痛苦。因为他生命结束了，不能再经历了。

要去哪里？要去哪里？要去哪里？

他已经死了，怎么可能再去"获得"经历？

他花了很长的时间，跟在城市里的男人与女人后面。没有人对他感兴趣，他开始妒忌那些活人的眼眸，尤其当那些出来约会的男人与女人（还有些是女人与女人，男人与男人，后者在他看来更甚亵渎神明）相互看对眼的时候，他们的眼神熊熊燃烧，喷出电火。无论他怎么咒骂，"叉死你"、"再吃跟喝就鲠死你"，那些人依旧眉来眼去。

当恨与嫉妒最极端时，他发现自己又再度陷入泥铅中，动弹不得。

他老是会被困在这些心里最讨厌的场所。人们喜欢卿卿我我。肌肤相触，经常是这样的，胳膊不安地碰一下下，膝盖也碰一下下。他看出他们心如鹿撞、掩不住的喜悦浮现脸上，乱淫荡的，真可耻。

他继续困着。恨着。诅咒着——他发现，每当想诅咒什么人，他就变重了。用尽最后一丝灵体之力，却什么也没能实现。

他只好放弃那点诅咒的企图。

愤愤想着，有一天你们也会像我这样……心突觉悲伤。

变成鬼，所有鬼魂都很孤独，没有人会跟鬼作伴。鬼又经常不屑跟鬼作伴。因为鬼很悲伤。

他想念自己的妻子，想起她剪下来的茉莉花，茉莉花到处都有，只是她哪里都不在。

悔恨油然生起，酸涩涩的，他脆弱了，一脆弱，却奇怪地发现，自己也松脱了些。

就离开土地，飘动起来，去寻找茉莉花。

餐馆四周围也许有蛮多花树的，但麻烦的是餐馆周围有很多狗，由于狗看得到幽灵，会朝他吠。他始终不曾学会怎么对待狗，或哄狗。

他继续回想妻子会喜欢的东西。

一条挂在晾衣绳上薄薄的丝绸围巾，他对它用力吹一口气，它飘下来，落到草地上。他进入人们的家，使劲把桌上的一张报纸吹起来，不过报纸底下什么也没有。

红艳的木棉花凋谢了，树上长出了蒴果。蒴果爆裂，木棉花絮散在路旁的杂草堆中，像雪花一样。

随着木棉花絮飘飞，他又再遇到天使。

你好像变了。天使自己也沾了满身的白色棉絮，一边好奇地打量他。

我杀过人，我要忏悔，我要找真主忏悔。

我无法帮你引见真主。

我该去哪里忏悔？

那你何不回去看看？

回去哪里？

你觉得该是哪里，就是哪里。天使说。

他像尘埃那样，在这个他不复存在，不复能给人看到的城市里继续翻滚着。有时他觉得自己在塑料袋里翻飞，越过马路，差点给车子冲得溃散。有时，他发现自己落在猫尾巴上。有时，他发现自己给贴在一张宣传纸的黏胶带上，在马路上飘来飘去，给鞋子踩来踩去。

他根据路牌，或天桥上的招牌，看着建筑物，努力辨认，一个地方，接着一个地方。

他继续翻滚，途经一个绿底白字的招牌，上面写着秋杰路巴刹。正是这里，正是这一带，他战栗起来。这里的气味异常浓烈。摩多排放黑烟。鱼、虾、鸡、鸭，各种死去的动物都在流理台上切割、秤重、包扎，从骨头到内脏都可以算钱。潮湿的流理台上，血水滴落。

他附在一片羽毛上，当羽毛降落到血水和泥泞鞋印叠黏答答的地面时，一只老鼠，从料理台下阴影里，睁着漆黑的、冷酷的眼珠盯着自己，让他心里一寒。幸好行人们来来去去的急促步伐，在地面上搅起了细微的气流。

他跟着气流飞出去，飞到大街上，秋杰区已是酒店林立。商店都是新的。屋顶上面都架设着讯号台,一支支,东指西指,密密麻麻。

缺席的一九六九年

国家档案局很宽大，只是少了一九六九年。

所有的旧报章给装订成册，硬皮封面，坚固得像书墓碑，必须抬起来，小心放在木架子上，才可能跟眼睛形成舒适的阅读角度，然后翻阅。

有年岁的纸张非常脆薄，时间蛀食报纸，一不小心会弄出屑屑。

在这些厚甸甸的剪报大书里，一九六九年五月是失踪的。一九六九年五月，可以出现在全世界任何一个国家的图书馆与剪报资料，只除了这里。

计算机系统，也只释出了一些些让人感到愉快的图片。

她知道，在那段日子里，有人看着暴徒在家门前倒油点火。看着家对面有人被斩杀，给切成一块块丢进池塘。惊骇恐怖，却长达五十年都没说任何一句，子孙也不知道。

在那段日子里，报章上一片和平粉饰。政府原则上尽量"少做","低调","时间过去大家就会遗忘"。故出现的都是愉快轻盈的文章，比如"戒严两周我们如何度过"，阅读一本书，去废矿湖游泳，玩牌九，赌二十一点，学书法。但就是不会有：家人的最后一面，民防巡队少年守夜的经历，鸭池塘的浮萍是不是都可以吃，该怎么捞怎么煮，酒店里的无头女尸，胎儿连脐带从破开的孕妇大肚滚出掉落戏院阶梯上。

民防巡队十九岁少年持着菜刀坐在最近大街第一排木屋墙边的木凳子上，腿和手停不住发抖，因此不得不整晚靠着一个大铁桶。军人任意开枪，许多壮年男人死了，许多女人成为寡妇。很多事情让人震惊到沉默。

她在某座 S 城遇到一个印度人。高大，松蓬卷发，手脚瘦长，往桌上放下档案的大手，指关节又大又明显。

她听了萝的问题，乍现惧色，接着露出微微诡异的笑容，突然退后，作状贴墙聆听，再跑回来，压低声音，小声地说。

很多年前，我曾看过，每个文件夹封面上都画了大大的 ×。里边照片，只要看过到死都不会忘记，整条马路跟池塘都是断手断脚断头。很多乌鸦啄啄啄。他们（不能告诉你是谁的他们）就把这些文件夹都带走了，没收了，到现在，都没放回来，也不知还在不在。

剧场海报上面写着：

请柬
死去的亲人 灭绝的动物
软弱的灵魂 蜕变残败的虫子
囚笼里的老虎 大象 鳄鱼
今晚我们相遇

一连三晚的夜间动物园，就在独立广场底下，沿着螺旋梯一级级地走下去，走下去时能听见自己的鞋跟敲叩声。

所有我听过的伤害的故事，全都像对镜孪生般有另一个反过来的版本。第一个在文良港被杀死的人的谣言，是荒谬的，谁也不明白为什么死去的华人孩子，会被谣传成马来孩子。我们的剧场制作了一张宣传海报。过去是这样一张脸。左眼与右眼并不看见同一个世界。

遗忘给了我们一张面具，遮蔽了罪疚的感觉。记忆不请自来，但来的总是不同的东西。夜里，它像一个幽灵钻进被窝里，伸出冰冷的手爪轻握你的下颚，刹那痛苦袭卷，使你忍不住尖叫。

第一幕剧：蛾眼睛

我们每个人都知道这里是受伤的国度。人们携带伤口，像蛾脸那样背着。除了自己，每个人都看得见。不要胡说别人背后的那张脸噢，母亲这么复述祖母说过的话。那是很鲁莽很不礼貌的。我知道她为何那么说，因为他们背着的那张脸，我们也有。

不想说话的时候，我们会看看星空，这样就能稍稍舒坦，好像就能暂时脱离那道极度奇怪的，倾斜的地平线。

很多年前，我的祖父打过我的祖母。几十年来他每逢吃饭时，总坐在祖母右边，从那边看不到祖母脸上被拳头碎凹了的颊骨。看到那一边凹扁的脸颊，总令他心里很不舒服。

我祖母不记得当初是怎么来到这里的了，她觉得，像是从一间摇晃得很激烈的屋里跌出来的。屋子飞过了胶园、火海、屠杀等等之类可怕的场景。她在途中曾经失去过一个小孩。本来在屋里玩耍的孩子，在屋子摇晃得七零八落时，从窗口掉了出去。

我和我祖母，以及我的母亲，都觉得我们同住的屋子再也不会变好了。地板是歪的，侧向一边。本来是长方形的鸽子楼，几十年下来，渐渐变成歪歪的了。我们必须适应这份不平衡的感觉，因而就学会了歪歪地站着、坐着，无论是洗澡还是做饭，日子久了，我们体内的骨头叠扭扯拉地重组过，直到我们都觉得这样生活也可以，且习以为常。因为我得生存，别人也得生存。为了能够一起生存，我们就同意那份契约，把过去遗忘了。可是从那时开始，屋子就慢慢地变成了漏斗的形状。

万事遗忘，遗忘会让人比较舒适。在告别的空气里，只有茉莉花香才稍稍让心里抚慰。在七月里，每天傍晚七点钟开始，祖母种的茉莉花绽开了。厨房、客厅、房间与折叠起来的衣服里，到处弥漫着茉莉花微涩的清香。

在这里一起生活还不错，因为我祖母、母亲和其他人都很善良。只除了那年复一年越发倾斜的焦虑感。地平线是倾斜的，走到哪里，都感觉不稳定。可是大部分的人却声称，他们觉得很好，很平啊，没什么问题。有时在巴士车上、或上班打卡时，我又强烈地，有身在失重空间、正往深渊跌落之感。但我总是无法证实。仿佛在地平线底下，有只怪物正在吞噬、拉扯地面；那种只在梦中出现的怪物。

这间倾斜的屋子、这歪歪的楼板，这感觉不对劲的，老让人觉得无立锥之地、得像壁虎那般学会吸附于壁上的生活，都可以忍耐点，继续撑着吧。

梦中怪物并不在白昼里出来捣乱。因此白天里大家总是很好，只要别把心里的疙瘩掏出来讲。

比如说，关于那道奇怪的地平线。因为"倾斜"变成禁忌了。"歪斜"、"歪"，也是禁忌。但你也常看到这些禁忌的字眼出现在厕所门板后面。有时你会看见别人家的时钟、照片、画，在墙上不知怎么挂歪了。然后就想，我们家也一样啊，没有任何一个家庭的轴心不是斜歪了的。

离开是没有用的，曾经离开的人说，其他地方的地平线也很奇怪，可能更奇怪。

在必须拱弯起身体行动的屋子里，屋子越来越矮小。地板里凹陷的部分，也越来越脆弱。我们的床都搁在歪斜的地板上。其实床好好地摆着，可不知为什么，总觉得所有的家具都正在滑落，地板越来越薄。梦有时会复制出另一个倒过来的尖锥体，去平衡眼下那个越发艰难的漏斗。有时候，梦境里毫无魇变。我们打开门，看见外头空空如也。

住在尖尖锥形屋子里，一年年飞逝越快。我的祖母已经不再晓得事物的名字。她不记得炉竈旁放盐、白糖与茶叶的地方，水果的味道，去诊疗所与巴刹的路。像刷牙、爬楼梯、梳头发等这类动词，她都说不出来。

我们并不想重提悲伤的往事。每当祖母想起一些些，想说却又哑滞难言时，我就会觉得难受，好像胃里有一条蛇盘蜷，散发出冰凉的腥气堵着呼吸。

如果她们什么都不提，我将会继续在失忆中感觉舒适，同时又得习惯那种濒临失重的惶惑与愤怒。

我经常看见人们聚在房子里，激烈地说话。在这房子里说的话，另一边房子的住客听不到。尽管这一边的人大声说，但另一边根本听不进去，活像他们只是在对树洞说话。也或许，另一边的人其实都听到了，但是不敢回应，不敢说，我听到了；只怕听到的话，会像针那样，尖尖地刺进打开的心里。那就很疼痛了。

我也害怕，每句话会否失了准，如巨刃般落下，竖立成巨人的墙壁，谁也跨不过去。

除非你有魔法的语言，可以抚慰所有人的伤痛。可那会是什么语言呢？

心里隐隐作痛又无法追溯那来源时，我就学祖母与母亲，抬头看天上的星星。她们经常连日历都不用，光看月亮，就知道今天是什么日子。

我背上有跟你一样的脸噢。母亲对我说。翻过来是一样的噢。

这简直是我想讲的话,她说得好像已经看懂了自己背后的那张脸。

此刻我背后的表情,必然遮覆着一个还在悄悄颤悸着的孩子。我已经给外边刺激了一整天,我知道,我也许就是那株不该被培养的野草。整个白天,我伏在小窗前往下望,看到街上有一大群人示威,拒绝平等。我们不能忘记过去,不能失去尊严,他们喊,平等的话,我们会灭绝的,我们不能灭绝。从嘴里囔出来的口号声海,听起来就像有人拼命挥旋着黑暗噩梦的破布袋一样,如牛屎那般硬的话语就啪啪筛落整条街。可是在整个游行队伍背后,他们的每张蛾脸霎明霎暗地闭闭合合地翻扑,像另一片惊惧的海涛无声地流过窗子底下。然后到了晚上,国家电台就说,这里毕竟还是美好和谐的国家,所以让我们继续维持原状。

我早已习惯了失望,这并不奇怪。

我和我母亲昂头往上望:满天星光,针刺破的细小眨光。有那么一瞬,那从我的颌骨底下浸透面颊的苦涩感倒还真的消失了。

妈,你如果累了,就去睡吧。我说。

天空就像西瓜一样嘛。母亲却说。

是啊。我回答她。

不知要在哪里，才有那种可以倾听蛾脸们的语言呢，然后，这些喧响与沉默就都能抵达到地平线下的怪物那里去。

星星底下，母亲背后的蛾眼睛久久地，久久望着我。

第二幕剧：半边人

不久以前，当军队还在两人抬一个，把尸体放进挖好的大坑洞里时，有这么一个人，挣扎着从白布里爬出来。

军人不晓得看到的是什么。布没裹好，两只手从白布里伸出来，撕裂，白布落下来，露出那个几乎给活生生劈成两半的人，只在下腹部，靠近阴茎处才稍稍衔接，往上看，他的肚子、胸膛、脖子、头颅，都给刀斩劈两半。

这个活生生被劈成两半的人，踩踏着其他尸体爬出坑。左边的眼睛，右边的眼睛，各往左、右、上、下，骨碌碌地转了一圈。

军人没见过这种情况，瞠目结舌，只有几个医学院实习生，大喊一声。那活生生快被劈成两半的人，给吓了一跳，拔腿就跑。

军人在后面追，那个复活的人来到一条分岔路口，左与右，无法一致，就在那路口，硬生生地撕开来。

往右边跑的半边人，跑向森林，跑到深山里去。那小径绕着小山丘回转，绕了一圈又一圈，跑得他晕眩不已。世界到底怎么回事？为何像贝壳一样旋转？

半边人终于抵达到一个移民开垦在内陆的聚居地。

半边人跑过稻田，田里的农夫们困惑地看他，以为他是怪物。不过，毕竟是森林荒地，什么怪事都有。

所有的人围过来看他。他就像一张给撕开来的照片。从右边看他，跟常人无异，但从另一边看，就见到人被世界啃过的样子。

"你是谁？"

"叫什么名？"

"从哪里来？"

半边人张开口，想说，却想不起。

他记得自己骑着一辆摩多，风驰电掣，来到某个大大的交通圈，本来需要转九点钟，只转到一半。

各种蒙太奇般的画面，在半边人脑海里走马灯般掠过。

"到处都是死人！""乱葬岗！"

一切的一切，欢乐、爱，都被剥夺了。

还有些画面想到就特别疼痛，心碎，却说不出来。

啊，乱葬岗，原来如此！他们对乱葬岗很熟悉，饥荒、战争、肃清、乱葬岗。

他们就按照自己的方式,去懂得,眼前这个半边人的经历。

"看来外边还没有平复,唉,自从整个半岛沦陷以来就生灵涂炭……"

半边人有点困惑,他就问他们,"这是什么时候了呢?"

"一九四五年呀!"

半边人突破时空,回到了过去。

以后,他就成为了山里那群开垦人的其中一员,从一九四五年、一九四六年、一九四七年,从战后风声鹤唳的,在马共与马来人之间的报复行动,一直活到一九六九年五月十三日那天。

另一边的半边人,则往大马路跑去,跑到城市里。

街道上都是光亮的落地玻璃,像芭蕾舞练习镜般,映照路人,跟街道一样长无止境的镜子。围着他的路人,个个手上都像擢着一颗星,随时对他放射无火的冷光。

"什么东西啊?"

"怪物!"

"AI?"

"也许是复制人实验失败的产品。"

半边人无处可躲,每条街道都有人用镜头在追踪他。

不过他发现只要自己豁出去,往其他人冲,其他人就会闪开,尖叫。

接着,警察来捉他,用网、用电击棒,包抄他,捉到后就盘问口供。

"你是谁?"

"叫什么名?"

"从哪里来?"

他什么都不记得,心情很恐惧,非常混乱。

"照一下条形码。"

他挣扎着,还是被捉去了当实验观察对象,被当成动物对待,真难受,憋气死了!

医学院的人把他埋在医院后方的公共葬场,也有点像是乱葬岗,几天以后,他又复活。

他从很久很久以前复活。

那时,种族,地理、物产还没有给发明出来。宇宙只比黑洞大一点,星星之间的距离突然拉远,像梦一样无法抵达。

宇宙就像飞扬的尘土,一群蜜蜂扛着尘土,嗡嗡群飞,有一只熊拼命伸掌击打。

发出了极高赫兹的声波,扭曲时空,天地才刚成形。

半边人孤独地在盘古大陆上生活。他很难死,之所以能复活,就因为这身体细胞刚好是不死之身。

冰河时期来临,他被封在冰块里,冬眠了,随海漂流，到退潮时，掉落在积灰岩海岸上。那地段刚好在孙达洲边缘。

又有另一次醒来时，白垩纪与人类纪都过去了。

其实中间也曾醒过的，经过一些事，翻来覆去翻来覆去，冬眠那么久以后，回想起来，全都只像梦的一瞬光影。

地壳又再变动了，地球只剩下北边欧陆的一大片，和南边澳大利亚的一大块。半边人醒来，在震动不停的地面，跌跌撞撞地走。

到处都是一片荒凉。没有人，没有屋子，也没有稻田。对地球来说，孙达洲仅剩它最后的几天。

他没走很远，就在一座洞穴前遇到一颗骷髅头，它本来埋在洞穴深处，地壳变动把它推出来。由于长期隔离氧气、太阳、雨，骷髅保存得异常完好。他甚至还能听得见它坚持的意念，这意念好固执，那么多年后它还在那里喃喃自语。

不要让华人和印度人来跟我们共享这个国家，不要放弃我们的特权地位，因为我们以前受过英殖民的伤，我们受过华人剥夺的伤，我们要保护自己，不要让历史重演，不要灭绝……

他以前很讨厌这个声音，可是好奇怪，现在倒是这声音让他辨认出，自己从母胎出来的地方，原来就在这个位置。

他蹲在那里听了好一阵子。

真是毫无意义。就放下它，继续往前走。

到处尘土飞扬，没有生物。也没有阿米巴。好热，很快又会变成永恒与黑洞了。

第三幕剧：平行的路

  火车碾过轨道，当当。一节节车厢长得看不到尽头，没完没了。车头前，落下了，防止闯入撞火车的栏杆，一直拦着，不知几时才要提起。

  轨道栏杆前，停着一辆车子。车里司机，对这一刻，迷惑起来——但什么是"一刻"呢？手表与手机显示的时间，尽管才过一分钟，感觉却不止。

  火车依旧轰轰，仿佛这是一列无起点与终点的环带车厢，头尾相接，就为了拦住他。

  仪器板上的导航图画面里，有另一条平行路，让他很在意。又直，又宽，发亮，带点粉红色。

  但转头左望，却只见荒野，猫尾草。雾霭四野。

  黄色警告灯一直闪烁，当当、当当，响不停。

  他终于不想等，离开车子。一步步提起脚，暮色苍茫，涉走深渊，只能凭脚踩落地，才觉有承托，但每一步，都不知下一步，越走越深。"迷路了！"他惊恐四处张望。现在他已经彻底陷入另一个时空。放眼四望只有猫尾草。

有一把声音,沙沙、沙沙分开荒草。

沙沙沙沙,他仔细倾听。

左脚轻、右脚重,这是个跛足的人,他想。忍不住呼喊,"喂!哈啰!"

那分开草丛的脚步声停顿,风声。依旧没看到人影,但他大声问。

"你知道那条直路吗?过了这片野草地,应该有一条又平又直的大路在那一边?"

那把苍老声音回答他:

"要小心又平又直的路,真正的路都不平坦。"

"高速公路不都又平又直?"演员说。

"它耗费你的金钱时间与汽油而已,开车开了二三十年,从南到北从北到南,你以为你去了哪里。"

"我们没有去哪里,"演员说,"每次出门都是想要回家。"

你现在要回家吗?

我现在要去博物馆。他说。我在博物馆工作。

这么夜了,你还要去工作。那漆黑中隐形起来的老头,声音哑喑痰浊。

不,不是,我正要回家。他有点糊涂了。

你应该走看起来比较不舒服的路,看起来崎岖的,不容易的路,是比较真实的路,所有来自森林的人都懂。沙哑的衰老声音说。

舞台上搬来了硬纸皮屋子、硬纸皮天桥。一座硬纸皮城市。

那个在博物馆工作的男人,不知自己身在何处。不得不蹲下来,问路边的幽灵,因为他没有别人可问了:怎么回去火车路旁边呢?

火车路?我们不知道。

那已了无生命气息的橡皮脸,转动着眼珠子这么回答。

怎么出去呢?

"不如,"幽灵伸出白骨般的手指,朝阴影深处指去,"你走那边看看吧。"细瘦天桥,残破,摇摇欲晃的。一个又一个,指给他看。下了天桥,来到小路Y分岔,T三岔,十字路口,一路踩报纸、踩布条,拖鞋、碎砖、碎玻璃樽,好几次,他几乎坠落。因为玻璃碎,再加上鞋底的潮湿水汽,割破了纸天桥。天桥好长。到处都是血。"选举胜利"、"反对选举"、"抢回我们的至高权力"……

无论走到哪里都是一堆纸皮。公寓、车站、栏杆、国旗、马路。斗大的红漆字眼,Cina Babi(华人猪)。"誓以鲜血清洗"。纸邮筒、纸电箱,也有标语,"我们爱我们的国家"、"这个国家是我们的"……大字小字,有马来文、华文、淡米尔文[1]和英文。

每个路口都有一个幽灵。

你找路出去吗？你要是出去，就帮我带话给我的亲人？

演员答应了。

幽灵就凑近他耳朵说一句话。

幽灵的留言很冷，像刀让他从耳窝到心脏都冻痛。他踩着一边重、一边轻的脚步，继续往前。越来越多幽灵迎面而来，全都潮湿寒冷。演员感到脖子更酸痛了，骨头像结冰，就更加吃力地往前走。

越来越彷徨，不管怎样走，路最后都会来到一道铁花滚笼，跨不过去。时间就在这边界停了，○。怎么都走不出。

连巴士车站也有幽灵栖息。

起初他没停，视若无睹，直向前走，途经公寓、旗杆、纸邮筒、变电箱，鬼打墙回到文良港，幽灵惩罚他。

重复兜回三次，只好低头，问巴士站其中一个幽灵。要怎么离开这里？

你可以跟我们一起等车。

他就陪他们等车。

等了很久很久。

---

[1] 印度人的母语。印度人是马来西亚第三大族群，占六点二百分比。

时间像死了一样。

每次他问，车什么时候来，幽灵们总说，等一等，才一下子。

你怎么来的。你父亲呢？他还好吗？这些幽灵问他。他也有被烧吗？他有被剁吗？他有被劈开头吗？他有缺胳膊吗？

感觉像灰烬一样苦，从耳朵沿着下颚渗到他口腔里。

他很口渴，想喝水，想起了从前，小时候寻找水，挖土，铲尖插进土里，挖了一阵，要停下来，捏捏一下泥土，要感觉泥里有水气才好继续挖下去。但如果不继续挖上十尺，谁也不知道这底下有没有水源。

水就是一切。就是活命，可以滋润，渗透泥土、岩石，长久滴穿，冲溃所有的防卫⋯⋯

仿佛是在呼应他内心的不安。漆黑中，出现了一道光。响起了车笛声，马路上两队开路警卫，打着纸鼓，大人物出现了。

好多幽灵就把眼睛掉转去看那来的大人物。

我们是牺牲的，我们是无名英雄，我们弄脏了自己的手、自己的身和心，我们心上的创口还在淌血，没人看得见。

我们杀过人。

但在马路另一边，反向的路上，又有另一些幽火在说：道歉吧，你们得跟我们道歉！为了国家之名所做过的事，撒过的谎言，恐吓我们的痛苦，一直到天荒地老，这道歉的日期是没有尽头的。

至于那个大人物，他嘴巴张开，除了说，哪、哪、哪，之外，就没别的了。嘴张好大，好像在笑，可是眼睛没有笑意。对这一边，他哪哪哪，对另一边，他也哪哪哪。

面对杀人这件事，他什么话都说不出来。

妻子告诉他，一个死了三个孩子的五十岁峇迪族母亲，乘筏划水，离开被土地局定义为家的村落，朝向森林，回去父母住的森林那一边。

自从有了划地为界的原住民村，国家就想让峇迪人停止游猎。政府好意地给他们门牌地址跟水电，借由这样的措施，森林就属于国家的了，可以盖水坝，伐树桐，挖矿。

两个男孩与一个女孩，二九、二六、十八，一个接一个发烧、呕吐、拉肚子，明明离海那么远，竟像溺水般呼吸不了，一个接一个走了。是黑色诅咒吗？水池脏脏？村长说水坝的水有汽油的味道。

她把孩子葬了，按照原来的葬礼习俗。他们的灵魂将会给老虎、熊、老鹰，带回到森林去吧。

好想念、好想念啊，每天醒来，总想着要去哪里看他们。

越来越难忍受这村里的一切,她独自划船越过河,回到从前的森林里。森林里终日阴暗,没有水电供应,父母也早已过世,没什么亲人了。她得孤独地,住在潮湿、浓密的原始森林深处,不与人说话,不对人解释在她身上发生的事,只是沉默地生活,摘果实、打猎、喝雨水。

不知何故,那峇迪女人渡河回到出生伊始的森林,我会一遍又一遍地想着,早也想,晚也想,她说。

没想到妻子竟然如此投入于那个原住民女人的故事,即使她们根本不是同一族人。他无法打断她。

牺牲。

牺牲(Korban),是他父亲教诲他最多的语汇,人类崇高的美德。

"生命就是没完没了的牺牲",道德来自于牺牲。

透过牺牲欲望低等的满足,我们就有可能成为道德高尚的人。

他发现自己沮丧,忧郁。好多年来万事部署,却对心灵的无法可施。可以获得权力,却不总能做你自己。自己是个奇特的神秘发现,遥不可及,比什么都遥远。

说不明白为何他们会信任这根绳子不会断裂。当人走在高处,在悬崖边,面对脚下深渊,极恐惧孤独,却幽生爱念。

确实那时他们都在吊桥上。桥很长,深渊底下灰绿森森,虚空寒冷广巨。

吊桥释放了他,内里炽热,外边寒风剥刮。他梦见背后悄悄裂开一条缝,就像剥壳,他就退出来,怎么原来一直有这个硬壳。它最核心的膜片藏在体内,包裹心脏,如小铁片。

脱下的壳皮又来找回他。

它在他恐惧时回到他身上,迎面而来,从额头、鼻子、胸腹,深入心口,覆锁。

年底,黄浊色洪水溢出了鹅唛河,洪水淹没许多花园住宅区,以前不曾淹水的地方,大水蛇入屋。整栋屋子刮飞,仅剩一座水泥楼梯孤伫荒野。

大停电,走廊亮起紧急照明。一个个看了几百次的陈列柜,石斧、原始人的土。石器时代出土人类的仿造模型,农耕犁,标定牢固简短的说明。以前有人跟他说,博物馆应该像方舟,抢救灭绝动物般保留历史记忆。

"以为有记忆的时候,其实遗忘就更多。"她说。不过是残骸。

博物馆不过是以一些明亮的记忆来抑制黑暗的记忆。

雨水猛戾，嚣末日。父亲回来的戒严夜，无灯火，恐怖又平静。恐静症，整夜踱步，每一夜，即使戒严解除后，他还一直在动，走，走得像时钟滴答。

他把自己蜷成一只耳朵。世界的声音听起来不一样。屋檐的敲撞，大风溜入檐墙隙，这鬼号声，远处的海潮声。他秘密地听到所有的声音。

"种子很硬，像死亡的核。如果你要进入种子，你就得经历死亡。"她说。

"死了，埋进泥土，心、脑与背都给打破了，幽灵的眼珠嵌回头上，而且向内，瞳孔也朝内看，就成为真正的鬼了，此后看得见这世间每样事物的内在。也能吃到树上的花，以及任何它想吃的果实。"

他想象种子里面，是何等狭窄而漆黑。等待发芽的胚珠亦处于活与死之间。

活和死，是两种不同的波弦，持续相干，不停变化。像两种情感动力，循环往复，不会全然漆黑。

也像叫喊与哑默。由于种子很封闭，就会有回声，叫喊、回声、缄默，循环往复，相互干扰与破坏。不会全然漆黑，亦不平静。

你死了，进入种子。你在里面讲故事，你朗读，你记得，你遗忘，你在里面轮回。

我们被赶出森林，住在国家指定的村落里，像被赶出自己的生命之外。

"很多年以后，当小孩想逃出村子栅栏，他会发现自己无处可去。别人都很完美，他想变得跟别人一样好，却总是很难。

"我们像彗星一样掉落下来，光芒熄灭，从很暗的角落里出生。

"部落里有个女人，她一出生眼睛就是闭着的，结婚，生子，直到有了孙子，成为一个婆婆。漫长的人生里她什么也看不见，无论白天晚上，都要问别人意见，该去哪里，该做什么，该选择哪个，先是问父兄，后来问丈夫、儿子乃至到孙子。后来他们嫌她是累赘，把她扔到寒冷潭水里，水冰入骨啊，冷到心脏快停顿，寒意却使她睁开眼睛。

"她第一次看见了星空，就起身离开，回到了部落里。"

"我不会再硬挤进别人为我准备的壳里。"

"我愤怒过了。我喊出的声音，相互敲结成寒冷岩石，变成了围绕自己的冻山谷，我曾经追着一个男人，就像我追着各种世界认为好但摧毁灵魂的东西，直到我双足终于踩在严寒之地，我不是唯一的一个。我必须离开这里，动身前往别处。"

你也有一个恐惧的孩子在你里头。

我们之间有些相似,我们的地位却不平等。

七〇年代,刻墓碑,还是手工。师傅说,他最初先学刻后土,后来才刻大理石。他们家最初做墓碑的旧场地,是在霹雳州甘榜芭罗(Kampung Paloh)的一排木板屋,如今那屋子拆了,完全不在了,被大马路和崭新二层楼水泥店屋取代了。

那是个很年轻很瘦的男人,他继承他父亲,而他父亲的功夫是跟岳父学的。外地来的男人和妻子两人,每天弯着身体在坚硬大理石上刻字。他们学会了一样手艺,就继续做着那手艺,因为既已有人脉物资网络,不做这个,又不知道要做什么。

他有时蹲在地上,有时坐在凳子上。石碑有时平放地上,有时摆在大桌台上。石头刚送来,还很粗糙,要先打它。打它是为了使它表面变得平坦一些。那时还没有机器,他们得用一把铁凿,斜斜地对准石头表面凸出不平的颗粒敲打,就像在伐山。这样石头就稍稍变薄了。之后,再用磨石片把它磨得更滑。磨石片是一块青色的石头,圆圆的,有点像树桐心,表面刻着密密的年轮般的沟纹,那种青色有点像蚊香,但很重。声音敲起来空空的,很脆。磨石碑的工作,得由两人来做,男人与女人都能做。各站一边,一人抓着一边的把手,在墓碑上一拉一推,让石磨片在墓碑上面碾拖过去,同时打着圈圈。直到把石头表面彻底磨平,像镜子那么平滑。

这才拿起凿子与锤子,弯着身体,在光滑的表面上刻字。凿子从石碑上方,一字字往下挪。

某人的姓氏、出生地、生卒年、谁为死者立碑。

他和妻子每天早上五六点就起床,磨磨刻刻敲敲,直忙到晚上九、十点,一天才刻几个字。一直弓着背。白色的大理石粉尘,撒落满身衣服与头发。

到中年以后,五十岁就退休,五十三岁就尘肺病去世,之后,就轮到儿子继承。

白天,那敲石头的叮叮叮声响,随风传送到同村人住家的墙头。

敲墓碑的声音,跟时钟一样准时。听到他们敲墓碑的声音,就知道五点已经过了,差不多也该是出门去胶林或锡矿的时候了。

她已习惯,听着这声音起床,听着小镇那一端传来的叮叮声钻过楼板,她穿上袜子、拉开门闩。有时,你可以感觉到那个做墓碑的人紧张还是不。

脚伸进袜子与鞋子里,开门走到马路上,你可以经过大片丛芭,可是你不能走进一棵树里。因为你还活着,就绝不能进入泥里,不能进入任何一颗泥粒,任何一片叶子，或踩过的木地板里。吃着面包时，撕一小块，嚼到很绵很烂，渗透你。向来就是死了的事物才可以渗透活着的，并成为活者的一部分。否则，万物总是把你关在它们外面。

可以拿一样东西触弄另一样东西。搅拌、刺戳、推、拭、拉。看东西如何被摆布，失去，切割，敲击，获得。可是一个活生生的人绝不能进入石头、铁或哪怕一条丝绳里。除非死了，尸体给肉蝇与微生物分解，几年后，可能有得捡骨，也可能没有。如果直接埋进土里，就会成为泥土一部分，被植物根须吸收，进入种子，再进入菟萝、飞鸟或其他动物的身体里，死亡就是分解，跟大自然融成整体。

某些早晨，醒来那刻，亲人还在我耳边。相隔四十七年，我妹突然入梦。梦中我发还黑，在浴室里洗衣，妹妹从厨房唤我，我说你等我一下，让我洗完，我被这一大盆衣黏住了，离不开。姐，我要走了。不，再等一下，我终于放下衣刷，进厨房却不见人影，明明听她声音刚落，我拼命找，每个盖子都揭开，瓮，米缸，碗橱，饭锅，炉坑，纸盒，你在哪里呀。起初还听到她回应，这里啊。后来就没影没声，她来过了。

你九十一岁，还能吃得多久呢。腿水肿，糖尿病，夜里难眠，左眼白内障比右眼严重。世界看你，不过是个女流之辈。身上唯一好的,是你嘴里还有真的牙齿。前两年常来探你的社区 M 党议员,终于卖咸鸭蛋[1]。以前他每次来,坐多久,你就搓眉搓鼻多久。长命气,对眼总盯着你看。不过时间越久,那钳制你的声音就慢慢失效。

身外之物。东西收拾起来真不少。有些账单收七八年,后来是时间证明我们不再需要它了。有些东西,你会反复检视,想了又想,因为你知道丢进垃圾袋送走之后,就不会再在屋里遇到了,以后就不会记得,那刻就是掂量最后一次。

你没有任何物件可以纪念兄弟姐妹,除了一个船务公司赠品的白色行李袋,那是你弟弟给你的,他后来转去新加坡做水喉工,以后就成那边的永久居民。你曾用这行李袋,装衣服,出外坡,做送嫁娘,做月,一晃十几二十年。有一天人们会忘记你,被忘记最好,这些痛苦怎么能要人知晓。阿良不同,他走了你很孤独,他是个柔和的人,不会颐指气使。阿良会听你说,不会讲一句你不好,不会跟你说讲这些有什么用,从来不会贬低你。他接受你吃素,帮你看哪里有素食档。他走后,你很伤心,火化前,最后一刻,你对他说,下一世,返来时要记得。你愿意记得他,比较起来,这世上还有更

---

[1] 广东话,去世。

多事，很苦涩，让人没有勇气说，下一世出生要全部记得。是非讲，并不是最怕的。最怕的，是害怕自己跟别人不同，不敢论是非。你也怕过，不敢讲真话，想顺着别人，就像活在自己身体外面，什么也感觉不到。

阿囡负责帮她扔，一包包用车载去回收站。她蹲着太久，膝盖、大腿根都麻痹了，一站起来，动一步，就痛，就像每个关节处都脱臼。一生人的博物馆，阿囡说，博你个头，你笑，破烂仓库。国家博物馆，你们去过一次，很大间，看完出来都没什么感觉。有地图有模型有假人，有皇室大床，有黄金树叶，好像辉煌旅馆。即使自己的家像猪窝垃圾堆，都好多了，有人性得多，有你喜欢的碗碟，茶杯，针织桌布跟窗帘，你喜欢柔软的东西。最近天气热，鞋跟底、洗衣桶、商场塑料袋，都坏了，塑膜也起泡，像出痘。总有坏损，像抛落船，沉滞屋内某角落，如果不是〇七年，骤雨水淹吉隆坡，从甘榜峇鲁淹到甲洞文良港一带，东西不会从暗角浮荡出来。你妈妈困公寓楼上，你和萝则困在地铁站，因为占美回教堂停驶了。你们什么都没吃，幸免于水难的快餐店便利店，食物都给抢购一空。你们折腾到半夜，湿湿冷冷，痛，要注意沟渠，水道，走每一步都像残害自己的脚，不走原地又等死。终于走到巴士站，没浸大水，也没巴士，拦德士回家塞两小时。妈妈独自在家，停电，漆黑，隔壁没人，可能邻居还在外头颠沛流离。幸好有快熟面，白面包，美禄，热水，至今，你们从不忘在家里囤粮。凌晨三点，她起来呕吐，吐得满满浓臭的橙红流液在洗刷槽里，要想办法去医院，身体好不容易陷沉床上，兵荒马乱的一天，好多梦，支离破碎，从隐密心底游出来，浮浮荡荡，滑过眼前，像船千帆过尽。如果有飞船多好，要去哪就去哪。最好有小叮当的如意门。

身体就是负担，有时太重，有时太轻。二十几岁出头，你瘦得只有三十八、九磅，一回啰哩卸货，你得扛一百粒录像机，上上下下，放楼上储藏室。后来只要听到塑料袋刷刷哗啵声，就觉得自己腿里也有个裹着塑料袋的零件，还未拆开。

更早以前，五月九号，你记得，跟弟弟，去看林顺成葬礼，走在吧生河旁边，走到布绸庄店前面，就停下来。怕走失，你紧紧抓住弟弟的手，直到他喊，家姐你抓到我手很痛。你才放开他。你们后来退进一条小路。他蹲下来，好奇地看，马路上，怎有脚印。

他伸出脚比比，跟我一样大，好奇怪，怎来的。

你不明白，有什么奇怪。他就是会注意这种东西。他说，以前一定有个小孩子，不怕烫，鸡丫脚（kaki ayam），马路刚铺还烫，就踩上去跑。

不知为何，都只有一边。是左边。

父亲本来有个做鞋的店，角头间，半地下室，跟别人合租。一个工作台，几个架子。在上面切皮，钉鞋，敲敲敲。叩叩。

你们有时会跑进去，在里面玩捉迷藏。玩到忘了饿。小心有蛇的，大人这样吓你。你不信，如果是真的，父亲和那班同伙的鞋匠，早死了。吓你的邻居说，是真的，皮味会吸引蛇，鞋匠有刀你没有刀，蛇就会来咬你。

始终不曾看过蛇，不过，你渐渐明白另一件事。你父亲，其实没什么朋友。鞋铺收了，租不下去，半年做不到两双鞋。他把东西搬回家，老半天坐在阴影里，一动不动，直到黄昏电线杆影子斜斜进屋。那个跟你父亲一起租店铺的人，说，你老豆没有用，都做不到生意。你觉得那男人真讨厌。你弟弟就对那男人喊，你走开，以后别来我们家。那个人还逗他，你去讲你老豆，是你老豆没用。你弟弟回家，抱住你父亲的腿，问，我们是不是没有钱了，变穷了。

他自己有一双好鞋子，偶尔出门会用鞋油和刷子把它擦亮。几年前在梳邦再遇见他时，他脚上也只穿拖鞋，不懂那皮鞋哪里去了。

整个上午，空地上一直有人在烧枯叶。烟随风溜入窗隙。农历七八月份。一堆堆细火烧入暮色。烟味，总让你想起河流，血。

今天，看到一个没有手的人，出来卖纸巾，一个老男人，样子像华人，本地广东口音，不是外劳。就在平日去的小贩中心，那个人一桌桌去兜售。你不想买纸巾，因为你只用手帕，就跟他买两只公仔狗，可以送人做纪念。

你很不安，做了奇怪的梦。梦见走在山谷里，漆黑树线剪嵌入余光天色，你坐进一辆车里，不知怎么发动，却花时间检查那片可联系星星的车前头仪表板。

早晨，冷水澡又让你浑身发抖。很久以前，天气更凉。童年，在甲洞森林局旁边，有许多鸟声，有养猪池塘长满浮萍。人们走路都要走在垫铺沙上的木板，那木板从木屋一直拼接到池塘边的茅厕。屋子外围也有铺沙，铺沙是为防水蛭。沙很利，会割水蛭身体。其时你对未来一无所知，六七岁。清晨空气冷得发脆。黑暗里每一秒，都是一丝隐形乌鸦的黑羽毛，缝合你脑海里的幽灵翅膀。你好像刚从另一个世界飞回来，总能记得梦。你有个伙伴，看不清楚面目，你们一起飞过，多少世纪的地窖，甚至看过雪，覆盖山丘，像脂肪。牛羊在山上，乌云滴烟灰。

最近，这座城市每天下雨，但政府依旧把这里管理成沙漠，一直制水配水。你带姐姐去医院做身体检查。整栋楼制水。上完厕所，竟没得拉水。你问在厕所里洗刷的两个马来妇女，什么时候水会再来呢？她们说，不知道呢。你走回候诊室，有点迷路，沿着走廊，你走过很多区，呼吸区，神经区，心脏科，布置都大同小异。

一路张望，寻找那门。医院总有这场景，两侧门对门，走廊出口对出口，对镜般的走廊。直至看到你姐，她独自坐在淡绿色椅子上，姐姐就在这里，记忆满满，她一直保有的愤怒，红色，闪耀，刺激你，如一颗石瘤心。

一五年的元旦新年刚过，你就跟朋友们一起去布城，拉布条，去支持那些被霹雳州政府逼迁的农民上备忘录，农民们把蔬菜、木瓜、柚子、西红柿、长豆与青瓜，摆满地上。政府把土地卖给了发展商。他们种菜的地契没有了，被夺走了，他们想见霹雳州大臣被拒了五次。那一天，他们坐巴士南下到布城，带来了许多蔬菜水果，五颜六色，颜色活泼泼地，摆放在他们站立的脚前，在土地局大楼前面。

世界总是混乱，政府与国家以各种合法步骤，来掩护犯罪的事，利益勾当也会给衔接成正确。你不懂，这世界在权力的倾斜里，到底会走到什么地步。空间越来越小，像一件衣服越裁越窄。布城回来，你和朋友们停在文良港，去南北花园夜市吃晚餐。你的朋友没吃素，只有你只吃素，你四处走动，有一个客家擂茶饭，有一摊档斋亚参叻沙，放很多黄梨很多姜花很多黄瓜切丝。你点了斋亚参叻沙，走回桌，座位对面，有个花档，你看到那个档主，六十近七十，脸朝你，但或许只是在看路人。脸颊棱角线条有点熟悉。薏米水来了，边啜饮边想，轮廓似曾相识，那花摊一桶桶菊花，文殊兰，百合花，含苞待放。你总无法平静，起身走近。阿莲姐，你叫。起初她一时没认出你。

她出来好久了，莫名其妙坐了十一年牢。现在有点驼背，一旦对人放心后，言谈间就流露出她本然的样子。自从六九年五月暴动后，她和她丈夫就收到侵害国家的控状书，不经审判关进监牢。世界变了好多，她说，以前每个人都在街头上，现在做什么讲座，运动，都要在酒店，都要租房间，租会议室，真奇怪。你看到她卖的还有红色康乃馨。她有一辆啰哩，常去金马仑载花。

你跟她买了一枝白色百合花。她不肯收钱，送你。

你一路带回家，坐在朋友车子里，那花以一份报纸卷裹着，露出微开的花蕾。路边的树叶摇晃，不知那是什么树，从高处，像手指一样挥别，再见，再见，再见。灰绿色的雾一阵涌动，溢出了每片叶子，很快就暗了下来。

有很长的时间，醒来后的每一天，是从铺床开始的。铺床，拉窗帘，关窗帘。把床单拉直，抚平。熨衣服。

你收惯衣服。十四岁，你后来死去的四姐十五岁，你们一起去洗衣坊做工，那家店是日本人开的，你在那里认识友梅。你们三人一起看见有辆飞机航过高空，那机身细小，似一粒会发光的米粒在天上飞。天空好亮，你学友梅，对它许了个愿，它越飞越远，直到看不见。

有这样的日子，当我们把衣服收起来时，就像把太阳收回来。像收起许多个暖和日子的身体，洗净后又会有新一轮时日。

靠着栏杆的铁海棠，今天长出了一簇橘红色的花瓣，连同椭圆翠叶一层层地藏起多刺的枝茎。在公寓底下，高速公路接通南北大道处，仍能看见，一座蓝色矿湖，像雨水降落吉隆坡的眼泪。

矿湖很多，哪能全有名字，尤其位置隐密的那些。世界尽力给事物取名，有一些，你觉得别有意义，像蜻蜓，人马座，北斗七星，鬼针草，牵牛花，缝叶鸟，德步西，咖喱叶，蝉，黄姜饭，红青火。还有从高空坠落，破裂后繁衍绵延的，像桃花心木，其蒴果呈螺旋风坠，这跟蜕落的虫壳很像，最近你在人行道上遇见几次。你蹲下来观察，这些蜕壳，须腹纤毫皆具，真像本尊，但里头已然是空的。像看着生命往前过程中的死亡。

你必须继续，寻找，或进入，某种抵拒你的边界。你不肯定它是不是存在，甚至无法具体说出，那到底在哪里。你总想，要学习一种能力，为了得回记忆，心知肚明，要恢复感觉，要醒觉地。趁自己还活着。

> **图书在版编目（CIP）数据**
>
> 蜕 ／（马来）贺淑芳著. — 上海：上海文艺出版社，
> 2024
> ISBN 978-7-5321-9032-4
>
> Ⅰ. ①蜕… Ⅱ. ①贺… Ⅲ. ①长篇小说－马来西亚－
> 现代 Ⅳ. ①I338.45
>
> 中国国家版本馆CIP数据核字(2024)第101780号

Copyright © 2023 贺淑芳
中文简体字版Copyright © 2024上海文艺出版社
由 宝瓶文化事业股份有限公司 独家授权出版
上海市版权局著作权合同登记章 图字：09-2024-0085

发 行 人：毕　胜
责任编辑：张诗扬　景柯庆
封面设计：山川制本workshop
内文制作：艺　美

书　　名：蜕
作　　者：[马来] 贺淑芳
出　　版：上海世纪出版集团　　上海文艺出版社
地　　址：上海市闵行区号景路159弄A座2楼　201101
发　　行：上海文艺出版社发行中心
　　　　　上海市闵行区号景路159弄A座2楼206室　201101　www.ewen.co
印　　刷：上海盛通时代印刷有限公司
开　　本：889×1092　1/32
印　　张：10.5
插　　页：5
字　　数：188,000
印　　次：2024年8月第1版　2024年8月第1次印刷
Ｉ Ｓ Ｂ Ｎ：978-7-5321-9032-4/I.7108
定　　价：68.00元
告 读 者：如发现本书有质量问题请与印刷厂质量科联系　T:021-37910000